Éloges pour Amours vraies

Quelle meilleure façon de s'assurer que les histoires d'amour des romans existent réellement qu'en lisant ces livres ?

— **Carly Phillips,**
auteure de best-sellers du *New York Times*

Des Mémoires à l'origine de romans d'amour ! J'écris des romans d'amour depuis 20 ans, et c'est l'idée la plus innovante et excitante que j'aie rencontrée dans le genre. De vraies amours ! C'est génial !

—**Tara Janzen,**
auteure du best-seller du *New York Times Loose and Easy*

Une irrésistible combinaison entre la fantaisie romantique et la réalité qui commence là où nos romans d'amour bien-aimés prennent fin : AMOURS VRAIES. Quelles délicieuses tranches de vie !

— **Suzanne Forster,**
auteure de best-sellers du *New York Times*

Unir des histoires vraies à celles, fictives, des romans d'amour classiques, voilà un concept étonnant !

— **Peggy Webb,**
auteure récompensée pour 60 romans d'amour

D1337736

Amours vraies

DIFFICILE D'APPROCHE

Amours vraies

DIFFICILE D'APPROCHE

JULIE LETO

Traduit de l'anglais par
Sophie Beaume et Carole Finance

Copyright © 2010 Health Communications, Inc.

Titre original anglais : Hard to Hold

Copyright © 2013 Éditions AdA Inc. pour la traduction française

Cette publication est publiée en accord avec Health Communications Inc., Deerfield Beach, Florida, USA

Tous droits réservés. Aucune partie de ce livre ne peut être reproduite sous quelque forme que ce soit sans la permission écrite de l'éditeur, sauf dans le cas d'une critique littéraire.

Éditeur : François Doucet

Traduction : Sophie Beaume et Carole Finance

Révision linguistique : Daniel Picard

Correction d'épreuves : Nancy Coulombe, Catherine Vallée-Dumas

Conception de la couverture : Matthieu Fortin

Photo de la couverture : © Thinkstock

Mise en pages : Sébastien Michaud

ISBN papier 978-2-89733-119-1

ISBN PDF numérique 978-2-89733-120-7

ISBN ePub 978-2-89733-121-4

Première impression : 2013

Dépôt légal : 2013

Bibliothèque et Archives nationales du Québec

Bibliothèque Nationale du Canada

Éditions AdA Inc.

1385, boul. Lionel-Boulet

Varennes, Québec, Canada, J3X 1P7

Téléphone : 450-929-0296

Télécopieur : 450-929-0220

www.ada-inc.com

info@ada-inc.com

Diffusion

Canada :	Éditions AdA Inc.
France :	D.G. Diffusion
	Z.I. des Bogues
	31750 Escalquens — France
	Téléphone : 05.61.00.09.99
Suisse :	Transat — 23.42.77.40
Belgique :	D.G. Diffusion — 05.61.00.09.99

Imprimé au Canada

Participation de la SODEC.

Nous reconnaissons l'aide financière du gouvernement du Canada par l'entremise du Fonds du livre du Canada (FLC) pour nos activités d'édition.

Gouvernement du Québec — Programme de crédit d'impôt pour l'édition de livres — Gestion SODEC.

Catalogage avant publication de Bibliothèque et Archives nationales du Québec et Bibliothèque et Archives Canada

Leto, Julie Elizabeth

[Hard to Hold. Français]

Difficile d'approche

(Amours vraies ; 2)

Traduction de : Hard to Hold.

ISBN 978-2-89733-119-1

I. Beaume, Sophie, 1968- . II. Titre. III. Titre : Hard to Hold. Français.

PS3612.E86H3714 2013   813'.6   C2013-940953-X

À Michael et Anne, pour avoir prouvé
que le véritable amour n'existe pas
seulement dans les livres.

À Alison, Judith, Olivia et Michele,
pour avoir partagé cette aventure.

À Anne-Marie Carroll, pour tant de choses
que je ne pourrais les nommer... mais, particulièrement
ici, pour son œil de lynx.

Cher lecteur

Bienvenue chez AMOURS VRAIES !

Je lis et écris des romans d'amour depuis… eh bien, plus longtemps que je ne peux le dire. C'est tellement merveilleux et rare lorsque la nouveauté surgit dans notre genre préféré.

AMOURS VRAIES, c'est justement cela ! Une nouveauté ! Parfois les lecteurs qui rejettent les romans d'amour se moquent de ce genre de livres, car ils se disent : « Ces histoires n'arrivent jamais dans la vie. » Ces livres prouvent qu'elles existent vraiment… et c'est magnifique quand elles surviennent.

À ceux d'entre vous qui sont des lecteurs occasionnels de romans d'amour, merci de donner une chance à ce nouveau concept. J'espère que ces livres séduiront votre penchant à croire en l'incroyable pouvoir de l'amour face à toutes sortes de problèmes, petits et grands. Et à vous qui découvrez ce genre de livres, mais qui aimez les histoires vécues, bienvenue ! Je souhaite qu'AMOURS VRAIES réponde à vos attentes et que vous continuiez à lire davantage de ce genre de livres.

Travailler avec Anne Miller et Mike Davoli, afin de réaliser une version romancée de leur relation, a été une joie et un honneur. J'espère simplement avoir rendu hommage à ce couple extraordinaire. Anne est l'exemple même de l'héroïne à propos de laquelle j'aime écrire. Elle est forte, indépendante, ambitieuse mais également chaleureuse et créative. Mike représente le héros romantique par excellence, sûr de lui, prospère, intelligent et drôle. Et, en plus, il s'occupe des tâches ménagères ! Vraiment, qu'est-ce qu'une femme peut demander de plus ?

Comme toute personne réelle, ils ne sont pas parfaits. Ce sont les obstacles ayant jalonné leur itinéraire romantique qui rendent cette histoire si passionnante à raconter. Et je peux vous garantir que la fin heureuse de ce livre est tout à fait authentique. De plus, Sirus est aussi adorable en vérité que dans le livre.

Enfin, je tiens à tirer mon chapeau à Michele Matrisciani, Olivia Rupprecht (également connue sous le nom de Mallory Rush), Veronica Blake, Peter Vegso et toute l'équipe de HCI Books pour m'avoir donné l'opportunité de faire partie de ce projet novateur. Ce fut un défi et une joie.

Je vous encourage à visiter le site officiel d'AMOURS VRAIES, www.truevowsbooks.com, pour communiquer avec les couples et les écrivains, découvrir les dernières nouvelles à propos de la série AMOURS VRAIES, trouver les titres à venir de la série, et même avoir la possibilité de raconter à HCI Books votre véritable histoire d'amour afin d'avoir ainsi peut-être la chance de devenir le sujet d'un prochain livre d'AMOURS VRAIES.

Bonne lecture,

Julie

P.-S. : J'aimerais savoir ce que vous pensez du livre après l'avoir lu ! Merci de visiter mon site Internet, www.julieleto.com, ou mon blogue, www.plotmonkeys.com, afin de me dire ce que vous en pensez.

Un

~∽~

— Tu es trop difficile, voilà ton problème.

La douce bulle qui émanait des paroles poignantes de Jeff Tweedy et de sa magistrale guitare acoustique éclata comme si une aiguille l'avait percée. Anne Miller se tourna vers son amie, Shane Sanders, et lui lança un regard incrédule et indigné. Cela avait commencé juste avant le concert. Shane avait ressassé toutes les raisons pour lesquelles Anne n'aurait pas dû venir seule au théâtre de l'« Egg » à Albany. Une fraction de seconde après le dernier applaudissement, la discussion avait fait sa réapparition comme un petit diable sortant de sa boîte.

— Laisse tomber, Shane.

Shane sourit, puis posa sa tête sur l'épaule de son dernier petit ami, James, ou était-ce Jamie ? Anne n'en n'était plus très sûre. Convaincue d'avoir besoin d'élargir son cercle d'amis, Anne essayait naturellement de rencontrer de nouvelles personnes. Toutefois, elle avait du mal à suivre le fil des rendez-vous de Shane.

Shane fit une moue désapprobatrice de ses lèvres roses et jeta un rapide coup d'œil sévère à Anne.

— Tu es très attirante. Les hommes te remarquent tout le temps. Tu es intelligente, probablement plus que tu ne le devrais quand il s'agit des hommes. Tu as une belle carrière professionnelle, une famille formidable et un goût certain pour tes amis.

— Tu devrais sortir avec moi plaisanta Anne, avant de baisser la voix pour ajouter : peut-être que tes relations dureraient plus de 24 heures.

Shane ricana mais sans réelle malveillance.

— Tu es trop compliquée, tu me rends folle. Sérieusement, chérie, si tu veux qu'un type profite de toutes tes qualités, tu vas avoir besoin d'abaisser tes critères.

— Mes critères sont très bien, dit Anne.

— Vraiment ? Alors comment se fait-il que nous ayons vendu la place à côté de toi, plutôt qu'elle soit occupée par un type avec lequel tu aurais pu avoir une chance par la suite ?

— Comme ça, tu aurais pu passer toute la nuit à tenter d'organiser ma vie amoureuse, c'est ça ?

Shane roula des yeux au sarcasme d'Anne, mais changea de sujet comme elles récupéraient leurs sacs et leurs manteaux. Un de ces jours, Shane se rendrait compte, comme Anne, qu'il est inutile de s'inquiéter pour sa vie privée (voire, d'en faire une idée fixe).

Si elle était destinée à rencontrer un homme, cela se ferait. Les efforts qu'elle avait entrepris pour que ceci arrive le plus vite possible n'avaient créé que de la frustration. L'année dernière, elle avait acheté une deuxième table de nuit et avait vidé les tiroirs de son armoire en pensant rencontrer quelqu'un d'exceptionnel. Mais le Feng Shui sentimental lui avait juste laissé davantage d'espace vide, une parfaite métaphore pour sa vie amoureuse. En plus, pour quelqu'un comme elle qui faisait rarement du rangement, cela demeurait tout à fait superflu.

— Tu n'as pas hâte de rencontrer quelqu'un d'intéressant?

— Je vois des gens intéressants chaque jour, dit Anne. Et les rencontres se font quand elles se font. En attendant, je te laisse ta part de chance.

Sachant qu'il ferait frais durant le retour à pied à leur appartement situé sur la rue State, Anne se blottit dans sa veste pour se protéger de l'air glacial de novembre. Cela avait été particulièrement difficile aux affaires criminelles du *Daily Journal d'Albany* cette semaine. Même ce froid était préférable à l'air vicié qui circulait dans le palais de justice depuis les années 1970.

Lorsque Jamie suggéra de s'arrêter pour un verre en chemin, Anne accepta immédiatement. Quelques margaritas un lundi soir représentaient un plaisir délicieux et rare.

Shane se mit derrière la rangée des fans de musique qui se dirigeaient vers le couloir de la sortie.

— Qu'est-ce qui t'a pris de vouloir rencontrer des gens nouveaux et d'élargir tes horizons?

Anne poussa un soupir.

— Et voilà, moi qui croyais que l'idée des margaritas te détendrait.

— Je veux juste que tu sois heureuse. Tu as travaillé comme une folle dernièrement.

— Les crimes ne dorment pas, les journalistes aux affaires criminelles non plus.

— Alors, si on se fie à toi, tous les journalistes aux affaires criminelles doivent dormir seuls.

Anne bouscula gentiment Shane.

— Tu ne penses qu'à une chose. J'aime mon travail. J'aime révéler le côté sombre de la société et explorer la voie de la justice.

— Dommage que tu ne rencontres pas aussi un grand nombre de beaux célibataires sur cette voie, dit Shane.

Anne fit la grimace.

— Mon travail est le dernier endroit où je chercherais un compagnon.

En plus des criminels, Anne ne voulait pas sortir non plus avec un autre journaliste. S'il était vrai que les reporters de haut calibre étaient fascinants, ils bougeaient beaucoup. Ils traquaient non seulement les articles, mais également de meilleurs postes sur de plus gros marchés. Elle avait ses propres aspirations dans cette arène et n'était pas très certaine de vouloir mesurer ses objectifs professionnels à ceux d'un autre, du moins, pas dans le même domaine.

Les seules autres personnes honnêtes qu'elle rencontrait dans le cadre de son travail étaient des policiers débordés, des procureurs sous-payés, des garants de cautions judiciaires et des familles opprimées soit de victimes, soit de criminels présumés.

Pas exactement un assortiment de partenaires potentiels.

Anne ne souhaitait pas de rendez-vous juste pour sortir de chez elle. Elle avait des amis pour ça, hommes et femmes, et les flirts de passage ne l'intéressaient plus depuis long-temps. Elle n'était pas exactement à la chasse au mari, mais elle en avait assez de perdre son temps avec des types qui n'avaient pas envie de se ranger.

D'accord, ses critères étaient peut-être trop élevés.

— Si tu ne rencontres pas de types au travail et que tu ne me laisses pas t'aider, comment vas-tu faire pour trouver l'homme de tes rêves ?

— J'ai les hommes de mes rêves, dit Anne. Un peu de Jack Bauer, un peu de David Boreanaz, et mes heures de sommeil sont assurées.

— Ce n'est pas de cette façon que les heures de sommeil sont censées être assurées, répondit Shane, en levant les sourcils.

Peut-être pas, mais Anne préférait fantasmer sur des hommes séduisants qui lui faisaient des choses excitantes et savoureuses pendant son sommeil, plutôt que de perdre une de ses précieuses journées pour un type dont elle ne voulait pas.

Anne commençait à suivre les personnes sur sa gauche vers la sortie quand Shane lui saisit la main et la tira vers la droite pour suivre James. Ils entrèrent dans un espace ouvert menant à l'extérieur de la salle de spectacle.

— Peut-être qu'après quelques margaritas, je pourrai te convaincre de sortir avec mon cousin.

— Avec de la tequila, tu as peut-être une chance, dit Anne, bien qu'elle en doutât.

La dernière fille avec laquelle son cousin était sorti tra-vaillait comme strip-teaseuse. Elle ne pouvait l'imaginer s'émerveillant devant ses cheveux noirs naturellement ondulés et épais, ses jolies courbes et ses ravissantes lunettes rouge cerise.

Un passage se forma dans la foule. Ils se faufilèrent assez rapidement lorsque Shane s'arrêta net, obligeant Anne à s'écraser sur elle. Elle ouvrit la bouche pour s'excuser quand Shane se retourna. L'excitation illuminait ses yeux marron clair.

— Ou je pourrais te présenter à Michael.

Anne se frappa le front. Affronter la liste interminable des hommes célibataires, parents de Shane ou qu'elle avait quittés, nécessitait plus de force intellectuelle qu'Anne ne pouvait en avoir en cette fin de lundi soir.

— Qui est Michael ?

Shane retourna si brusquement Anne que celle-ci se cogna l'épaule contre celle d'un homme qui se dirigeait comme eux vers la sortie.

Une sensation de chaleur se dégagea au travers de la doublure de sa veste.

Comme une attirance.

— Je suis Michael, dit l'homme auquel elle s'était heurtée.

Anne recula, marchant presque sur les pieds de deux filles qui avaient l'air bien jeunes pour sortir un soir de semaine. Elle marmonna des excuses pendant que son regard restait rivé sur les yeux de l'individu. Elle n'avait jamais vu un bleu aussi intense.

Le sourire qui pénétra dans leur profondeur turquoise n'était pas mal non plus.

— Voici Anne, dit Shane, trépignant presque d'excitation. Elle habite dans mon immeuble. Elle est belle, non ?

Il existe un endroit particulier en enfer pour les personnes qui insistent pour caser leurs amis, un endroit à peine moins horrible que les donjons réservés à ceux qui envoient sans prévenir des types à la mine patibulaire chez leurs voisins. Anne se força à rire pour cacher sa maladresse.

— Désolée, je n'avais pas l'intention de vous heurter.

Michael enfonça plus profondément ses mains dans les poches de sa veste, son sourire éclairant ses yeux d'une couleur presque aveuglante.

— L'expérience n'était pas totalement déplaisante. Comment avez-vous trouvé le concert ? Et oui, dit-il à Shane. Elle l'est.

Pas déplaisante n'était pas le meilleur compliment qu'elle ait reçu, mais la manière dont il traita la question effrontée de Shane attira son attention. Le fait qu'il admette qu'elle soit belle était particulier. Mais qu'il l'ait fait de manière si enjôleuse l'impressionnait encore plus.

Depuis qu'ils s'étaient arrêtés pour parler, un grand nombre de personnes avaient surgi derrière eux, les poussant en direction de la sortie. En dépit du chaos tout autour, Anne répondit à la question de Michael à propos du concert. Lorsqu'ils pénétrèrent dans le hall de l'« Egg », ils en étaient arrivés à tomber tous les deux d'accord sur le fait que Tweedy était en pleine forme et valait le prix du billet.

Ils poursuivirent leur conversation, et Anne expliqua pourquoi Shane et elle vivaient dans le même immeuble proche de cet endroit quand elle demanda :

— Alors, comment as-*tu* connu Shane ?

Michael et sa voisine échangèrent un bref regard entendu.

— Oh, dit-elle.

— Qu'est-ce que tu veux dire par « oh » ?

Shane remonta brusquement la fermeture éclair de son manteau pour se protéger d'un soudain souffle de vent arrivant de l'extérieur.

Anne jeta un coup d'œil à Michael qui semblait un peu perplexe, une expression qui ajoutait un rien adorable à son charmant visage.

Elle avait supposé que Shane et Michael étaient déjà sortis ensemble mais, bien que cela ait été fort probable, elle semblait se tromper. Elle fit un essai en rajoutant :

— Êtes-vous allés à l'école ensemble ?

L'instant devint pesant et tendu, mais Michael inclina sa tête vers la foule en mouvement et répondit :

— En fait, nous nous sommes rencontrés à un concert. Elle tentait de mettre le grappin sur un ami à moi.

Anne sourit.

— Elle a cette tendance-là.

Michael rit.

— C'est souvent le cas des jolies filles, mais tu dois le savoir.

Il lui fallut une fraction de seconde pour se rendre compte qu'il venait à nouveau de lui faire un compliment, bien que celui-ci soit sans aucun doute meilleur que le premier.

— Tu trouves que je suis jolie ?

Par la forme étrange de sa joue, elle devina qu'il essayait difficilement d'empêcher un sourire.

— Tu sembles surprise.

— Je suppose que je le suis, confessa-t-elle.

— Je ne vois pas pourquoi.

En dépit d'une rafale d'air froid qui tourbillonnait autour d'eux au moment où ils sortirent en plein air, Anne devait admettre — intérieurement — que ce type était bien. Leur brève conversation avait suffi à réchauffer son corps comme un grog brûlant et fort.

— Hé, si on allait au Bomber's. Ils préparent des margaritas italiennes, dit Shane, et c'est sur notre route.

Anne lança un coup d'œil de biais à Michael et se rendit compte qu'il n'était pas seul. Flanqué d'un type grand et mince aux cheveux bruns, ils entretenaient des rapports amicaux qui indiquèrent à Anne qu'ils se connaissaient depuis longtemps.

— Salut, je m'appelle Anne, dit-elle en tendant la main.

Il l'accepta.

— Ben, dit-il.

— Es-tu aussi sorti avec Shane?

Shane lui tapa sur l'épaule.

— Tu vas donner une mauvaise image de moi à Jamie.

— Il a déjà probablement une mauvaise image de toi ou il ne serait pas si impatient de te rendre pompette avec une tequila, suggéra Anne.

Cette remarque provoqua un cri de protestation de la part de Shane. S'ensuivirent plusieurs blagues osées en provenance de Jamie. Après que Ben les eut rejoints, Anne revint sur ses pas pour marcher à nouveau aux côtés de Michael qui glissait quelque chose dans sa poche.

— Tu vas à ta voiture? demanda-t-elle.

Il secoua la tête.

— Ben a une maison à quelques pâtés de maisons d'ici.

— Vous êtes colocataires?

— Si on peut appeler camper dans le grenier de quelqu'un être colocataires. Je viens de revenir à Albany après quelque temps à Portland. Un agent de location m'a trouvé un endroit, mais je ne l'ai pas encore vu. Ce n'est pas facile d'avoir un appartement où les chiens sont acceptés.

— Tu en as plusieurs ?

La question éclaira le visage de Michael comme si un projecteur s'était braqué sur lui.

— Non, seulement un. Elle est superbe.

Après l'avoir un peu forcé, Anne réussit à le faire parler de sa chienne, un Braque de Weimar nommé Sirus, qu'il adorait manifestement. Anne ne pouvait pas s'empêcher de penser qu'il n'existe rien de plus séduisant qu'un homme qui adore son chien. En fait, plus il parlait des jouets et de la prédilection de sa chienne pour la pâte à crêpes, plus Anne se demandait si, pour une fois, sa fâcheuse tendance à rentrer dans les choses n'avait pas joué en sa faveur.

Ils arrivèrent au Bomber's cinq minutes plus tard. Les clients se bousculaient dehors, en attendant une place dans le pub bondé. Jamie et Shane entrèrent à la recherche d'une table, mais Ben resta près de la porte à attendre Anne et Mike, que la conversation gardait quelques pas en arrière.

— Alors, que dirais-tu de quelques margaritas ? demanda Anne.

— Je suis plutôt bière mais, si je refuse la tequila, c'est pour une bonne raison.

— Nous sommes lundi soir, dit Anne, un petit peu plus joyeusement qu'elle ne le souhaitait.

La soudaine sensation d'angoisse dans le creux de son ventre fut à peine plus troublante que la rougeur qui lui brûlait au même moment les joues.

— C'est une raison suffisante pour moi.

Mike plongea ses mains dans ses poches, se balança en arrière sur ses talons et s'arrêta brutalement dans son élan.

— Tu n'es pas venu ici pour boire un verre ? demanda-t-elle.

Il prit une profonde inspiration, ses yeux reflétant l'air vif de la nuit.

— Je ne peux pas, mais merci quand même.

Elle ne tenta pas de dissimuler sa confusion. Elle ne s'attendait pas précisément à ce qu'un type tombe à ses genoux après lui avoir parlé un quart d'heure, mais elle était surprise par son refus de venir prendre un verre avec eux. Mince alors. Son instinct lui avait fait faux bond. Elle aurait pourtant juré qu'il avait au moins un vague intérêt à développer une amitié.

— Ça fera plus de margaritas pour moi, je suppose, dit-elle en se dirigeant vers la porte.

Quand il l'appela, elle se retourna. Elle se retrouva le souffle court quand il passa ses bras autour d'elle et la serra dans une rapide étreinte.

Et pour être rapide, c'était vraiment rapide. Ils furent en contact moins d'une fraction de seconde, et pourtant, pendant ce bref moment, la chaleur se transféra de son corps au sien. La seule raison pour laquelle elle remarqua cette chaleur était due au fait qu'elle ne la sentit plus au moment où il s'éloigna.

— C'était vraiment formidable de te rencontrer, dit-il.

— Oui, toi aussi, répondit-elle.

Elle échangea un sourire avec son ami Ben qui semblait également perturbé par le refus de Mike d'entrer. Puis, elle se fraya un chemin à travers la foule pour rattraper Shane et

Jamie. Et là, elle se dit qu'elle démarrait la semaine avec un petit ami potentiel intéressant. Néanmoins, elle avait simplement obtenu l'étreinte d'un homme qui manifestement ne voulait pas lui accorder du temps.

Deux

— Tu es un idiot.

Michael Davoli jeta un regard à Ben et tenta de trouver une excuse fine et judicieuse. Malheureusement, rien ne lui vint. Il avait fui la possibilité de sortir avec une déesse pleine de vivacité uniquement parce que son nez coulait, que ses yeux le démangeaient et clignaient plus rapidement que d'habitude. *Idiot* lui convenait parfaitement.

— Dis-moi quelque chose que je ne sais pas, marmonna Michael.

Ben sauta sur l'occasion.

— Par où commencer ? Cette nana était à toi, mon gars.

— Peut-être, dit-il, pas complètement persuadé.

Elle était certainement sympathique et pétillante, mais, de ce qu'il en savait, elle était comme cela avec tout le monde, ce qui, de façon significative, la rendait encore plus attirante.

— Elle était mignonne, dit Ben.

— Assurément.

— Alors, pourquoi marche-t-on dans la mauvaise direction?

Mike sortit un mouchoir de sa poche et se moucha. Cet acte couvrit le tressaillement qui persistait dans son cou et son épaule. Saleté d'allergies, saleté syndrome de Gilles de la Tourette. Son état empirait seulement lorsque ses défenses immunitaires s'affaiblissaient. Pendant le concert, il avait souffert en dépit de sa prise d'importantes doses d'antihistaminiques, mais avait réussi à lutter grâce à deux triple expressos et sa ferme intention d'entendre Tweedy jouer. Habituellement, la musique lui procurait un exutoire pour pallier l'augmentation d'énergie générée par sa maladie. Et il avait rencontré une fille très séduisante, dont les courbes, même sous son épais manteau d'hiver, évoquaient un type d'énergie tout à fait différent… bien supérieur.

Cependant, il était sous le coup d'une forte dose de caféine, et non seulement il ne voulait pas éternuer sur Shane, sa nouvelle amie, ou sur la jolie et flamboyante Anne, pendant qu'ils sirotaient leur tequila au citron, mais il ne voulait pas non plus que ses médicaments l'obligent à s'évanouir devant la fille qu'il voulait impressionner.

— Oh, mon gars, je me sens nul, admit Mike. Peut-être une autre fois.

Ben secoua la tête et marmonna à voix basse. Bien que Michael sache qu'il ne devait pas poursuivre la conversation sur le sujet, il ne put s'empêcher de dire :

— Quoi?

— Comme si tu ne le savais pas.

Mike s'arrêta et tapa sur l'épaule de Ben pour l'arrêter dans son élan.

— Qu'est-ce que je sais?

— Tu dois l'oublier, mec.

— Je viens juste de la rencontrer.

Sa réponse fut immédiate en dépit du fait qu'il savait que Ben ne parlait pas d'Anne. Il parlait de Lisa. Ben se fit bien comprendre en lui lançant un regard sous-entendant «Quel idiot tu fais!», qui inondait son visage à chaque fois que le sujet de l'ex de Mike était abordé.

— Ce n'est pas à cause de Lisa, dit Mike.

— Tu es sûr? Tu vis chez moi depuis deux mois et tu n'as pas eu un seul rendez-vous.

— Tu te prends pour ma *Yenta*?

Ben grogna.

— Je dis juste qu'un type qui serre une fille dans ses bras cinq minutes après l'avoir rencontrée, puis qui tourne le dos et s'en va, est sérieusement perturbé.

Bien qu'il eût aimé rejeter cette accusation, Mike continua à marcher vers l'appartement de Ben sans dire un mot. Après avoir quitté Portland, il était revenu chez lui à New York, notamment pour rafraîchir sa vie amoureuse. En tant que coordonnateur de la campagne concernant l'Initiative pour une Éducation de Qualité, il avait un travail stable. Malgré qu'il fût actuellement logé chez Ben dans sa chambre d'amis au grenier, il avait une excellente piste pour un nouvel endroit. De plus, il avait le chien le plus parfait au monde. Trouver une femme avec qui partager ces atouts serait la cerise sur le gâteau.

Mais, en dépit de la remarque pathétique de Ben sur la vie amoureuse de Mike, il n'était pas complètement seul depuis son retour dans son État. Il n'avait peut-être pas invité quelqu'un en particulier à un tête-à-tête, à un restaurant chic ou à un rendez-vous au cinéma, mais il avait traîné avec des amis et des jolies amies d'amis. Même ce soir, il avait presque participé à un autre rendez-vous spontané et totalement imprévu. Il n'avait pas revu Shane depuis des années et, néanmoins, la première chose qu'elle avait faite à leurs retrouvailles avait été de le présenter à son intéressante, spirituelle et très attirante voisine.

Le fait qu'il ne soit pas entré dans le bar ou, maintenant qu'il y repensait, qu'il ne lui ait pas demandé son numéro, était en lien direct avec son nez bouché et n'avait rien à voir avec son ancienne petite amie.

— Lisa, c'est de l'histoire ancienne, dit Mike avant qu'ils traversent la rue.

À la suite de l'effet produit par la personnalité bouillonnante d'Anne, Mike éprouvait même des difficultés à voir l'image de son ex. Lisa et lui étaient jeunes lors de leur rencontre. Ils étaient sortis ensemble de manière exclusive pendant cinq ans et, après un moment, il avait simplement imaginé qu'elle resterait avec lui pour toujours.

Mais elle avait d'autres projets. Il ne l'avait pas demandée en mariage, mais l'idée lui était venue… peu de temps avant qu'elle ne le quitte.

Judicieusement et logiquement, elle avait fait le bon choix. Mais, sentimentalement, il ne s'était rendu compte de rien. Bien qu'il ne puisse la blâmer de vouloir saisir toutes les opportunités qu'une femme peut avoir en n'étant pas liée à son premier vrai petit ami, son départ avait pendant longtemps altéré ses relations.

Mais la douleur avait disparu désormais. Il était revenu chez lui à New York pour reprendre sa vie en main. Il avait un travail et des amis. Maintenant, il avait juste besoin d'une partenaire qui lui convienne. Or, la première fois qu'il rencontrait une candidate potentielle, il partait, car il était fatigué et ne pouvait respirer.

Ben avait raison. C'était un idiot.

À la minute où Anne ouvrit la porte de la boulangerie, la Villa Italia, sur Broadway à Schenectady, la merveilleuse odeur de sucre en poudre fraîchement saupoudré lui arriva comme un nuage de pur délice. Elle resta debout dans l'embrasure de la porte, humant et chassant chaque parfum délicieux jusqu'à ce que l'arôme piquant de l'expresso torréfié atteigne la meilleure note de la fragrance complaisante de la boulangerie. Elle avait commencé par un double cappuccino et décida dès lors quel plaisir elle allait s'offrir. Après la rencontre qui s'était avérée aussi déroutante que stimulante avec l'ami de Shane, Michael, la nuit dernière, elle était épuisée. Et, bien qu'elle ne doive pas se rendre au bureau avant l'après-midi, elle avait tout de même suffisamment de travail pour avoir besoin d'une grande quantité de caféine.

Anne fit la file derrière les fans de sucreries qui se bousculaient et attendaient pour choisir parmi l'incroyable assortiment de biscuits, pâtisseries, brownies, gâteaux et petits pains. Elle calma sa faim en bavardant avec quelques habitués qui, comme elle, profitaient du réseau Wi-Fi gratuit de la boulangerie. Une fois au comptoir, elle choisit un mélange de biscuits pour le petit déjeuner. Et, parce qu'elle était une bonne cliente, non seulement la fille derrière la caisse l'accueillit avec un sourire de bienvenue, mais elle obtint également un supplément de crème dans son café et un biscotti en plus sur son assiette.

Quand elle se retourna, elle aperçut Kate Richmond, sa procureure préférée au bureau des avocats de l'État. Anne avait l'intention de passer par son bureau aujourd'hui pour connaître les dernières nouvelles à propos du procès pour meurtre dans l'affaire Smith-Wildmire, mais elle en apprendrait davantage par cette femme, ici. Sans les sonneries des téléphones, les collègues pressants et les montagnes de dossiers qui menacent de s'effondrer au moindre éternuement, Kate serait peut-être davantage disponible.

— Bonjour Anne, dit la procureure alors qu'Anne effleurait sa table.

— Quel plaisir de te voir ici! dit Anne d'un ton chantant rendant son véritable but des plus évidents.

Bien qu'elle n'aille pas jusqu'à qualifier la procureure d'amie, elles avaient créé un lien au cours de ses enquêtes criminelles. La plupart répugnaient à adresser la parole à Anne au palais de justice. Contrairement à beaucoup de ses collègues du *Daily Journal*, elle ne se sentait pas encore si blasée ou épuisée au point de ne pouvoir afficher un vrai sourire de temps à autre.

— On ne s'attend pas à ce que le jury rende un verdict dans l'affaire Wildmire avant demain.

Anne fronça les sourcils. Les affaires dont les tribunaux étaient actuellement saisis — contrairement aux négociations de peine — étaient rares ces jours-ci dans les salles d'audience de Schenectady. Passer du temps à observer un procès public la semaine dernière s'était avéré pour elle un plaisir singulier et insolite.

— Pourquoi est-ce si long, tu as une idée?

Kate haussa les épaules.

— Peut-être qu'ils aiment leur hôtel.

Anne rit. Elle connaissait les motels très discrets utilisés par l'État pour séquestrer les bons citoyens accomplissant leur devoir civique. Si le luxe des logements avait été un facteur décisif, le jury aurait déclaré l'accusé coupable en une minute new-yorkaise au sens littéral.

Mais peut-être qu'ils surprendraient tout le monde et décideraient que le salaud était innocent, même si Anne ne voyait pas comment.

— Quelle est la prochaine affaire sur le registre ? J'ai entendu quelque chose au sujet d'un acte d'accusation pour fraude contre un homme d'affaires du coin ? Quelque chose en relation avec une escroquerie à l'investissement visant les personnes âgées ?

Kate pinça les lèvres, si bien qu'Anne sortit son plus beau sourire jusqu'à ce que la procureure débarrasse la table de quelques papiers et, d'un large geste, invite Anne à s'asseoir avec elle.

— Ce n'est pas une de mes affaires.

— Oui, mais tu ne parles jamais de tes affaires avant qu'elles soient terminées.

— C'est la vérité.

Kate s'occupait principalement de cas de violence familiale et de jugements des mineurs, de sorte que, tandis qu'elle n'était pas habituellement ouverte à divulguer de l'information susceptible de créer un préjudice à ses victimes — ou, dans le cas des enfants, ses accusés —, elle se rendait normalement disponible pour discuter de sujets moins lourds de conséquences, comme l'affaire de meurtre qui s'étirait depuis presque deux ans, depuis la première arrestation jusqu'au procès éventuel.

— Qu'est-ce que tu as entendu dire à propos de cette affaire de fraude ?

— Rien, aucun nom, répondit Anne.

En fait, elle avait juste saisi par hasard des bribes de conversation la semaine dernière dans les toilettes des femmes du palais de justice, mais personne dans le milieu n'avait pu vérifier quelque chose qu'elle pourrait publier.

— Le grand jury est censé clôturer aujourd'hui. Si tu peux être au palais de justice vers 2 h, tu pourrais obtenir quelques réponses.

Anne s'empara d'un biscuit enrobé de sucre en poudre avant de glisser son plateau sur celui de Kate. Les biscuits de mariage étaient ses préférés.

— Merci pour le tuyau, répondit Anne en souriant.

Kate but le reste de son café crème.

— Je ne comprends pas comment quelqu'un d'aussi joyeux que toi peut couvrir les affaires criminelles.

C'était la seconde fois en deux jours qu'une personne la questionnait sur son choix de carrière par rapport à sa personnalité. Elle n'était pas certaine de ce que cela signifiait, ni d'aimer cela.

— Peut-être que je ne fais pas ça depuis assez longtemps pour être épuisée et irritable.

— Tu veux être irritable ?

Kate fronça son nez, réfutant manifestement cette idée.

— Je serais mieux payée ?

— J'en doute sérieusement, répondit Kate.

— Alors, je laisse le côté irritable à mon rédacteur en chef.

— Quel cliché, commenta Anne avec un sourire.

— Oui, bon, il y a une raison à l'existence de stéréotypes dans la presse. Beaucoup sont basés sur des vérités incontestables.

— C'est pareil dans le milieu judiciaire. Je suis le parfait exemple de la personne autrefois idéaliste, désormais débordée, au service du public, sans aucune vie privée, et qui prend plus de plaisir à aller manger des biscuits vénitiens qu'à sortir le samedi soir.

— Bienvenue dans le club, dit Anne.

En apparence, Kate et elle ne devaient pas avoir tant de choses en commun, surtout dans le domaine de l'amour. Kate avait la quarantaine. C'était une mère célibataire qui travaillait de longues heures pour beaucoup de satisfaction personnelle mais peu d'argent sur sa paye. Au moins, Anne avait un travail qui lui permettait de travailler à partir de différents endroits et une vie quotidienne qui ne la mettait pas en contact direct toutes les heures avec des victimes de crime ou les coupables.

— Les rendez-vous galants sont le cadet de mes soucis aujourd'hui, et toi?

Anne saisit l'occasion pour engloutir un biscuit au sésame particulièrement gros qui lui laissa le temps de préparer une réponse. Elle n'avait pas vraiment envie de parler de Michael. Qu'y avait-il à dire? Elle avait juste bavardé avec cet homme pendant 15 minutes. Pourtant, ses yeux bleus captivants et son sourire décontracté ne l'avaient pas quittée après ses nombreuses margaritas, son retour à pied dans le froid et sa nuit blanche dans son lit. Ce n'était pas comme si elle fantasmait d'avoir une relation sexuelle avec lui — bien que le fantasme ne soit pas déplaisant —, mais elle n'arrivait pas à comprendre pourquoi, s'ils s'étaient plu si rapidement, il avait trouvé si facile de partir.

C'est lui qui l'avait serrée dans ses bras avant de partir. Bon sang, qu'est-ce que cela pouvait bien vouloir dire?

Elle n'avait pas encore compris. Albany n'était pas un gros quartier par rapport aux standards de la ville de New York, mais les chances de retomber sur lui étaient minces. Elle devait l'oublier. Et, malheureusement, les biscuits ne l'aidaient pas.

— Je n'ai pas beaucoup de temps à consacrer aux rendez-vous, répondit Anne. Les statistiques criminelles augmentent toujours une fois qu'on a le dos tourné.

Elle fit légèrement semblant d'être choquée, mais Kate but tranquillement une gorgée de la bouteille d'eau qu'elle avait sortie de son sac.

— Un autre café? offrit Anne, tout à fait disposée à débourser quelques pièces pour une tasse de café.

Elle espérait ainsi garder Kate assez longtemps afin de la questionner sur le prochain acte d'accusation.

— Ha, tu penses que je vais rester assise là et boire un café avec toi après tes critiques des lois de notre cher État?

— Si c'est un café crème au caramel, tu resteras probablement jusqu'à la fermeture.

Kate sourit.

— Tu me connais très bien.

Anne se pressa vers le comptoir et commanda. Une fois assise, Kate lui fournit immédiatement le peu de détails qu'elle détenait concernant l'affaire de fraude qui, malheureusement, n'étaient pas suffisants pour qu'Anne constitue un article.

— Pourquoi ne viendrais-tu pas à mon bureau cet après-midi? J'ai une réunion à 13 h avec Marshall, le responsable de cette affaire. Tu pourrais peut-être lui soutirer quelques détails avant que le reste de la presse ne s'empare de la nouvelle.

— Formidable, merci.

Anne l'ajouta à sa liste de choses à faire qui n'avait pas beaucoup diminué depuis qu'elle était assise là. Cependant, l'article prévu aujourd'hui était à moitié bouclé et, hormis sa visite au palais de justice pour vérifier les allégations et un détour après 17 h dans un bar fréquenté par les policiers, qui lui transmettaient souvent des informations sur les nouvelles arrestations, elle avait prévu une journée tranquille à Villa Italia, à utiliser le réseau Wi-Fi pour terminer des recherches préliminaires qu'elle faisait pour une entrevue.

Elle referma son agenda et leva les yeux. Elle vit Kate qui secouait la tête d'un air incrédule.

— Quoi ?

Elle passa furtivement sa langue sur ses dents au cas où une graine de sésame serait restée coincée à un endroit visible et gênant.

— Toi, dit Kate en secouant la tête. Tu ne colles décidément pas à l'image que l'on se fait d'une « chroniqueuse judiciaire ».

Elle mima les signes des guillemets pour appuyer son point de vue.

— Pourquoi les gens disent toujours cela ? Ce n'est pas que ça me dérange, mais je n'ai jamais aspiré à faire correspondre l'image de quiconque à quoi que ce soit.

— Toujours est-il que je me demande comment tu fais pour t'en détacher. Tu pourrais peut-être m'apprendre. Tu écris sur d'atroces meurtres, de violentes mutilations, tous les jours, et tu parviens quand même, je ne sais comment, à rester joyeuse.

— C'est grâce aux biscuits, dit Anne.

Elle choisit alors le biscotti aux amandes parmi les derniers biscuits dans son assiette. Elle le trempa dans la crème mousseuse à la cannelle de son nouveau café chaud.

Kate acquiesça.

— Ils ne te font certainement pas de mal.

— Dis ça à mes cuisses.

— Je n'ai aucune crédibilité concernant mon propre corps ; alors je ne vois pas comment je pourrais avoir une influence quelconque sur le tien.

— Tu parles ! En fait, je pense que j'essaie obstinément de séparer mon travail de ma vie privée. Je suis une simple journaliste. J'ai le luxe de ne pas avoir à parler aux salauds, ni d'avoir à traiter avec des avocats louches, chaque jour comme toi. La sécurité de la communauté ne repose pas sur mes épaules.

En dépit de sa sincérité, le commentaire d'Anne lui fit penser à explorer une petite information privilégiée supplémentaire en relation avec l'arrestation tant attendue de l'homme d'affaires escroc. L'info lui donnerait l'occasion de réaliser une petite recherche avant de se rendre au palais de justice à 13 h et lui permettrait probablement de poser de meilleures questions. En contrepartie, Anne écouta attentivement Kate qui réfléchissait à la demande de sa fille adolescente d'assister à un concert rock au milieu de la semaine.

— Justement, je suis allée à un concert hier soir, confessa Anne.

— Tu n'as pas 16 ans.

— Dieu merci ! répondit Anne en frissonnant.

Ses années d'adolescence n'avaient pas été traumatisantes, mais elle préférait l'âge adulte et la liberté de pouvoir sortir un lundi soir sans avoir à demander l'accord préalable de ses parents.

— Qui es-tu allée voir ?

— Jeff Tweedy. C'est le leader de Wilco, un de mes groupes préférés.

— Je me sens vieille quand les gens me parlent de groupes que je ne connais pas.

— Je suis certaine que beaucoup de personnes plus jeunes que toi n'en ont jamais entendu parler non plus. Ce n'est pas un groupe vraiment grand public. Le spectacle de Tweedy était tout en acoustique. Très sobre. C'était à l'« Egg ».

— J'adore cet endroit. Le concert était bon ?

— Impressionnant, répondit Anne, surprise par son propre ton peu enthousiaste.

— On ne dirait pas, dit Kate en haussant les sourcils.

— Non, le concert était génial, mais ensuite…

Elle fit un geste de la main indiquant qu'elle ne voulait pas continuer son explication, mais Kate s'approcha plus près et se pencha. Cette femme avait l'habitude des interrogatoires, après tout. Anne voulait résister à l'envie de parler de sa rencontre avec Michael, car l'issue s'était révélée à la fois inattendue et fort décevante.

— Alors, qui était-ce ? demanda Kate.

Anne fronça les sourcils.

— Juste un type que j'ai rencontré. On a parlé un peu, et il est parti. Pas de quoi en faire tout un plat.

— C'est assez important pour que tu penses encore à lui.

Anne s'efforça de prendre un ton désintéressé, mais c'était difficile.

— Il avait vraiment des yeux fabuleux.

— Alors, pourquoi l'as-tu laissé partir ?

— Je n'avais pas le choix, insista-t-elle. Mettre les menottes à un type n'est pas vraiment mon genre.

— Peut-être qu'il le faudrait.

Kate battit des cils de façon théâtrale alors qu'elle buvait son café.

— Mon ex-mari était flic. Je parie que, si je cherchais, je pourrais te trouver et te prêter une paire de menottes. Tu sais, au cas où tu reverrais ce type.

Anne rit. Elle ne reverrait probablement plus Michael et, si cela arrivait, elle doutait de le séquestrer afin qu'il ne puisse s'échapper.

Sauf s'il lui montrait plus d'attention que la première fois.

Trois

— Sirus, non !

Michael sortit la boîte de CD qu'il venait juste de mettre à l'arrière du camion de son père et tira d'un coup sec sur la laisse qu'il avait rentrée dans sa poche. Son Braque de Weimar de 30 kilos s'élança, attiré par quelque chose d'intéressant de l'autre côté du véhicule, tirant jusqu'à ce que Michael ait mal à l'épaule. L'effet produit par le frétillement énergique et rapide de la queue de Sirus, qui lui donnait l'impression que la chienne allait se mettre à tourner et s'élever comme un hélicoptère, scia les jeans de Michael au niveau de la cuisse. Avec l'air glacial de février qui mordait déjà au travers de ses pantalons, la douleur était plus que dérangeante.

— Bon sang, Sirus !

Énervé, il s'apprêtait à marmonner une insulte (bien que sans aucune conviction), telle que « imbécile de chienne », quand il entendit distinctement, de l'autre côté du trottoir, une voix féminine qui disait :

— Michael?

Un coup sec sur la laisse de Sirus, et elle s'assit docilement. Elle haletait, encore excitée de voir quelqu'un qui avait repéré son maître devant son nouvel immeuble. Il était également curieux de savoir de qui il s'agissait. La voix semblait familière. Il ne s'était pas attendu à voir une personne de sa connaissance, et en particulier une femme, pendant qu'il déménageait toutes ses affaires dans son nouvel appartement. Néanmoins, lorsqu'il aperçut la femme, il comprit soudain l'enthousiasme de sa chienne. D'une beauté à couper le souffle, bien qu'emmitouflée dans un bonnet et une écharpe en laine verte des plus ridicules, Anne Miller était là.

— Ouah, Anne, salut!

Même s'il se trouvait à Albany depuis des mois, il n'avait jamais revu cette jolie brune depuis leur première rencontre au concert de Tweedy. Il faut dire qu'il avait été trop occupé avec les vacances, le travail et ses tentatives de retracer Shane afin de se renseigner sur son amie. Il avait laissé une si mauvaise impression la première fois. Et, jusqu'ici, sa deuxième tentative n'était pas meilleure.

Il l'accueillait tout en sueur et sale à force de sortir des boîtes du camion de son père pour son nouvel appartement.

Le fait qu'il reconnaisse la nouvelle venue entraîna chez Sirus une frénésie démesurée accrue. Elle sauta en l'air. Sa laisse la maintint attachée mais, comme la race de Braque de Weimar semble avoir des ressorts à l'arrière des pattes, le chien ressemblait à une grosse balle grise qui rebondissait, espérant accueillir comme il se doit cette nouvelle arrivante.

Anne rit, ce qui n'aida pas Michael dans sa tentative pour calmer son chien surexcité.

— Elle est inépuisable, dit Anne, mais non sans un sourire.

— Normalement, elle se comporte vraiment très bien. Mais elle est restée dans le camion et en haut dans la chambre depuis que nous avons commencé à déménager ; alors elle est un peu agitée. Je crois qu'elle a juste besoin de se dégourdir les pattes.

Anne acquiesça.

— C'est peut-être le moment de la pause.

Michael jeta un coup d'œil vers le ciel. Le soleil était probablement caché depuis 45 minutes, et ils avaient encore le contenu d'un camion entier à vider et à monter avant que la température ne chute et qu'ils perdent leur meilleure source de lumière.

— Pas le temps. Mon père m'aide à monter mes affaires et il ne veut pas repartir à la maison trop tard.

Elle hésita et se mordit les lèvres comme si elle voulait dire quelque chose, mais n'était pas sûre qu'elle devait. Son hésitation, cependant, ne dura qu'une fraction de seconde.

— Je pourrais aider.

Mike jeta un coup d'œil sur les lourdes boîtes restées dans le camion et regarda Anne, se demandant ce qui l'étonnait le plus — qu'une femme, qui avait largement occupé ses pensées durant les deux derniers mois, ait soudainement ressurgi de nulle part, ou qu'elle lui propose son aide pour porter ses grosses boîtes jusqu'à son appartement.

— Je ne veux pas que tu te blesses, dit-il.

— Le chien va se calmer, répondit Anne.

Elle se pencha alors pour arriver au niveau de ses yeux, tout en conservant une distance sécuritaire.

Sirus avait cessé son imitation d'un slinky, mais tentait encore de s'approcher d'Anne en se tortillant.

— Je croyais que tu voulais dire...

Il s'interrompit avant de se rendre une fois de plus ridicule.

Il tira sur la laisse, rappelant Sirus près de lui. Elle s'exécuta immédiatement. Elle obéissait quand Michael était sérieux. Cela n'arrivait pas souvent, car il avait tendance à un peu trop gâter son chiot.

L'agitation du chien cessa d'elle-même. Bien qu'ayant obéi au commandement, le chienne força sur son collier. Elle voulait apparemment faire plus ample connaissance avec Anne.

Oui, bon, elle pourrait rejoindre le club.

Mike s'agenouilla près de son chien et l'approcha d'Anne.

— Sirus, je te présente Anne. Anne, voici Sirus, le formidable chiot.

— Salut, Sirus.

Le son voilé de la voix d'Anne réchauffa Michael comme le souffle d'un vent d'été. L'écharpe, qui semblait tricotée à la main de manière rudimentaire, frôlait sa joue empourprée. Le fait que ses jeans moulent délicieusement ses hanches, quand elle se baissait, n'était pas déplaisant non plus.

Sa bouche devint sèche comme s'il était en plein désert. Il était soulagé de ne pas avoir à parler pendant un instant. Anne avait pris le contrôle de la conversation qui était totalement centrée sur Sirus.

— Tu es une belle fille, n'est-ce pas ? fredonna-t-elle au chien.

Elle gardait sa main levée pour permettre à Sirus de la flairer tranquillement.

L'arrière-train et les pattes postérieures du chien commencèrent à se balancer tandis que sa queue se débattait en dessous. Elle voulait obéir à l'ordre de s'asseoir de Michael, mais aussi être caressée par Anne et, plus vraisemblablement, lécher ses adorables joues couvertes de taches de rousseur.

Avant qu'il ne s'en rende compte, Anne caressait le chien et le grattait derrière les oreilles. Tout doucement, le chien s'étira pour se rapprocher.

— Tu aimes les chiens ? demanda-t-il.

D'accord, c'était une question banale et stupide, mais le manque de salive et son sang qui ne faisait qu'un tour étaient les signes avant-coureurs d'une puissante attirance qu'il n'avait pas ressentie depuis très longtemps. Il avait eu de la chance de réussir à prononcer ne serait-ce que quatre mots cohérents.

— Oh, oui, dit-elle, se mettant à genoux devant le chien pour pouvoir lui gratter en même temps les oreilles.

Pour sa peine, le chien lui donna un long et reconnaissant coup de langue sur le visage.

Sacrée veinarde !

— Sirus, ne lèche pas.

Mike se remit debout et tira le chien pour le maintenir sous contrôle.

— Ca va, dit Anne en s'essuyant la figure avec les mains.

Sans maquillage, son visage était frais comme une rose.

— C'est juste un chien. De quelle race est-elle déjà?

— Braque de Weimar. Je l'ai sauvée quand je vivais à Portland, et elle m'en est très reconnaissante.

Anne sourcilla.

— Voilà que ça ressemble à une intrigue.

Il se souvint qu'elle lui avait dit en novembre dernier qu'elle était journaliste. Apparemment, ses instincts étaient bien affûtés.

— Si je veux avoir déménagé avant la tombée de la nuit, l'histoire devra attendre, j'en ai bien peur.

— Je ne peux pas croire que tu emménages ici, dit-elle en secouant la tête tout en souriant.

— Je n'arrive pas à croire que l'on se rencontre à nouveau, confessa-t-il.

— En fait, la plus grande coïncidence est que j'habite aussi ici. Je veux dire, dans cet immeuble.

Mike ne pouvait freiner le sourire provoqué par la chaleur ressentie au fond de lui et qui gagnait ses extrémités. Il se disait qu'il pourrait enlever son manteau maintenant et qu'il ne ressentirait pas le moindre inconfort.

— Tu plaisantes, dit-il.

— Non, répondit-elle en se tenant debout. Il y a un parc juste au coin à droite. Pourquoi ne me laisses-tu pas y emmener le chien pendant que tu rentres tes affaires?

— Vraiment? Mon père vient de monter des boîtes, et Ben vient plus tard avec sa voiture, mais ne pas avoir le chien dans les talons serait d'une grande aide.

Anne glissa sa main sur la laisse de Sirus jusqu'à ce qu'elle soit à quelques centimètres de celle de Michael.

Quand il crut que leurs doigts pourraient se toucher, elle s'empara du bout de la laisse.

— Je m'occupe d'elle. Nous irons marcher, puis je la ramènerai pour qu'elle explore son nouvel appartement. À quel étage es-tu?

Mike devait réfléchir. Il savait où se situait son appartement avant qu'Anne n'arrive, mais à présent l'information lui échappait, se réfugiant dans un coin retiré de son cerveau. C'était probablement pour échapper à la puissante réaction chimique suscitée par la proximité d'Anne. Anne était belle. Anne vivait dans son immeuble. Anne aimait son chien.

Il avait espéré que son déménagement à Albany provoque un changement dans sa vie, mais il ne se serait jamais attendu à ce que son destin vole en éclats avec une telle force.

— Au troisième. Le 3-B.

Elle sourit.

— Je suis juste au-dessous, au 2-D. Bienvenue dans l'immeuble!

Anne prit quelques minutes afin de laisser le chien s'habituer à elle avant de remettre ses moufles. Resserrant son écharpe autour de son cou, elle se dirigea vers le parc au coin de la rue. Elle se disait que revoir Michael Davoli ne relevait finalement pas complètement du domaine de l'impossible. Shane était leur amie commune. Albany, sans être une petite ville, n'était pas non plus une métropole grouillante comme Portand d'où venait Mike, ou encore Manhattan où Anne espérait vivre un jour. Mais, même dans ses rêves les plus fous, elle n'aurait jamais pensé qu'ils se retrouveraient dans le même immeuble.

La rue State était un endroit branché. Le plus grand complexe résidentiel de la ville — une succession d'appartements de taille moyenne — était habité par des personnes de classes sociales diverses, allant d'étudiants universitaires à de jeunes professionnels en passant par de jeunes familles. Elle vivait en face d'un sénateur républicain. Mais il y avait principalement des célibataires qui travaillaient comme elle et, à présent, Mike. Jusqu'à aujourd'hui, elle avait pensé que le surnom des résidents de l'immeuble — Albany 90210 —, en raison du nombre de cœurs à prendre, était démesuré.

Désormais, il offrait de nombreuses possibilités.

Mike était sans aucun doute content de la voir. La surprise passée, ils s'étaient parlé simplement, avec, sans qu'elle s'y attende, une certaine tension sexuelle. Anne ne se prétendait pas experte du regard des hommes et de leurs habitudes amoureuses mais, généralement, elle devinait quand un type était intéressé.

L'atmosphère de la première soirée avait déjà éveillé en elle un frisson et, de façon évidente, elle était devenue folle de lui. Pourquoi cela changerait-il maintenant, à l'exception de leur nouvelle proximité ?

Sirus, le formidable chiot, comme Michael l'appelait si joliment, se révéla un agréable, sinon hilarant, compagnon. Elle obéit bien aux ordres transmis par la laisse, tirant un peu quand elle vit un autre chien, ou quand elle passa près du terrain de jeu bondé d'enfants qui criaient et qui s'excitaient facilement. Le chien testa juste une fois fermement la force du bras d'Anne, alors qu'elles marchaient près d'un homme qui lançait des balles de tennis à son labrador retriever. Il lui avait offert la possibilité de se joindre à lui, mais il était hors de question qu'Anne libère le chien de sa laisse. Ce serait une superbe manière de se faire un ami en perdant son chien ou en le laissant se faire renverser par une voiture.

Non, merci.

Lorsqu'Anne laissa Sirus boire l'eau fraîche d'une fontaine, elles étaient devenues les meilleures amies du monde. Du moins, c'est ce qu'elle croyait. Une fois de retour à l'immeuble et après avoir monté dans l'ascenseur vers le nouvel appartement de Mike, le chien ne montra d'intérêt que pour son maître.

Au milieu des rires et du chien qui aboyait, gémissait et reniflait, Anne fit la connaissance du père de Michael, qui s'apprêtait à repartir chez lui en voiture. Ben était reparti chez lui chercher les dernières affaires de Mike. Anne se sentit alors soudainement très gênée de se trouver là au milieu des boîtes parfaitement empilées de Mike et des meubles soigneusement disposés. Y compris, bien entendu, le grand et accueillant lit.

— Je devrais vous laisser vous installer tous les deux.

Elle se dirigea vers la porte alors que Sirus faisait le tour de l'appartement, reniflant chaque objet comme pour s'assurer que tout appartenait bien à son maître.

— J'apprécie vraiment que tu l'aies gardée, dit Mike.

Il chassa alors la chienne de sa tour de CD qui semblait risquer de s'écrouler sans le poids des disques pour la maintenir en équilibre.

— Cela m'a bien aidé de ne pas l'avoir dans les jambes ou de me faire tirer pour jouer. Tu ne veux pas rester ? Quand Ben reviendra, on va commander une pizza, et il va passer en revue ma collection de DVD. Il adore se moquer de mes choix cinématographiques.

Anne sourit, sérieusement tentée par son offre. En fin de compte, elle était le genre de fille à aimer socialiser. Elle aimait fréquenter des types dans des situations décontractées, sans avoir à s'habiller convenablement ou de faire des manières. Une fille pouvait en apprendre beaucoup sur un homme en fonction des films qu'il aimait suffisamment pour les acheter mais, pour la première fois, son instinct lui criait de refuser.

Elle avait rencontré Mike deux fois. À chaque fois, elle avait ressenti une résistance. De sa part à lui et de sa part à elle. À chaque fois, le destin les avait réunis dans des circonstances qui l'avaient cantonnée dans le rôle de la « nouvelle copine ». La fille avec laquelle on va boire un verre après un concert. La voisine de l'immeuble qui peut s'occuper du chien.

Ce n'était pas ce qu'elle voulait.

Le fait qu'elle ait pris de son temps, sans hésitation, pour s'occuper de son chien, lui indiquait qu'elle voulait davantage de cet homme que de rester avec lui et son copain, à mâcher bruyamment des pointes de pizza tout en s'extasiant ou critiquant ses goûts en matière de films.

Elle avait des amis masculins. Plusieurs. Beaucoup vivaient justement dans cet immeuble. Elle n'avait pas besoin d'un autre ami. Si le destin avait décidé que Mike devait faire partie de sa vie, elle allait exercer un certain contrôle sur le rôle qu'il jouerait.

Et *ami* n'en faisait pas partie.

— Merci pour l'offre, dit-elle en rejoignant la porte d'un pas décidé. Mais tu as besoin de t'installer. On se reverra peut-être une autre fois.

Elle laissa l'idée en suspens un instant, regardant par-dessus son épaule pour voir l'expression de Michael, cherchant un signe à savoir s'il avait saisi sa subtile suggestion. Elle s'était montrée délibérément évasive. Mais, bon, si elle devait tout lui expliquer, peut-être n'était-il pas finalement l'homme qu'il lui fallait.

Il s'approcha d'elle, s'arrêtant net quand Sirus se précipita dans sa trajectoire et faillit le plaquer au sol en bondissant de joie sur lui. Avant qu'elle ne sorte, la dernière chose qu'elle entendit, outre des jappements excités, fut :

— Ça me plairait.

Quatre

❦

Mike jeta un coup d'œil à sa montre et pesta. Il ne lui restait que 30 minutes avant son dîner d'affaires avec le responsable d'une organisation locale qui souhaitait s'associer avec son employeur, l'Initiative pour une Éducation de Qualité. Malheureusement, il en avait pour encore une heure de travail. Ses yeux étaient secs à force de cligner en raison du stress supplémentaire de sa charge de travail d'aujourd'hui. Il les soulagea avec quelques gouttes. Puis, il classa ses papiers pour tenter d'établir des priorités en se demandant comment il allait pouvoir sortir Sirus avant son rendez-vous.

Il détestait la laisser seule à la maison pendant si longtemps. Il n'habitait pas loin de son travail et avait déjà pris l'habitude de rentrer chez lui à l'heure du déjeuner. Il pouvait ainsi promener son chien au parc pour qu'il puisse se dégourdir les pattes et baptiser les racines des arbres pendant qu'il grignotait un sandwich de l'épicerie. Aujourd'hui, le temps passé chez lui avait été plus bref qu'à l'habitude. Il allait mettre en danger ses meubles et la santé mentale de son chien s'il ne rentrait pas avant son rendez-vous, mais il se ferait pardonner en la promenant longuement avant le coucher.

Mike replongea dans son travail, déterminé à diminuer sa liste de choses à faire. Il devait vraiment prendre des dispositions pour ce type de scénario à l'avenir. L'IEQ l'avait déjà prévenu que ce travail pourrait lui prendre plusieurs journées complètes. Il ne pouvait continuer à amener son chien chez ses parents chaque fois qu'il devait passer la nuit à Manhattan ou assister à de nombreuses réunions au siège du Parlement. Quand il habitait à Portland, il avait un voisin qui gardait Sirus en cas d'urgence.

Jusqu'ici il n'avait pas eu l'opportunité de rencontrer beaucoup de ses voisins. En fait, il connaissait Anne mais, la prochaine fois qu'il la rencontrerait, il n'avait pas l'intention de lui parler de son chien.

Il avait pensé à elle durant des jours, mais son programme de dingue ne lui avait pas permit de lui rendre visite à son appartement. Il ne l'avait pas rencontrée par hasard non plus. Il pensait que la chance l'avait abandonné dans ce domaine.

Son téléphone retentit, écartant Anne et Sirus de son esprit. Il régla rapidement le problème entre le conseil scolaire local et son organisation. Puis, il rédigea en vitesse la proposition révisée et un calendrier pour les réunions demandées par deux responsables d'un autre département, avant de se précipiter vers sa voiture et de batailler contre la circulation pour arriver à l'heure à son rendez-vous.

La conversation et le repas durèrent plus longtemps qu'il ne l'avait imaginé. Après 21 h 30, il fit ses excuses et, à 22 h, il traversait le hall à vive allure vers son appartement. Il entendit immédiatement gratter et gémir derrière la porte.

Bon sang.

Il fouilla dans sa poche et sortit ses clés mais, comme il agitait son trousseau, il se rendit compte qu'il en manquait une. Il avait la clé de sa voiture. Il avait la clé du bureau. Pourquoi n'avait-il pas celle de son appartement?

Bon sang de bon sang.

Le propriétaire lui avait donné les clés le jour de son emménagement, mais Mike ne les avait pas encore attachées au même porte-clés que celui de sa voiture et du bureau. Comme il avait dérogé à sa routine, il avait oublié ses clés dans le tiroir de son bureau. Or, l'immeuble était fermé pendant la nuit, et il n'existait aucun service de sécurité sur place. Il ne les récupérerait pas avant demain matin.

Sirus commença à aboyer. Elle le sentait probablement à travers la porte. Sa première idée fut d'appeler le propriétaire mais, bien entendu, il n'avait pas encore enregistré son numéro dans son téléphone portable. Mike songea à frapper à la porte d'un voisin au hasard, mais ils étaient probablement déjà irrités par les bruits de son chien qui devenait fou. Il ne se ferait sûrement pas apprécier en cognant à leur porte après 22 h.

— Ch…, souffla-t-il à Sirus au travers de la porte. Tout va bien, mon chien. Papa est un idiot et a oublié ses clés.

Elle gémit un peu plus fort, mais s'arrêta d'aboyer et de gratter pendant un instant. Elle devait redoubler d'efforts pour que son désir de le voir, mêlé à la sensation de sa vessie pleine, ne la ramène pas à une forme d'hystérie canine.

Il ouvrit son téléphone et parcourut la liste de ses contacts, espérant trouver quelqu'un qui serait susceptible de l'aider à s'en sortir. Ben était en voyage d'affaires. Nikki, sa collègue de bureau, avait un rendez-vous et ne saurait vraisemblablement pas régler le problème de toute façon.

Puis, il fit défiler la liste pour trouver le nom de son ami qui était déjà sorti avec Shane. Selon Anne, Shane vivait aussi dans l'immeuble, bien qu'il ne l'ait pas vue, et il n'avait aucune idée de l'emplacement de son appartement.

C'était tout de même un début.

Il accorda quelques minutes aux bavardages d'usage, racontant son emménagement dans l'immeuble de la rue State, puis écouta son copain lui faire le résumé de son achat d'une nouvelle voiture familiale pour remplacer la vieille camionnette qu'ils utilisaient pour aller à des concerts.

Quand Sirus commença à grogner, Mike n'eut pas d'autre choix que de l'arrêter.

— Est-ce que tu te souviens de Shane ? Sanders, je crois. Ouais, cette fille sur qui tu avais mis le grappin au concert de Phish de retour dans le New Jersey. Je sais que tu es un homme marié, et tout le reste, mais tu n'aurais pas encore son numéro de téléphone ?

Après une vague promesse d'aller boire une bière ensemble un de ces jours, Mike nota le numéro de téléphone de Shane, sans aucune garantie qu'il était encore valide. Par chance, c'était sa voix sur la messagerie. Mais, malheureusement, le message disait aussi qu'elle était absente.

Il lâcha un juron avant le bip, puis laissa calmement un message dans lequel il demandait qu'elle le rappelle le plus tôt possible. Après avoir apaisé Sirus avec davantage de promesses d'une libération imminente, il tenta de réfléchir à ce qu'il allait faire maintenant.

Son cou tressauta. Puis son épaule. Il sentit de nouveau la sécheresse de ses yeux s'accroître. Son stress augmentait en même temps que les symptômes de son syndrome de Gilles de la Tourette.

Bon sang de bon sang. Il n'avait vraiment pas besoin de ça maintenant!

Normalement, son corps pouvait supporter un peu plus d'anxiété mais, avec le déménagement, son nouveau travail, et maintenant le résultat de son empressement à son bureau sans prêter attention à l'endroit où il avait rangé ses clés, la maladie prenait le dessus. Il s'appuya à nouveau contre la porte du couloir et ferma les yeux, se concentrant sur ses muscles du cou afin qu'ils se détendent. Il inspira douce-ment, puis expira par la bouche. Le son doux du souffle apaisa le démon qui était en lui. Après cinq minutes, son corps se calma, maîtrisé par son cerveau et sa volonté.

La crise était évitée.

Il se tourna et fit face à la porte, prêt à trouver une autre solution au cas où Shane n'écouterait pas ses messages. À en juger par la robustesse de l'encadrement de la porte, frapper à coups de pied dedans n'était pas une option. Il avait bien joué dans une équipe de football au secondaire, mais cela faisait longtemps, et le plaquage n'avait jamais été son acti-vité préférée. Il venait de se tourner, déterminé à déranger un de ses voisins inconnus quand il pensa de nouveau à Anne.

Elle lui avait dit qu'elle habitait au 2-D. Ce n'était certai-nement pas la manière dont il souhaitait la revoir après la semaine dernière, mais il n'avait pas le choix. Il y avait de fortes chances qu'elle ait le numéro du propriétaire. Il était tard mais, comme elle connaissait bien Sirus, elle comprendrait son urgence à entrer dans l'appartement avant que le chien n'explose.

L'ascenseur lui parut incroyablement lent. Une fois au deuxième étage, il trouva sa porte et frappa.

Pas de réponse.

Il patienta une minute, puis frappa une nouvelle fois. N'y avait-il personne chez soi dans ce satané immeuble ? C'était un bordel lundi soir ! Il appuya son oreille à la porte et put entendre un son qui ressemblait à celui d'une télévision. Peut-être avait-elle laissé le téléviseur allumé avant de partir. Ou peut-être qu'elle ne l'entendait pas, tout simplement.

Il frappa plus fort à la porte quand son téléphone sonna.

— Mike, c'est Shane. Tu as l'air désespéré. Que se passe-t-il ?

— Je vais te paraître nul, confessa Mike, mais j'ai laissé les clés de mon appartement au bureau. Tu ne serais pas chez toi par hasard ?

— Je suis en ville pour affaires, dit Shane en s'excusant. Je ne serai pas de retour avant demain.

Visiblement, elle parlait de Manhattan.

— Tu n'aurais pas le numéro du propriétaire ?

— Si, mais il joue aux quilles le lundi. Il ne répondra pas à son téléphone avant minuit, mais tu peux lui laisser un message.

— Bon sang. Mon chien est à l'intérieur. Il va devenir fou.

— Est-ce que tu as essayé avec Anne ? Elle est assez débrouillarde pour ce genre de choses, dit-elle.

— En fait, je me trouve devant sa porte. J'ai frappé deux fois, mais elle ne répond pas.

Bizarrement, Anne se mit à rire.

— Ouais, elle ne répondra pas. Attends, je vais l'appeler et voir si je peux la convaincre de venir jusque chez toi. Fais-moi confiance, elle t'aidera à entrer.

Inquiet de savoir ce que faisait Sirus, il accepta la proposition de Shane et raccrocha. Il se posait tout de même la question de savoir pourquoi Anne pourrait bien avoir besoin d'être «convaincue» pour venir l'aider. Plus il pensait à Anne, plus elle l'intriguait. Si elle l'aidait encore à se sortir de ce pétrin, il serait obligé de faire quelque chose, comme par exemple l'inviter dans un bon restaurant.

Alors qu'il attendait l'ascenseur, il reconnut toutefois que sa gratitude n'avait aucun rapport avec son désir de l'inviter à sortir. Il aurait dû lui demander son numéro dès leur rencontre au concert. Il aurait dû l'inviter la semaine dernière quand elle avait gardé Sirus. Il avait raté leur première rencontre en refusant d'aller boire un verre. La deuxième rencontre, totalement fortuite, aurait dû se passer de manière plus convenable. Et maintenant, pour sa troisième chance, voilà qu'il aurait l'air d'un idiot.

Il essaya de ne pas y penser. Sa nuit était déjà suffisamment désastreuse.

— Anne, je sais que tu es là… Décroche le téléphone !

C'était la troisième fois que Shane appelait depuis cinq minutes sur sa ligne fixe. Est-ce qu'elle était folle ? Est-ce qu'elle savait l'heure qu'il était ? Anne n'était pas une fanatique de beaucoup de choses, mais les lundis soir à 22 h étaient consacrés à un homme et un seul — Jack Bauer. Était-ce trop demandé de s'accorder 60 minutes en continu une fois par semaine, pour regarder le plus beau des agents antiterroristes du monde sauver la planète ?

— Anne, normalement je n'oserais jamais interrompre ton moment d'extase de la semaine devant Keifer Sutherland, mais te souviens-tu de Michael Davoli ? C'est un *vrai* homme qui a besoin d'aide, et tu es la seule, ma chère, à pouvoir relever le défi. Rappelle-moi !

Bien qu'elle entendît le bruit sec et définitif du téléphone de Shane qui raccrochait, Anne jura. Contrairement à beaucoup de ses amis qui avaient des enregistreurs fonctionnels, Anne ne pouvait pas enregistrer cet épisode. Mais, maintenant qu'elle savait que Michael avait des problèmes, elle ne pouvait négliger cet appel à l'aide.

Il y eut une publicité. Il restait donc trois bonnes minutes et demie avant la diffusion de la suite de *24 heures chrono*. Elle saisit son combiné et composa le numéro de Shane.

— Tu as trois minutes, et moins, si tu veux me demander de faire quelque chose, dit-elle en guise de salutations.

— Je ne pensais pas que Jack, massacrant brillamment des terroristes expérimentés, te rendait grincheuse, lança-t-elle malicieusement.

— Plus que 2 minutes, 50 secondes, lui répondit-elle d'un ton sec.

— Mike s'est enfermé dehors ou il a laissé ses clés au bureau. Je ne me souviens pas des détails, mais il a besoin d'aide. Sa chienne est à l'intérieur et elle n'est pas sortie depuis un moment.

Anne fronça les sourcils. Pauvre Sirus.

— Est-ce qu'il a appelé Joe ? demanda Anne.

Seul le propriétaire avait un double des clés pour tous les appartements. La plupart des personnes qui vivaient dans l'immeuble donnaient des doubles à des voisins de confiance pour ce type d'urgences. Shane avait celles d'Anne, mais cela ne l'avait pas beaucoup aidée puisque son amie était plus souvent absente qu'à la maison.

— Joe est au bowling. De plus, Mike n'avait pas son numéro, et je ne l'ai pas sur moi, non plus. Tu peux descendre rapidement et voir si tu peux l'aider?

— Pourquoi est-ce qu'il n'est pas monté lui-même me le demander? demanda Anne.

— Il est venu! Il frappait à ta porte quand je l'ai rappelé. Je suppose que Jack Bauer devait torturer un combattant ennemi à ce moment-là.

Anne grimaça. Quand elle regardait *24 heures chrono*, elle était blottie sous sa couette sur son canapé, une tasse de café sur le réchaud, avec un bol de pop-corn ou autres grignotines pas trop croquantes qu'elle pouvait manger sans risquer de rater tout dialogue crucial. Les pauses pour aller aux toilettes avaient lieu pendant les publicités, et c'était probablement à ce moment-là que Mike avait dû frapper à la porte.

— Le feuilleton recommence, dit Anne. J'irai à la prochaine pause publicitaire.

Elle entendit Shane claquer sa langue d'agacement à l'autre bout du téléphone.

— Tu préfères le beau mec à l'écran plutôt que le vrai!

Anne ne prit même pas la peine de lui répondre.

Elle regarda la suite, essayant de se concentrer sur l'émission, alors qu'elle ne pensait qu'à Michael et Sirus. C'était vraiment un superbe chien qui ne comprenait probablement pas pourquoi son maître bien-aimé ne rentrait pas. Est-ce qu'elle devait y aller ? Il avait travaillé toute la journée. S'il avait quelqu'un pour promener son chien, il pourrait l'appeler pour récupérer des clés. Vexée, elle retira son pyjama en molleton et l'échangea pour une paire de jeans et un chandail bleu en laine. Alors que Jack échangeait des informations avec son équipe, Anne se passa un rapide coup de brosse dans les cheveux et fouilla dans son sac pour prendre de la gomme à mâcher. Elle essaya de ne pas penser au fait qu'elle ne serait pas attirante pour Michael, car elle ne voulait pas risquer de perdre, ne serait-ce qu'une minute de l'émission, à l'aider.

Ironiquement, le passage se termina par un coup de feu qui la fit se précipiter vers la porte. Elle glissa ses clés dans sa poche et monta l'escalier. Elle atteignit le troisième étage en moins de 15 secondes et vit Michael devant son appartement, le front appuyé contre la porte alors que Sirus gémissait de l'autre côté.

— Anne ! dit-il, alerté par le bruit de ses pas dans le couloir.

Elle tendit sa main.

— Donne-moi une carte de crédit.

— Quoi ?

Elle n'avait pas le temps de lui expliquer. Elle lui administra une tape rapide sur les fesses.

— Porte-monnaie. Carte de crédit. Trouve-moi ça.

Il s'exécuta très rapidement et lui remit sa carte Visa flambant neuve qu'il ne récupérerait pas en si parfait état après qu'elle en aurait fait ce qu'elle devait.

Elle lui fit signe de s'éloigner, se concentrant uniquement sur son but. Bien qu'elle n'ait pas d'animal dont elle devait se soucier, elle avait perdu ses clés un nombre inestimable de fois. Elle n'était peut-être pas organisée, mais elle était débrouillarde. Elle introduisit le fin plastique dans l'espace presque imperceptible entre la porte et son encadrement, puis le glissa à l'endroit précis où, si elle bougeait la poignée et tirait seulement de six millimètres...

Clic.

La porte bougea vers l'intérieur juste assez pour dégager la serrure à présent décoincée.

— Gagné !

Elle remit la carte de crédit dans la main de Michael, puis se précipita à nouveau vers l'escalier.

— Hé ! l'appela-t-il. Où vas-tu ?

Elle lui lança un regard par-dessus l'épaule avant de pousser et ouvrir la porte de la cage d'escalier.

— Je retourne à ce que j'étais en train de faire avant que tu ne t'enfermes dehors.

— Ah, d'accord. Merci, dit-il.

C'était son imagination, ou il semblait déçu ?

Elle était de nouveau sous sa couette avant d'avoir pu répondre. C'est vrai, il avait l'air triste de la voir partir. Son côté romantique lui fit échafauder un scénario dans lequel Mike n'aurait pas vraiment oublié ses clés, mais aurait trouvé une excuse pour la voir. Malheureusement, comme son cerveau s'était livré à démêler l'intrigue de son émission télévisée favorite durant toute la dernière demi-heure, ses neurones réduisirent rapidement ses rêves en miettes.

Il n'avait pas besoin de trouver une excuse alambiquée pour qu'elle vienne. Elle avait été claire la dernière fois qu'elle l'avait vu. Cependant, cette fois, elle avait donné l'impression d'être totalement désintéressée.

Dommage, car c'était bien loin de la vérité.

Anne s'installa dans ses coussins, s'empara du paquet de raisins enrobés de chocolat posé sur sa table basse et se concentra sur la télévision. Elle l'avait aidé. Qu'est-ce qu'un homme pouvait bien vouloir de plus? Elle décida d'arrêter de penser à lui et fixa l'écran. Bien sûr, sa vraie vie paraissait soudainement un peu plus vide qu'il y a une heure, mais c'était sa vie.

Désormais, c'était à Michael de prendre les devants.

Cinq

꩜

— Je ne comprends pas pourquoi tu te fatigues à regarder Jack Bauer, dit Shane en reniflant. Tu *es* Jack Bauer.

Anne leva les yeux au ciel et fouina dans une boîte débordant de pelotes de laine douce et de couleur pastel. Elle avait fini par dire à Shane de rejoindre son groupe de tricot. L'inconvénient, c'était que Shane ne tricotait pas. Elle ne cousait pas. Elle ne faisait pas de crochet, ni de points de croix ou tout autre passe-temps qui tombait sous le coup de la bannière de l'artisanat. Anne avait promis de l'aider à commencer un tricot, mais seulement si Shane acceptait de lui poser un minimum de questions sur Michael.

Jusqu'à présent, une seule des deux respectait le marché.

— Que penses-tu de la lavande ? demanda Anne, sortant des échantillons aux différentes nuances mauve clair et perle.

— C'est joli, dit Shane, bien que fronçant son nez.

Anne savait que ces teintes n'étaient pas de son goût.

— Je préfère les couleurs plus prononcées. Plus vives. Tu sais, pour aller avec ma personnalité pétillante.

Tout en ricanant, Anne se dirigea vers une autre boîte remplie de pelotes aux tons riches mélangés avec des couleurs vives estivales de jaune, orange et rose.

— Alors ? demanda Shane.

— Alors, reste tranquille, je regarde.

Anne faillit tomber dans le nuage de fils de coton quand Shane lui tapa sur l'épaule.

— Je me fiche de la laine. Raconte-moi comment tu as sauvé Michael !

— Je ne l'ai pas sauvé.

Anne réprimait son agacement dû au fait que Michael avait encore raté une occasion de l'inviter à sortir. Il avait laissé une note de remerciements le lendemain matin — assez succincte. Un *post-it* jaune avec le mot « Merci », soigneusement écrit en lettres majuscules. Elle l'avait presque déchiré de frustration. À la place, elle avait griffonné en dessous sa réponse « Je t'en prie » et l'avait collée sur sa porte. Elle ne voulait pas commettre d'erreurs. La balle était maintenant dans le camp de Michael.

Elle y pensait toutefois, imaginant une balle de tennis décolorée et mâchonnée, justement comme celle que Sirus aimait rogner, qui rebondissait mollement sur un terrain de jeux désert recouvert de béton. Michael avait eu trois occasions distinctes de lui proposer un rendez-vous, ou au moins de lui demander son numéro de téléphone. Peut-être que son radar interne qui l'avait alertée que ce type était éventuellement intéressé faisait erreur, mais elle n'avait jamais été aussi déstabilisée auparavant par quelqu'un. Son instinct lui disait qu'il l'aimait bien, mais les actions de Michael contrariaient son intuition de plus belle.

— Tu l'as fait rentrer chez lui avec une carte de crédit, continua Shane, retournant quelques écheveaux de laine de manière désintéressée. Très impressionnant. Mais j'ai particulièrement aimé la vitesse à laquelle tu es partie. Ça ajoute du mystère et c'est très attirant pour les hommes.

Ouais, elle aurait probablement pensé ainsi aussi, si elle n'avait pas trouvé la note.

— Crois-moi, ce gars n'est pas intéressé, dit Anne. S'il l'était, il m'aurait remerciée correctement.

Des fleurs, du chocolat. Elle ne demandait pas du Godiva; une tablette Hershey aurait fait l'affaire.

— Qu'est-ce que tu attendais de lui? demanda Shane. Qu'il t'embrasse follement ou qu'il te prenne contre le mur pendant que son chien tournait autour, attendant pour ses besoins?

— Tu es si grossière, dit Anne en plantant deux pelotes améthyste et prune dans les bras de Shane. Je n'attendais rien de lui, d'accord? Il est très gentil, mais arrête d'essayer de nous rapprocher. Si la magie n'a pas opéré jusqu'à maintenant, c'est que cela ne doit pas se faire.

— C'est ça que tu attends, la magie?

— Pourquoi pas?

Shane haussa les épaules, leva ses mains qui tenaient les pelotes, comme pour se rendre devant le défi particulièrement émotif d'Anne.

— Non, non, je crois à cent pour cent à la magie. C'est juste qu'il y a déjà comme de l'électricité dans l'air autour de vous deux. Je ne sais pas très bien ce que tu peux vouloir de plus.

— Est-ce que l'on parle encore de ton argument à propos de mes *critères trop élevés*?

Shane laissa tomber une pelote dans son panier.

— Qu'est-ce que tu penses?

Anne se dirigea tout droit vers l'allée où se trouvait tout un assortiment d'aiguilles à tricoter, non pas parce que l'idée de lui en planter une dans l'œil n'était pas tentante, mais parce qu'elle voulait terminer cette activité rapidement et passer à la partie vin de la soirée.

Bien que sa mère lui ait appris à tricoter lorsqu'elle était au secondaire, elle n'avait redécouvert que récemment ce passe-temps grâce aux froides soirées d'hiver à Albany. Quand quelques amies s'étaient également intéressées à se mettre au tricot, elles avaient décidé d'aller dans un bar voisin où elles sirotaient du vin et confectionnaient des chapeaux, des écharpes et des carrés afghans. Le plus souvent, le vin prenait le dessus, et elles avaient formé un club d'amatrices de vin avec le tricot comme activité secondaire, plutôt que le contraire. Anne avait ardemment souhaité emmener Shane pour s'amuser, mais la soirée allait devenir un fiasco si son amie continuait à vouloir parler de Michael pendant toute la soirée.

— Écoute, est-ce qu'on peut arrêter de parler de Michael, s'il te plaît? Il n'est pas intéressé. Je ne sais pas à quelle magie tu fais allusion; je n'en ai vu absolument aucune manifestation.

— Premièrement, dit Shane, qui respira profondément avant de lancer sa contre-attaque, il se trouve que tu viens à un concert avec moi, et on arrive nez à nez avec ce séduisant garçon juif, nommé Michael, que je n'avais pas vu depuis des années, mais qui vient justement au même concert.

— Coïncidence, dit Anne sèchement.

— Hum, fredonna Shane. Coïncidence magique. Et deuxièmement...

Anne lança à son amie un regard menaçant, mais Shane continua, tout à fait indifférente :

— De tous les immeubles dans la ville, Michael s'installe non seulement dans celui où tu vis, mais il déménage toutes ses affaires dans son appartement au moment exact où tu passes par là. Et troisièmement...

— S'il te plaît, ne me dis pas que le fait d'oublier ses clés est magique aussi ? supplia Anne.

— Bon, dit Shane. Michael est quasiment célèbre pour son organisation et sa méticulosité. Ses amis ont pour habitude de se moquer de lui à ce sujet. Quelles sont les chances pour qu'un type, qui a tendance à avoir des troubles obsessionnels-compulsifs, oublie ses clés d'appartement au bureau ?

Anne repensa à l'état de l'appartement de Mike après qu'il eut passé sa journée à déménager. Maintenant que Shane l'évoquait, il semblait avoir des boîtes de couleur avec des codes, empilées soigneusement en rangées contre la porte. Les moquettes avaient été tout récemment nettoyées, comme s'il avait pris le temps de faire rapidement le ménage de l'appartement avant de poser ses affaires. Bien que ce fût quelque chose que la mère d'Anne pourrait faire, ce n'était pas ce que l'on attendait exactement du comportement d'un homme déménageant dans sa nouvelle garçonnière.

— Peut-être a-t-il changé.

— Aucun homme ne change de manière aussi radicalement à moins de recevoir un coup sur la tête, et Michael semblait en parfaite santé la dernière fois que je l'ai vu. À l'exception de son rhume. De toute façon, la magie peut ne pas apparaître de façon évidente, mais elle est bien là, et tu serais idiote de l'ignorer.

Anne vit un livre sur des modèles de tricots pour débutants et le jeta à Shane.

— Et si ce n'était pas moi qui ignorais cette magie?

Shane sourit sournoisement.

— Aha! Maintenant, nous arrivons au problème essentiel. Tu veux qu'il vienne à toi et non pas l'inverse.

— Est-ce que c'est trop demandé?

Secouant la tête, Shane lui jeta un regard compatissant. Seule une personne avec sa vaste expérience amoureuse pouvait réellement comprendre.

— Tous les types ne sont pas des joueurs, ma chérie. Ceux qui en valent la peine sont habituellement ceux qui se méfient le plus, de crainte d'être rejetés. Si un gars n'a pas peur qu'on l'écarte, c'est qu'il est certainement trop sûr de lui pour être quelqu'un de correct, et qu'il vaut, sans aucun doute, bien moins que cela.

— Je ne le repousserais pas, dit Anne en précisant : s'il prenait la peine de demander.

— Est-ce qu'il est au courant? insista-t-elle.

Anne fronça les sourcils. Elle et Shane avaient suffisamment épilogué sur ses rencontres avec Michael pour être en mesure de connaître la réponse. Anne n'avait pas vraiment usé de son charme et fait part de son intérêt. Elle n'avait pas voulu se donner tant de mal. Mais est-ce que c'était la chose à faire? On peut seulement répondre aux messages que l'on reçoit. Évidemment, elle l'avait invité à boire un verre après le concert, mais c'était seulement poli. Elle avait gardé son chien le jour où il avait emménagé, mais elle avait par la suite décliné sommairement son invitation à partager une pizza.

Et, la nuit dernière, elle ne lui avait littéralement accordé pas plus que trois minutes de son temps.

— D'accord, d'accord, dit-elle après avoir choisi la réponse que son amie attendait. Je dois faire quelque chose pour qu'il sache que je suis disponible.

Shane s'écria triomphante :

— Excellent. Qu'est-ce que tu vas faire ?

Anne secoua la tête, l'esprit entièrement concentré sur le plaisir qu'elle allait éprouver en dégustant son premier merlot.

— Je n'en n'ai aucune idée.

La semaine prochaine, Mike tenterait de remercier Anne de façon appropriée pour l'avoir sauvé grâce à ses talents délictueux. Cette nuit-là, il avait laissé une note. Il avait opté pour la manière la plus discrète selon lui de lui témoigner sa gratitude. En effet, il était plus que vraisemblable qu'elle ait voulu retourner à l'occupation qui l'avait empêchée de lui ouvrir sa porte. Néanmoins, elle avait pris le temps de noter « Je vous en prie » sur le petit papier jaune et l'avait collé sur sa porte l'après-midi suivant. Il n'avait pas eu d'autres nouvelles, ce qui l'arrangeait. Avant d'agir, il avait besoin d'élaborer un plan.

Mike ne se souvenait pas de la dernière fois où une femme avait hanté sa conscience si intensément et en si peu de temps. Même avec son ex, la relation avait été longue à se développer. Ils partageaient un profond amour pour la musique et côtoyaient des amis communs. Ils s'étaient fréquentés et, au fil du temps, avaient commencé à se voir seuls, et puis, tout simplement, ils étaient restés ensemble jusqu'à ce que leur relation se termine.

Mike s'était laissé aller pendant un moment, puis il était passé à autre chose. Ou du moins, il pensait l'avoir fait. Mais il ne pouvait le nier : depuis lors, il avait évité les relations sérieuses.

Maintenant qu'il avait rencontré Anne, il reprenait goût à la vie. Son sourire magique — ou même, comme il l'avait vu lundi soir, son petit sourire contrarié — avait éveillé en lui des doutes qu'il ne pouvait ignorer ou prendre à la légère. Il voulait lui demander de sortir avec elle, mais il ne pouvait concevoir prendre une voie ordinaire pour atteindre son but.

Ce n'était tout simplement pas son genre.

Les invitations banales, dépourvues d'imagination, toujours les mêmes, qui lui venaient à l'esprit, étaient immédiatement éliminées. Un dîner. Un film. Un dîner et un film. Il savait qu'elle aimait la musique mais, bien qu'il ait examiné toutes les informations des sites Internet des endroits proches, aucun concert intéressant n'avait lieu la semaine prochaine. Il ne savait pas du tout si elle aimait le sport. Il était assis à son bureau, cogitant pour trouver d'autres idées, quand le téléphone sonna.

— Michael ?

Anne.

Il reconnut immédiatement sa voix. Il avait repensé à leurs conversations pendant un moment, et, même encore maintenant, elle lui prouvait qu'elle avait des ressources. Anne avait non seulement réussi à dénicher son numéro professionnel, mais elle prenait la peine de l'appeler.

Maintenant.

À la minute même.

Et il n'avait pas encore dit un seul mot.

— Michael, tu es là ?

— Oui, hé, dit-il, tiré de sa profonde quiétude. Ça va ?

— Je suis désolée, j'étais tellement pressée la semaine dernière, dit-elle.

— Allez, pas d'excuse. Tu m'as sauvé, tu t'en souviens ? Je suis désolé de t'avoir dérangée… dans ce que tu étais en train de faire quand j'ai frappé à ta porte.

— Oui, on peut dire ça comme ça, dit-elle, une pointe d'anxiété dans la voix.

Malheureusement, ceci suffit pour faire germer dans son esprit toutes sortes d'idées inconvenantes. Qu'est-ce qui pouvait être si important, si divertissant, si intense, qu'elle ne puisse pas ouvrir la porte ?

Elle ne prenait pas sa douche. Quand elle avait accouru à son appartement, elle n'était pas ruisselante et sentait légèrement le pop-corn et le chocolat. C'est drôle comme il se souvenait de tout cela, même une semaine plus tard.

— Hé, tu n'as pas besoin de t'expliquer, dit-il.

— Tant mieux, parce que je ne suis pas le genre de fille qui dévoile ses passions secrètes à n'importe qui.

Mike s'agita sur sa chaise. Au premier son de sa voix, il avait tremblé. À présent, elle l'embrasait totalement.

— J'espère que je ne suis pas n'importe qui.

— Eh bien, ça reste à voir, répondit-elle.

Et, avant qu'il puisse jouer sur ses doutes, elle continua :

— C'est pour ça que j'appelle. Je pensais que, si je te montrais ce qui m'avait maintenue cloîtrée chez moi la semaine dernière et qui avait fait que je ne t'avais même pas entendu frapper à la porte, tu comprendrais probablement.

Don Corleone devait avoir pris des leçons auprès de cette mystérieuse juive. Elle venait de lui faire une offre qu'il serait fou de décliner.

— C'est intriguant, dit-il.

— Ah oui ?

Sa voix devint plus aiguë de plaisir. En réaction immédiate, le corps de Mike se raidit. Il était si impatient et curieux qu'il hésita à parler.

— Oui, réussit-il à dire.

— Est-ce que tu aimes la cuisine chinoise ? J'en commande toujours les lundis. Tu pourrais te joindre à moi ?

Il s'éclaircit la gorge.

— C'est une bonne idée.

— Bien, d'accord, dit-elle, un brin de surprise dans la voix.

Était-elle surtout stupéfaite d'avoir eu l'audace de l'inviter à dîner, ou surprise qu'il ait accepté son invitation ?

— On se voit à 19 h !

— Parfait.

Avant qu'il ait pu remettre ses idées en place, elle le salua et raccrocha.

Combien de temps il resta là assis, abasourdi, il ne savait plus. Il s'éveilla de sa rêverie seulement lorsque Nikki surgit et frappa sur son bureau.

— Quelque chose ne va pas ? demanda-t-elle tout en haussant ses sourcils noirs et sculptés.

— Quoi ? Non, répondit Michael tout en réfléchissant.

À priori, ce qui venait de se passer était extraordinairement fabuleux. Une jolie, drôle, généreuse et intéressante femme, qui aimait son chien et vivait dans son immeuble, venait de l'inviter spontanément à un dîner chez elle, suivi, vraisemblablement, par la révélation d'un secret bien gardé. Alors que Nikki le fixait, il ne parvenait pas à trouver ce dont il pouvait s'agir, mais son cœur s'emballait du fait qu'elle ait admis avoir une passion cachée.

— Eh bien, oui. Je ne sais pas.

— Tu sais, Michael, ce que j'aime chez toi, c'est que tu es toujours si sûr de toi.

Le sarcasme de Nikki le ramena à la raison, et il se redressa rapidement sur sa chaise. Il fixa à nouveau son regard sur la montagne de travail qui l'attendait. Il avait accepté l'invitation d'Anne sans avoir même consulté son agenda. Ce n'était pas grave. S'il avait quelque chose de prévu ce soir-là, il l'annulerait. Rien ne pourrait l'empêcher d'aller à ce dîner.

— Tu voulais quelque chose ? demanda-t-il.

Quand il était arrivé quelques mois auparavant à l'Initiative pour une Éducation de Qualité, Nikki avait été la première personne dans l'organisation non seulement à l'avoir présenté, mais aussi à devenir son amie. Idéaliste, belle et vive, elle ajoutait de la couleur et de l'imprévu dans ses journées.

Elle lisait aussi en lui comme dans un livre ouvert.

— C'était une femme au téléphone, reprit-elle.

— Oui, il arrive que des femmes m'appellent. C'est incroyable comme ça roule maintenant qu'elles sont si bien intégrées dans le travail.

Elle poussa un dossier sur le côté et s'appuya sur le coin de son bureau.

— Pas ce genre de femme.

Il lui lança le même regard pénétrant. Il avait vite compris que la seule façon de contrer la curiosité débordante de

Nikki était de lui faire face. Il pouvait s'imaginer la facilité avec laquelle elle avait dû se jouer des hommes tout au long de sa vie. Pauvres bougres.

Anne pourrait également s'amuser avec lui, s'il avait la chance de pouvoir se jeter à ses pieds et de se laisser faire.

— Quel genre de femme m'appelle, tu crois ? demanda-t-il.

— D'habitude, des femmes d'affaires. Des professeures. Des militantes. Des femmes actives. Un grand nombre de femmes de tête sont pendues à ton téléphone toutes les heures, mais aucune ne t'a jamais autant perturbé ni rendu si fier en même temps. Au fait, tu gonflais le torse. Je crois que, si je n'avais pas frappé sur ton bureau, tu te serais tapé sur la poitrine et aurais crié comme Tarzan. Ça aurait pu être embarrassant.

Il n'avait pas tout à fait été sur le point de iouler à la manière de Johnny Weissmüller, mais, par ailleurs, elle n'était pas si loin de la vérité. Ceci était dû à la voix chaude d'Anne et à son irrésistible invitation.

— Alors, qui est-elle ? demanda Nikki.

— Une voisine, répondit-il, renonçant à tout faux-semblant.

Avoir une amie fille s'avérait parfois fort utile. Les femmes avaient une perception des choses complètement inconnue des hommes.

Nikki sourit d'un air entendu.

— Tu veux dire *la* voisine.

Il plissa les yeux, essayant de se souvenir précisément du jour où il avait parlé d'Anne à Nikki. Cela devait être après son déménagement, alors qu'il était encore troublé par l'élan de générosité d'Anne quand elle avait gardé Sirus, sans parler de sa beauté sous son bonnet vert.

— Oui, elle, confessa-t-il.

Nikki sourit, puis lui demanda sur un ton fort expressif :

— Alors, qu'est-ce qu'elle voulait ?

Il s'éclaircit la gorge et tenta de ne pas paraître ému alors qu'il transférait des dossiers d'un côté à l'autre du bureau. Bien sûr, cela ne servait à rien. Il ne permettrait pas que ses papiers d'abord à gauche de son bureau restent sur la droite plus de 10 secondes. S'il y parvenait, il ne travaillerait pas de la journée, mais il avait déjà envisagé cette éventualité à la suite de l'appel d'Anne.

— Elle voulait seulement savoir si je pouvais passer la voir pour qu'elle me montre quelque chose.

— Menteur ! l'accusa Nikki. Elle t'a proposé un rendez-vous !

— Non, corrigea-t-il. Un rendez-vous reviendrait à sortir et aller quelque part avec l'intention spécifique de faire quelque chose ensemble. Elle va juste commander des mets chinois pour le dîner et m'a proposé de me joindre à elle. Que boit-on comme vin avec du chinois, au fait ?

Il ouvrit son navigateur Internet pour faire une recherche rapide quand Nikki s'approcha et lui saisit la main.

— Si tu apportes du vin, mon pote, c'est un rendez-vous.

Il récusa d'un geste de la main son allusion. Oui, Anne et lui seraient ensemble, mais il refusait de considérer cela comme un rendez-vous. Il ne s'opposait pas à ce qu'une femme lui demande de la retrouver, mais il n'était pas prêt à laisser Anne entraver son plan qui consistait à organiser la première approche formelle. C'était son emploi du temps très serré à son travail qui l'avait empêché jusqu'ici de prendre, le premier, cette initiative.

Sans oublier le fait à peine assumé qu'elle aurait pu refuser.

On l'avait déjà rejeté auparavant mais, il fallait l'admettre, pas si souvent que cela. Il s'était débrouillé pour ne pas aggraver son record. Comme beaucoup de ses semblables, il préférait agir après être suffisamment sûr que sa future conquête ne s'enfuie pas en hurlant.

Mais il y avait le syndrome de Gilles de la Tourette. Le nom seul de cette maladie faisait peur à beaucoup de personnes, et ce, en raison de clichés très répandus à l'effet que les malades aboient et jurent en permanence. La réalité de Mike — et celle d'une majorité de malades — était complètement différente. Néanmoins, il ne pouvait nier qu'il souffrait de tics et de mouvements qu'il ne pouvait maîtriser.

C'est pourquoi il était devenu prudent, tout particulièrement avec les femmes. Il établissait premièrement toujours un rapport d'amitié et organisait ses rencontres d'abord en groupe, au milieu d'amis avec qui il partageait des centres d'intérêt. Il devait sonder ses éventuelles relations lentement et méthodiquement, évaluant leurs réactions à ses remarques, à ses plaisanteries et à sa conversation, jusqu'à ce qu'il sache qu'elles étaient suffisamment intéressées pour ne pas être rebutées par la maladie de Gilles de la Tourette.

Mais Anne était nouvelle dans son monde. Fraîche, passionnante et encore inconnue. Elle était comme un cadeau enveloppé avec un gros ruban pour Noël, une fête que le côté catholique et italien de sa famille appréciait.

En fait, il n'avait jamais permis à la maladie de Gilles de la Tourette de l'empêcher de vivre sa vie et il n'allait pas commencer maintenant. Il repoussa ses appréhensions à ce sujet au fond de lui et se concentra sur la situation présente.

Ce soir, il allait chez Anne pour découvrir sa passion secrète et manger de la cuisine chinoise.

— D'accord, c'est peut-être un rendez-vous, reconnut-il. Ou peut-être pas. Je le saurai quand j'y serai, mais je pense que j'aurai assurément plus de chance si j'apporte du vin.

Nikki lui donna une tape sur l'épaule.

— Tu es un homme bien, Mike Davoli.

— Mais tout à coup je suis un homme nerveux, admit-il.

Nikki se mit à rire.

— Eh bien, elle te fait perdre la tête. C'est plutôt bon signe.

Six

Mike n'avait aucune idée de ce qu'Anne avait prévu, mais sa première pensée dès qu'elle ouvrit la porte fut que, quoi qu'il en soit, il était bien là.

— Salut.

Son accueil simple et bref le fit frissonner. Ses bras se tendirent, et il avait des fourmillements dans les épaules. Mais il savait cette fois que sa réaction physique n'avait rien à voir avec sa maladie de Gilles de la Tourette, que c'était une attirance complètement naturelle. Ses cheveux épais et bruns étaient attachés en une simple queue de cheval. Il porta son attention directement sur son visage. Comme toujours, son sourire le frappa. Mise en valeur par un subtil brillant à lèvres, sa bouche d'un rose naturel décrivit un sourire accueillant tandis qu'elle reculait en lui faisant signe d'entrer. Ses drôles de lunettes rouges allaient avec son chandail doux et fort bien ajusté. Avec sa paire de jeans et ses chaussures confortables, elle était l'incarnation même du confort décontracté.

Le fait qu'elle n'ait pas excessivement fardé son visage et qu'elle ne soit pas dans une tenue très soignée troubla Mike autant que cela le ravit. Était-ce juste une soirée détendue entre nouveaux amis ou se sentait-elle si bien dans sa peau qu'elle n'avait pas besoin d'impressionner un type?

N'importe comment, il était gagnant.

— C'est joli chez toi, dit-il.

Il cherchait quelque chose à dire qui dissimulerait sa vive anxiété d'être accepté dans son intimité, bien que ce sentiment ne le préoccupât pas vraiment. La perspective de nouvelles opportunités et de possibilités inconnues éveillait ce genre d'inquiétude. Un trouble qui faisait monter et s'agiter le sang dans toutes les parties du corps, y compris celles oubliées ces derniers temps.

— Merci. C'est tout simple, mais c'est chez moi.

À l'exception de la lumière bleue de la télévision dont le son était coupé, de deux lampes ornées de perles posées de chaque côté du sofa, qui diffusaient une lumière dorée, et d'un trio de bougies votives posées sur la table basse, la pièce était sombre. Intime. Devant le canapé, elle avait posé sur la petite table deux assiettes de genre asiatique dépareillées avec des baguettes, des bols à soupe et des cuillères disposés au hasard. Deux verres à vin étincelants se trouvaient à côté d'une bougie, lui rappelant d'offrir son cadeau.

— Je te dois plus qu'une simple bouteille de vin pour tout ce que tu as fait au cours de ces deux dernières semaines, mais je devais commencer par quelque chose.

Elle prit le vin, jeta un coup d'œil à l'étiquette et hésita.

— Heu… du riesling avec du chinois?

— Selon une recherche rapide sur Internet, c'est ce qu'il y a de mieux. À moins que tu n'aimes pas le vin blanc?

— Je préfère le rouge, mais loin de moi l'idée de contredire le tout puissant savoir de Google.

Il s'était donc trompé sur son choix de vin. Elle ne semblait pas contrariée. En fait, à la manière dont elle cherchait un ouvre-bouteille dans la cuisine, son impatience était palpable.

Elle meubla le silence avec des questions. Elle souhaitait savoir s'il aimait son nouvel environnement et, plus précisément, s'il avait trouvé une façon d'éviter de rester de nouveau enfermé dehors.

— Normalement, je ne suis pas si désorganisé, admit-il.

— Moi, si, dit-elle. Comment crois-tu que j'ai appris à forcer une serrure avec une carte de crédit ?

Il rit et, quand elle fit un geste vers le sofa, il s'empara des deux verres et s'assit, chancelant un peu quand il sentit, sur son siège, ce qui semblait être un chandail oublié.

— Oh, attends, dit-elle distraitement.

Elle roula le chandail en boule et le lança directement sur une chaise dans le coin.

Dans la pénombre, Mike devinait que c'était l'endroit fourre-tout pour tout ce qui traînait dans la maison. Il ne pouvait s'empêcher de s'étonner de son manque manifeste d'organisation.

Son inquiétude se déroba au moment où elle le rejoignit sur le sofa et servit le vin. Le bouquet du liquide heurtant le bord du verre était léger et fruité… ou peut-être était-ce son parfum.

Elle goûta au vin, et il s'en trouva totalement séduit par sa bouche. Les yeux fermés et le visage détendu, elle garda une gorgée sur sa langue avant d'avaler, puis sourit.

— Il est bon.

— Oui, dit-il. Il l'est.

Elle ouvrit les yeux. Ils étaient grands, marron et rieurs. Elle le regarda jusqu'à ce qu'il se rende compte qu'il n'avait pas encore goûté pour donner son avis. Heureusement, ce blanc de milieu de gamme était bien savoureux et frais.

— J'ai commandé du *lo mein*, des boulettes, des légumes sautés, du potage aux œufs et deux ou trois autres choses. Je n'étais pas sûre de ce que tu aimais.

— Je suis sûr que je goûterai à tout ce que tu as acheté, dit-il.

Elle lui adressa un regard perplexe.

— À moins qu'il y ait quelque chose que tu n'aimes pas du tout.

— Eh bien, je ne suis pas trop amateur de bœuf, de poulet ou de porc, dit-il, prenant un risque en étant honnête. Je préfère le poisson et les fruits de mer.

— Très bien, dit-elle, parce que les crevettes à la sauce aigre-douce sont exquises.

Elle fila vers la cuisine, glissant ses mains dans ce qui semblait être des mitaines de conception maison. Elle sortit du four un plateau de petits biscuits préparés qui venaient d'être livrés. Apparemment, elle avait commandé assez de nourriture pour toute la semaine.

— Alors, comment va Sirus? demanda-t-elle.

Le corps de Mike s'embrasa, même avant qu'elle ne se penche avec le plateau et lui fasse un signe du menton comme quoi elle voulait poser le contenu sur la table. Il tenta — en vain — de rester concentré uniquement sur la nourriture. Ses courbes lui donnaient une faim de loup qui ne saurait être contentée par quelques *dumplings* chinois.

— Elle est au paradis. Le parc en bas est exceptionnel. Tout le quartier semble assez sympathique, bien que je n'aie pas eu beaucoup de temps pour y faire un tour.

— Est-ce que tu es allé au Bistrot et Bar à vins ?

— Je l'ai vu, dit-il. Mais j'ai eu beaucoup à faire entre mon travail, le déménagement et d'autres choses. J'ai dû mettre les sorties en bas de ma liste de choses à faire.

— C'est dommage.

Elle utilisa les baguettes pour pousser dans l'assiette de Mike une généreuse portion de crevettes à la sauce aigre-douce.

— Oui mais, heureusement, les choses semblent s'arranger.

Mike la regarda et l'écouta ébahi pendant qu'elle parlait de l'immeuble, des résidents et du quartier. Elle ne laissa rien au hasard et fit état de tout ce qu'il fallait savoir, alors qu'elle lui passait chaque plat en l'avertissant quand il s'agissait de porc. Elle l'incita à reprendre des rouleaux de printemps. Il essayait de se souvenir de la dernière fois qu'il avait utilisé des baguettes quand elle se leva d'un bon et dit :

— Oh !

Puis, elle se précipita à la cuisine.

Elle revint avec deux fourchettes.

— J'oublie toujours. Je me sers des baguettes pour le *lo mein* mais, pour le riz, c'est juste pas possible !

Le mot *simpatico* apparut dans l'esprit de Michael. Leurs doigts se frôlèrent alors qu'elle lui tendait la fourchette, et sa peau frissonna. Pourquoi ne lui avait-il pas demandé de sortir avec elle dès leur première rencontre ?

Mike n'était pas du genre vieux jeu. Politiquement, c'était un progressiste. Musicalement, il était assurément en dehors des sentiers battus. En matière de mode, excepté quand il était en costume pour son travail, il adoptait un style que l'on pourrait qualifier de rétro. Néanmoins, quand il s'agissait d'affaires de cœur, il préférait le côté traditionnel où c'est l'homme qui fait sa demande à la femme pour sortir avec elle. Ou, du moins, il fallait que l'homme règle la note.

Mais il avait attendu trop longtemps. Une chance pour lui, Anne n'extrapolait pas. Elle disait la première chose qu'il lui venait à l'esprit. Elle avait mis des assiettes dépareillées pour les invités et avait oublié les fourchettes. Elle semblait vivre sa vie de la même façon qu'elle ouvrait les serrures des appartements — avec ingéniosité. Son attitude «pas de concession, pas d'excuse» était incroyablement attirante.

— Qu'est-ce que tu penses des crevettes? demanda-t-elle.

Il embrocha une crevette au bout de sa fourchette et en mangea un bout. Il s'extasia en râlant de plaisir, ce qui la fit rire doucement. À partir de ce moment-là, ils se contentèrent de manger, de rire et de finir le reste de la bouteille, ainsi que la quantité incroyable de nourriture chinoise jusqu'à ce qu'Anne regarde sa montre.

— C'est presque l'heure, dit-elle.

Mike se figea quand Anne plongea sur lui — ou, plus précisément, en travers de lui. Elle prit rapidement la télécommande sur sa gauche et se remit vite à sa place. Grisé par le mélange de sensations en lien avec son ravissant corps déployé, bien que brièvement, sur le sien, et le parfum puissant de son shampooing épicé, Mike mit une bonne minute avant de retrouver ses esprits.

— L'heure de quoi?

— De ma passion secrète, dit Anne. J'ai promis de te montrer.

Elle alluma la chaîne. Le son de la télévision avait été coupé pendant tout le temps qu'ils avaient parlé. Lorsqu'elle remit le volume resté à une intensité très élevée, il fit pratiquement trembler les murs.

— Les voisins doivent t'adorer, dit Mike.

Elle baissa très légèrement le volume.

— Pardon?

— Le son. C'est un peu fort.

— Oh, dit-elle, confuse. Je sais. J'aurais un système de cinéma maison si je pouvais mais, avec cette émission, je pourrais semer un vent de panique comme dans *La guerre des mondes*.

Elle remplit de nouveau leurs verres avant de s'installer sur le sofa, un coussin devant l'estomac et les jambes en tailleur. Mike se rappela soudainement avoir pris la même position le samedi matin quand ses sœurs et lui se préparaient à regarder leur dessin animé hebdomadaire habituel. L'attitude jubilatoire d'Anne était contagieuse. Mike était impatient de voir l'émission qui hypnotisait à ce point Anne.

Quand Keifer Sutherland apparut à l'écran, habillé de noir et le regard extraordinairement inquiet, Mike ne put s'empêcher de sourire.

— *24 heures chrono*?

Elle lui jeta un regard noir.

— Ne me dis surtout pas que tu n'aimes pas cette émission, ou je pourrais te noyer.

Il leva les mains en signe de reddition.

— Inutile. Je suis moi-même un grand fan.

Son sourire fut à tomber par terre.

— Formidable, mais c'est dommage, je n'ai pas besoin de t'expliquer.

Sur cette dernière occasion manquée de le torturer, ils regardèrent le film. Pendant l'heure qui suivit, elle resta concentrée sur la télévision avec la même intensité que si les scénarios portés à l'écran relevaient d'une question de vie ou de mort. Pendant les moments calmes et les publicités, ils parlaient de l'identité des personnages, de ce qu'ils voulaient en apparence, de ce qu'ils désiraient secrètement, et comment ils manipulaient les gens autour d'eux pour arriver à leurs fins. Elle garda son verre rempli et son esprit concentré, mais il était à moitié attentif à l'émission.

Malgré la tension incroyable de l'émission, Anne capturait son attention. Elle parlait avec émotion, mangeait avec délectation, buvait en savourant et regardait la télévision comme si sa vie en dépendait. Il ne pouvait s'empêcher d'imaginer comment cette personnalité sans concession se comportait dans les autres sphères de sa vie, tout particulièrement dans sa vie amoureuse.

Cette pensée le surprit. Il n'était pas prude, mais il n'était pas très à l'aise au sujet du sexe, non plus. Il ne se souvenait pas de la dernière fois où il était resté des heures durant en présence d'une attirante inconnue avant leur premier rendez-vous. Anne lui procurait des désirs nouveaux et revigorants, accompagnés de nouvelles décisions embarrassantes.

Après que l'aperçu de l'épisode de la semaine prochaine fut terminé, Anne arrêta de nouveau le son.

— Qu'est-ce que tu en dis ?

Mike glissa son verre sur la table et, se laissant aller à une puissante impulsion, lui enleva la télécommande avant de prendre ses mains dans les siennes.

— J'en dis que j'ai besoin de te parler de quelque chose d'important.

Anne s'adossa au sofa, se méfiant soudainement de l'expression sérieuse de Michael. D'accord, peut-être qu'elle avait regardé l'épisode avec un peu plus d'enthousiasme que la normale pour quelqu'un qui n'aurait pas le culte de *24 heures chrono*. Au moins, elle ne l'avait pas invité à regarder *Perdus*. Il aurait probablement voulu s'enfuir en courant dès la première apparition du Monstre de fumée.

— À propos de l'épisode ? demanda-t-elle.

Il fronça les sourcils, comme si elle avait posé la question dans une langue étrangère.

— Quoi ? Non, l'émission était très bien.

— Qu'y a-t-il alors ? demanda-t-elle.

Ses mains recouvraient les siennes agréablement. Elle appréciait sa prise ferme et tendre à la fois. Protectrice. Elle aimait ses yeux qui reflétaient la lueur cathodique de la télévision, et ils s'en trouvaient plus bleus que la mer des Caraïbes.

— Je veux sortir avec toi, dit-il.

Elle regarda son appartement dans la pénombre et le reflet des bougies qu'elle avait empruntées à Shane pour que ce soit plus romantique et pour cacher le fait qu'elle n'avait pas vraiment fait son ménage depuis le mois dernier.

— Ce n'est pas ce qu'on fait ?

Il secoua la tête.

— C'était surprenant, merveilleux et vraiment spécial, mais il ne s'agissait pas d'un vrai rendez-vous, si tu vois ce que je veux dire ?

— Je ne suis pas sûre, confessa-t-elle.

— Je veux te demander de sortir avec moi.

— Alors, demande, répondit-elle hâtivement.

Il serra les lèvres et hésita. Pendant ce bref instant, un millier de scénarios, à propos de sa réticence, traversèrent l'esprit d'Anne. Est-ce qu'il était secrètement marié ? Avait-il déjà une petite amie ? Peut-être un passé criminel qu'elle aurait facilement pu découvrir si elle avait vérifié avant de l'inviter chez elle ?

— J'ai le syndrome de Gilles de la Tourette, dit-il.

Parmi tout ce qu'il aurait pu lui avouer, c'était bien la dernière chose au monde à laquelle elle aurait pensé.

Ses mains se resserrèrent sur les siennes. Ses yeux étaient intenses et sa mâchoire, serrée. Elle ne parvenait pas à détacher son regard du sien et remarqua pour la première fois que son œil gauche clignait légèrement plus souvent que le droit.

Anne ne se prétendait pas experte en médecine mais, en tant que journaliste, elle avait eu accès à beaucoup d'informations sur bon nombre de sujets. Elle savait déjà que le stéréotype des malades atteints du syndrome de Gilles de la Tourette qui aboyaient, insultaient et gesticulaient dans tous les sens, sans se maîtriser, n'était qu'une manifestation extrême et peu commune par rapport au nombre total de personnes qui souffraient de cette maladie.

— Je n'avais jamais remarqué, dit-elle.

— Vraiment? J'ai surtout des tics de visage, un œil qui cligne exagérément et des mouvements du cou. C'est un cas modéré comparativement à l'exagération qui en est faite par les médias. Mais, lorsque je suis vraiment fatigué ou très stressé, je peux avoir des mouvements brusques des bras ou des jambes. Une fois, au secondaire, j'ai été giflé par une fille qui pensait que je me moquais d'elle.

Il agita les sourcils, et elle savait qu'il le faisait exprès.

— Et tu ne veux pas que je croie que tu te moques de moi? le taquina-t-elle.

— Pas avant que je le fasse vraiment, répondit-il, avec une expression légèrement espiègle. Je consomme des médicaments et je prends soin de moi; alors, la plupart du temps, personne ne s'aperçoit que je souffre de cette maladie. Mais, avant de te demander officiellement de sortir avec moi, je pensais qu'il était important que tu le saches.

Anne prit une minute pour digérer l'information, captivée par son regard. Pendant une fraction de seconde, elle vit au-delà de ces yeux d'un bleu profond une vulnérabilité à fleur de peau, sincère et honnête, qui la surprit et la désarma. C'était le genre d'information que l'on partage avec des amis proches ou de la famille, et non avec une fille qu'on veut emmener dîner et voir un film.

À moins qu'il ne veuille plus qu'un repas et le cinéma.

Après avoir repris son souffle, elle sourit.

— Je sais que ça n'a pas été facile pour toi de me le dire, mais j'apprécie que tu l'aies fait. J'aurai certainement un million de questions à ce sujet.

Il se rapprocha d'elle. L'air autour d'elle s'électrisa instantanément, comme si de minuscules étincelles passaient de son corps au sien.

— Demande-moi tout ce que tu veux.

Elle leva le menton vers lui mais, tout à coup, ne parvint à trouver aucune question. Tous les circuits de son cerveau menant à une pensée cohérente étaient bloqués, comme les bouchons de circulation sur la I-87. Les pupilles de Mike étaient sombres, son souffle sucré par le vin, sa bouche traversée par un demi-sourire mystérieux.

— Est-ce que tu veux encore du riesling? parvint-elle à dire.

— Non, dit-il.

Et il l'embrassa.

Sept

Quand ses lèvres touchèrent les siennes, la chaleur s'empara de son corps, d'abord au creux de son ventre, puis elle enflamma tout le reste, chatouillant les extrémités, du bout des doigts jusqu'à ses orteils. Les battements de son cœur s'accélérèrent, et elle n'arriva plus à distinguer les rais de lumière en provenance de la télévision de ceux qui sortaient du fin fond d'elle-même.

Puis, aussi vite que quelqu'un qui soufflerait sur une allumette qu'il viendrait juste d'allumer, il s'éloigna.

Il s'effondra sur le sofa et laissa échapper un soupir.

— Ouah.

Anne pinça ses lèvres brûlantes. *Ouah* était le mot approprié. Dans son esprit, un baiser comme celui-ci en appelait d'autres, bien qu'elle trouvât également que c'était une bonne idée de ne pas vouloir précipiter les choses, du moins pour le moment.

Incapable de dire quelque chose de sensé, spirituel ou drôle, elle lui adressa simplement un sourire. Il lui sourit à son tour. En moins de 30 secondes, ils étaient passés de l'extase à une certaine gêne. Michael détendit l'atmosphère en lui prenant les mains et couvrant ses doigts de doux baisers.

— Anne, est-ce que tu veux sortir avec moi ?

Elle ne put s'empêcher de rire.

— J'adorerais ça, répondit-elle.

— Bien.

Ils restèrent tranquilles pendant encore une minute. Anne aimait ses mains. La force de ses paumes était compensée par sa douce étreinte. Il la touchait, partageant la même chaleur, sans la retenir. Puis, après qu'elle eut pris une inspiration irrégulière à cause d'une émotion contenue qu'elle devinait partager avec lui, compte tenu de leur désir mutuel, Mike commença à débarrasser les assiettes sales.

— Tu n'as pas besoin de faire ça, objecta Anne qui tenta rapidement de lui retirer une cuillère de la main.

— Non, rétorqua-t-il.

Ses gestes devinrent plus rapides et pressants alors qu'il mettait tous les restes dans une assiette et qu'il empilait les autres, plaçant la plus grande au-dessous.

— En fait, j'ai l'habitude de faire ça. Une de mes plus grandes qualités est que je suis un maniaque de la propreté.

— C'est une qualité ? demanda-t-elle. Non pas que j'aie quelque chose contre ça, mais je préfère te dire d'emblée que ce n'est pas mon cas.

— J'imagine, dit-il.

Quelque chose dans son intonation montrait qu'il avait pris conscience de son petit défaut.

— Ce désordre me rend fou depuis une heure.

En s'appropriant son problème, il lui évita d'être sur la défensive. Anne n'avait jamais fait du ménage une de ses priorités. Cela avait rendu sa mère folle quand Anne vivait chez elle mais, depuis qu'elle était seule, elle jubilait de pouvoir mener sa vie comme elle l'entendait, préférant ramasser rapidement quand le désordre la submergeait, comme ce soir, quand elle avait de la visite. Si elle devait choisir entre discuter tard dans la nuit avec Michael ou faire la vaisselle, le choix était vite fait.

Mike, d'un autre côté, semblait carrément étourdi de ramasser les assiettes sales.

— Bon, écoute, et c'est un détail important. Je peux vivre avec la maladie de Gilles de la Tourette, mais les tendances obsessionnelles m'inquiètent, dit-elle.

Il grommela.

— J'essaie de ne pas projeter mes préférences sur les autres ; alors, ne le prends pas à titre personnel.

— Ne t'inquiète pas, ce n'est pas le cas, dit-elle sincèrement. Je vais voir ce que je peux trouver pour le dessert.

Durant toute sa vie, Anne n'avait jamais eu un homme qui faisait son ménage, enfin, pas un qui semblait aussi heureux de le faire. Il voulait mettre les assiettes dans son lave-vaisselle mais, comme elle ne l'avait pas encore vidé et ne voulait pas s'ennuyer avec ça maintenant, elle insista pour qu'il les laisse simplement dans de l'eau chaude et savonneuse. Il s'exécuta, mais seulement après les avoir rincées jusqu'à ce qu'elles soient presque impeccables.

Puis, il nettoya la table basse et rinça la bouteille de vin vide pour la mettre au recyclage. Il aurait pu passer un léger coup d'aspirateur dans le salon si elle ne lui avait pas suggéré qu'ils emmènent Sirus se promener jusqu'au café voisin. Ils pourraient y déguster, sur la terrasse, une part de gâteau au fromage et un expresso. La seule chose sucrée qu'elle ait dans son placard était un paquet entamé de petits biscuits au chocolat.

— Il fait un peu froid dehors, lui rappela-t-il.

Anne haussa les épaules.

— La laine est faite pour ça. Une seconde, je vais m'habiller.

Elle se précipita dans sa chambre. De mémoire, c'était la première fois qu'elle remarquait le désordre. Il y avait des vêtements sur le sol, un soutien-gorge oublié sur la table de nuit et les verres d'eau de la semaine alignés sur la commode. Alors qu'elle fouillait dans son tiroir pour trouver des vêtements chauds et élégants, elle se demanda ce qu'il se passerait si Mike entrait maintenant. Est-ce qu'il l'embrasserait encore ou s'occuperait-il d'abord de ranger ?

Mais elle n'avait pas l'intention de l'inviter dans son lit si rapidement. Comme il l'avait justement dit, ils n'avaient pas encore eu de véritable rendez-vous amoureux. Même si Anne aimait le sexe, elle devait attendre patiemment le moment opportun. Les liaisons qui ne mènent nulle part n'étaient pas son style, et Michael avait le potentiel d'être bien plus. Le fait qu'il lui ait confié quelque chose d'aussi important que son trouble neurologique, alors qu'ils se connaissaient à peine, signifiait qu'il la voyait de la même façon, c'est-à-dire comme une relation à long terme.

Cette pensée la fit chanceler, si bien qu'elle s'assit pendant une seconde sur son lit.

Depuis qu'Anne était arrivée à New York de San Antonio, elle savait ce qu'elle voulait : un homme qui passerait sa vie avec elle. Elle était sortie et avait eu des rendez-vous, mais elle n'était pas parvenue à une relation sérieuse. Son regard s'égara sur la deuxième table de nuit qu'elle avait achetée.

Peut-être qu'elle allait servir après tout.

Anne se moqua de son air soudainement grave et se dit qu'il était un peu prématuré de réfléchir à sa liaison avec Michael avant leur premier rendez-vous. Pour l'instant, elle devait songer aux quelques heures à venir, de sorte qu'elle se précipita à la salle de bain et se lava les dents. Puis, elle retira son chandail, mit une chemise à manches longues ajustée et un chandail plus épais par-dessus. Elle échangea ses chaussures confortables pour des bottes doublées et attrapa son manteau, son chapeau et ses gants. Puis, dans un dernier réflexe, mit son baume à lèvres préféré. Elle espérait que Michael aime le goût du miel.

— Prête, déclara-t-elle.

Mike se tenait près de la porte, les mains profondément enfoncées dans les poches avec un air trop sérieux pour un homme qui s'apprête à aller manger une portion de gâteau au fromage.

— Qu'est-ce qui ne va pas? demanda-t-elle.

— Je me demandais juste, au sujet de ma maladie. Ça ne te dérange pas?

Il avait pris un gros risque en jouant carte sur table aussi rapidement. Soit qu'il avait agi par instinct, soit qu'il avait été saisi d'un grand courage. L'un ou l'autre suscitait son admiration.

— Ça devrait?

— Normalement, ce n'est pas quelque chose que je dévoile si tôt dans une…

Il s'arrêta, mais Anne était suffisamment à l'aise avec les mots pour savoir que le prochain qu'il allait dire était

« relation ». Elle était soulagée qu'il ait gardé ce mot pour lui mais, en même temps, le fait de penser qu'un homme était aussi perspicace l'enchantait.

Il s'appuya contre la porte et tendit sa main. Elle la prit et, avec une douce lenteur, il l'attira vers lui. Ils n'étaient qu'à deux doigts l'un de l'autre mais, comme son baiser s'était inscrit au fer rouge dans sa mémoire corporelle après un contact de seulement quelques brèves secondes, ses lèvres tremblèrent.

— Je suis honorée que tu me l'aies dit, dit-elle. Mais je sais ce que c'est, et je sais dans quoi je m'engage. Si ta main frôle par inadvertance mes fesses, je te promets de te demander si tu en avais l'intention avant de te frapper… ou de t'embrasser.

Le peu de distance entre eux disparut en un instant, et Anne éprouva de nouveau la douce tentation de sentir les lèvres de Michael sur les siennes. Il glissa ses doigts sous le bas de sa veste et encercla sa taille, l'agrippant fermement.

Elle enfonça sa main dans ses cheveux, ravie de sentir que ses boucles noires étaient aussi épaisses et douces qu'elle se l'était imaginé. Elle soupira et entrouvrit ses lèvres, expérimentant une explosion de sensations quand leurs langues se touchèrent, tournèrent et s'emmêlèrent.

Puis, d'un geste assuré sur sa taille, il interrompit leur baiser.

— Est-ce qu'il fait chaud ici ou est-ce juste moi ?

— Ce n'est pas juste toi, dit-elle. Mais peut-être que je suis emmitouflée comme un Esquimau.

— Sortons avant que tu ne fondes, alors, suggéra-t-il.

Ou avant qu'elle ne l'attire dans son lit. Quoi qu'il en soit, partir était sans aucun doute une très bonne idée.

Mike avait eu des occasions dans sa vie où il avait eu l'impression qu'il pouvait dominer le monde. Quand il était entré dans l'université de son choix après s'en être sorti tant bien que mal au secondaire. Quand il avait obtenu le travail de ses rêves grâce à son diplôme. Mais aucune de ces victoires ne s'était approchée de la joie qui guidait ses pas alors qu'il se promenait dans le parc avec Sirus, tirant sur sa laisse, et Anne Miller flânant à côté de lui. Il l'avait déjà embrassée. Deux fois. Et, malgré son inquiétude à l'effet que sa maladie lui fasse tirer accidentellement trop fort, il avait pris sa main au moment où ils avaient traversé le seuil de leur immeuble. Il lui était impossible de ne pas la toucher, tout comme on ne peut éviter le froid pendant un glacial mois de février.

Bien que le thermomètre à l'extérieur de la banque, au coin près du parc, affichât une température aux environs de 10 degrés, la chaleur inondait son corps — partant du bout de ses doigts entremêlés avec ceux d'Anne. Ils trouvèrent un banc derrière un arbre et lâchèrent Sirus. Il ordonna au chien de s'asseoir et lui rappela de rester en vue avant de l'écarter d'un geste de la main.

— Est-ce qu'elle te comprend? demanda Anne, visiblement sceptique.

— Elle ne part jamais loin, répondit Mike. Et elle revient tout de suite si je la rappelle.

— Elle est intelligente, dit-elle.

— J'ai eu de la chance. Les chiens de sauvetage peuvent être imprévisibles, mais elle a été facile à dresser et voulait juste être aimée. Est-ce que tu as déjà élevé des chiens?

— Non, dit Anne, avec un regret dans la voix. Mes parents travaillaient beaucoup, et nous n'étions pas souvent à la maison. Ce n'était pas raisonnable d'avoir un chien enfermé dans une pièce ou dans le jardin. Enfin, c'était l'argument de me parents quand mon frère et moi pleurnichions trop.

— Ils avaient raison, acquiesça Mike.

Il faisait si froid qu'il se rapprocha davantage d'Anne et ajusta sa veste pour qu'il puisse mettre sa main — et la sienne — dans sa poche. Il n'avait jamais pensé que ce geste puisse être aussi intime, mais il l'était. Elle ouvrit grand les yeux pendant une fraction de seconde avant de sourire et de se détendre sur le banc incurvé.

— Donc, tu as eu Sirus quand tu étais à Portland, c'est ça ?

— Oui, dit-il, tentant de se souvenir des détails.

Pour le moment, son esprit était embrouillé par la sensation de la pression de l'épaule d'Anne sur la sienne.

— Mon travail là-bas était très souple. La plupart du temps, elle venait avec moi au bureau. Je ne peux pas faire ça ici. Je vais devoir trouver quelqu'un pour m'aider.

À ce moment-là, Sirus bondit hors d'un buisson, aux aguets, prête à chasser quelque chose qui pourrait surgir d'une seconde à l'autre. Les pattes avant écartées et raides, la tête penchée, elle scrutait le moindre recoin : une conséquence des réflexes de chasse des Braques de Weimar.

Anne se rapprocha pour murmurer :

— Elle est vraiment concentrée.

Mike sentit le parfum enivrant de son shampooing.

— Pour les chiens, le jeu est une affaire sérieuse.

Ne trouvant rien à chasser, Sirus fila et se précipita à nouveau dans les buissons qui n'étaient que de frêles brindilles à cette époque de l'année. Une fois convaincue que rien d'intéressant n'était tapi au milieu des branches cassantes, elle jaillit et emprunta rapidement l'allée éclairée pour sonder l'ombre et l'odeur d'une poubelle.

— En parlant de « sérieux », dit Anne, d'où vient son nom ? Ce n'était pas dans Harry Potter ?

— C'est Sirius, dit-il, en référence au méprisant personnage, Sirius Black, connu aussi sous le nom du Prisonnier d'Azkaban. À l'origine, elle s'appelait Osiris, l'Égyptienne…

— La déesse de la mort, indiqua-t-elle. C'est morbide.

— C'est pour ça que je l'ai changé, admit Mike. Je l'ai eue peu de temps après qu'elle eut été nommée et, apparemment, elle avait de nombreux problèmes de santé, alors qu'elle était petite. Tu vas dire que je suis superstitieux, mais j'avais pensé que lui faire porter le nom d'une déesse de la mort était un mauvais présage. Et, comme Sirius est aussi le nom de l'étoile la plus brillante du ciel, je l'ai juste transformé en Sirus.

La course du chien commençait à ralentir, et maintenant elle reniflait le sol pour trouver un endroit approprié pour faire ses besoins. Mike avait un sac en plastique dans la poche opposée à celle qu'il partageait avec la main d'Anne. Ramasser les excréments de son chien n'était sans doute pas l'activité la plus romantique, mais Anne semblait vouloir le connaître réellement dans toute sa gloire complexe et d'un seul coup. Il lui avait parlé de sa maladie de Gilles de la Tourette, il lui avait montré son obsession pour la propreté et il était sur le point de s'assurer que les besoins de son chien ne provoquent pas un malencontreux incident. Elle savait tout — bon ou mauvais — dès le début. Il avait toujours été honnête envers ses petites amies, mais il ne se souvenait pas de s'être déjà dévoilé de façon aussi consciente.

Mais Anne ne semblait pas s'en inquiéter.

— Alors, à quel âge l'as-tu récupérée ?

— Elle avait 18 mois. Un sauvetage. Pour nous deux.

— C'est la deuxième fois que tu le dis, souligna Anne.

— Est-ce que ça te paraît cliché ?

— Non, répondit-elle avant de rire. D'accord, juste un peu, mais c'est intriguant.

Mike regarda Sirus courir vers un arbre, reniflant les racines avec intensité comme un chien policier qui cherche de la drogue. Il avait adopté Sirus dans un des pires moments de sa vie, mais le confesser à Anne semblait un brin excessif. Il l'avait déjà passablement impressionnée pour ce soir. Le rendez-vous. La maladie de Gilles de la Tourette. Et, pourtant, l'ouverture d'Anne était incontestable. Et contagieuse.

— C'est une vieille histoire racontée depuis des générations, dit-il.

Il avait un ton un peu plus dramatique que nécessaire, mais c'était pour lui démontrer clairement que son passé, à cette étape de sa vie, n'était plus qu'une tragédie lointaine et définitivement terminée.

— Un homme a le cœur vide. Il décide de remplir ce manque avec une femelle qui, grâce à une bonne éducation et un bon entraînement, fait tout ce qu'il dit et ne l'abandonne jamais.

— J'espère que tu ne t'attends pas à une indéfectible obéissance de la part de toutes les femmes dans ta vie, dit Anne.

Mike grogna.

— Si tu rencontrais ma mère et mes sœurs, tu ne poserais pas la question.

— Pas exactement du genre fleur bleue ?

— Elles échappent plutôt à toute la famille des fleurs, à l'exception peut-être de la belladone, plaisanta-t-il.

— Je les aime déjà, conclut-elle.

— Et elles t'aimeraient.

— Comment le sais-tu ?

— Parce que je t'aime.

Et, de nouveau, ils s'embrassèrent sans, cette fois, que Mike y ait pensé ou l'ait prémédité. Leurs corps, serrés pour se protéger du froid, gravitaient l'un vers l'autre, mus par une attirance aussi naturelle que la lune et les marées. Les lèvres froides d'Anne se réchauffaient au contact des siennes, y ajoutant une douce et sensuelle conscience.

Il traça le contour de ses lèvres avec sa langue, et elle le laissa l'embrasser pleinement, s'inclinant pour lui offrir un meilleur accès. Elle sentait la menthe et s'abandonnait dans son baiser. Dans sa poche, leurs mains se serrèrent.

Puis, Sirus sauta sur leurs genoux.

— Sirus ! Quelle chienne insupportable ! la réprimanda-t-il.

Il était à la fois ennuyé et reconnaissant que son chien ait interrompu le moment qui aurait pu aller plus loin qu'il ne l'avait prévu avant un premier vrai rendez-vous.

Anne rit et gratta les oreilles de Sirus, ce qui la mit dans un fol état d'excitation, interrompu par des aboiements et des gémissements à chaque fois qu'Anne tentait de s'arrêter.

Le froid commençait à transpercer leurs manteaux. Ils se dirigèrent alors vers le café. Avec Sirus, en laisse, qui jouissait de l'attention des passants, Mike entra et commanda deux cappuccinos avec une part de gâteau au fromage et deux fourchettes. Ils s'assirent à une table à l'extérieur du café et savourèrent rapidement le délicieux dessert avant de rentrer.

Mike laissa Sirus chez lui et, malgré les protestations du chien, accompagna Anne jusqu'à son appartement. Il s'attarda à la porte avec l'envie de l'embrasser de nouveau, mais craignit de l'effrayer à en vouloir trop et trop vite.

Elle prit la décision à sa place, en se mettant sur la pointe des pieds et en déposant un doux baiser sur sa joue.

— J'ai passé une merveilleuse soirée.

— Oui, moi aussi.

Il tourna la tête et lui vola le vrai baiser dont il avait désespérément envie, mais s'arrêta avant d'aller trop loin. Anne l'enivrait. La sensation de sa bouche sur la sienne, de sa langue au doux parfum sucré, était le plus délicieux plaisir auquel il n'avait pas goûté depuis longtemps. Il était possédé et fasciné par son intelligence, son sens de l'humour et sa joie de vivre, mais, à trop y penser, il n'aurait jamais la force de la quitter.

Elle se précipita à l'intérieur, et il fut parcouru par un soudain regain d'énergie. Il aurait pu monter et descendre l'escalier pendant au moins une heure sans s'essouffler, mais il décida d'attendre l'ascenseur. Rester près d'elle, même si c'était seulement dans le couloir, était un doux supplice.

Mais, quand le signal de l'ascenseur finit par retentir, le bruit fut couvert par le cri d'Anne.

Huit

ANYCS
Alliance new-yorkaise contre les souris

Pour diffusion immédiate
21 février 2006
Pour plus d'information :
Contactez Michael Davoli
RESPONSABLE DES NOUVELLES

L'ANYCS LANCE UN RAID À LA COUR DE JUSTICE DE SCHENECTADY : TOUTES LES SOURIS DOIVENT ÊTRE CONDAMNÉES

Schenectady, New York — Les membres de l'ANYCS, l'Alliance new-yorkaise contre les souris, ont annoncé aujourd'hui qu'ils lanceront une nouvelle série de raids contre les souris à la cour de justice de Schenectady. Les raids participent à la tentative de répression contre le crime

qui augmente le plus rapidement à Schenectady : les déjections de souris hors-la-loi.

Le raid a été prévu deux jours après qu'un grand nombre
de déjections furent trouvées dans une tour d'habitations à
Albany. Les déjections portaient la marque du gang de la
souris de Schenectady, **Les Excréments du Royaume
magique.** C'était la première fois que les ERM organisaient
cette opération dans la capitale.

Anne lut le message deux fois dans sa messagerie, avant
d'éclater de rire. Les regards insistants de ses collègues la
forcèrent à mettre sa main devant la bouche, et elle se
pencha davantage sur son clavier tout en continuant à
glousser. Elle ne pensait pas avoir de nouvelles de Mike
après ce qu'il avait subi la veille.

Il avait plutôt transcendé la peur d'Anne dans un faux
article de presse semblable à ceux écrits pour son travail.

Toujours en pleine euphorie à la suite du dernier baiser
de Michael, Anne était rapidement retournée à la cuisine
pour faire bon usage de son énergie. Elle avait ouvert le
lave-vaisselle et découvert une souris morte dans le com-
partiment du haut. Sa gorge lui faisait encore mal d'avoir
hurlé. Une fraction de seconde plus tard, elle avait ouvert à
Mike, qui frappait de manière obstinée à sa porte, et réussi
à lui montrer l'intrus rongeur.

Il lui importait peu de savoir exactement comment il
avait réussi à se débarrasser de la souris morte. Non seulement il était resté plus tard pour l'aider à relaver chaque
assiette, mais il avait apparemment aussi écouté quand elle
lui avait dit qu'elle devait passer une bonne partie de la
semaine à la cour de justice de Schenectady.

Le communiqué visait à ce qu'elle n'oublie pas de sitôt la fin dingue de leur merveilleuse soirée.

— Je me demande ce qu'il peut y avoir de drôle dans les affaires criminelles, mademoiselle Miller.

La voix de sa supérieure lui ôta tout son sens de l'humour, lui faisant l'effet d'une douche froide. Pour elle, le mot «trouble-fête» devrait être associé à une photographie de Pamela Toledo. Elle était l'équivalent féminin de Lou Grant — pas comme dans la série légère *The Mary Tyler Moore Show*, mais comme dans la série plus sérieuse portant son nom — sans l'humanité. En fait, la seule raison pour laquelle Pamela lui rappelait Lou Grant était parce qu'elle était éditrice et qu'elle ressemblait incroyablement à Ed Asner.

Anne ferma rapidement la fenêtre de sa boîte de courriels, afficha son plus beau sourire et se tourna vers Pamela.

— Vous aviez besoin de moi, Pamela?

Pamela lança la copie corrigée du dernier article d'Anne par-dessus son bureau. Il fit l'effet d'un éclair rouge et blanc volant au-dessus du sol.

— Non, mais vous avez sûrement besoin de moi. Je suppose qu'ils n'enseignent plus la règle des participes à l'école du journalisme.

Anne s'efforça de garder son sourire. Qu'importe qu'elle ait obtenu son diplôme à l'école de journalisme depuis plus de cinq ans et qu'elle ait depuis travaillé pour de nombreux journaux de taille et d'envergure égales au *Daily Journal*. Au lieu de visualiser l'accord des participes, elle préférait de loin imaginer le corps de Pamela passer par la fenêtre du dixième étage.

— Entendu, dit Anne, en ramassant l'article annoté sur le sol.

— Vous en avez terminé avec cet article sur l'inculpation du conseil municipal ? demanda Pamela.

— J'attends juste une autre déclaration de la part de la procureure du district, répondit Anne calmement.

Pourtant, 20 minutes plus tôt, au cours de leur réunion matinale du personnel, elle l'avait indiqué à sa supérieure.

— Je m'apprêtais à appeler. Je serai dans les temps, pas de problème.

Elle fixa l'air renfrogné de Pamela et compta silencieusement jusqu'à 10, puis 20. La femme, fumeuse, s'éclaircit la gorge et partit en traînant les pieds dans son tailleur dépareillé des années 1980. Anne compta quand même encore jusqu'à 10, juste pour faire bonne mesure. Quand la femme tourna enfin le coin jusqu'à son bureau, Anne souffla tout en formulant tout bas une ribambelle d'injures truculentes.

Quand elle avait postulé pour ce travail au *Daily Journal*, c'était en espérant apprendre beaucoup de cette journaliste expérimentée avant d'avoir son nom en haut d'articles dans le *New York Times*, le *Washington Post* ou le *Wall Street Journal*. À la place, elle avait été persécutée, sous-estimée et maltraitée. Cependant, ses ambitions demeuraient intactes. Elle n'avait pas travaillé si durement pour se laisser miner par une personne aussi inhumaine que son éditrice actuelle.

Comme d'habitude, Anne allait souffrir en silence et endurer, mais il lui serait bien plus facile d'oublier la méchanceté de Pamela une fois qu'elle aurait répondu à Michael.

De : Anne Miller

Sujet : Sauve-qui-peut : les chasseurs de souris luttent
       pour un juste combat à Schenectady

À : Michael Davoli

Date : Mardi, 21 février 2006, 13 h 41

Sauve-qui-peut : Les chasseurs de souris procèdent au
nettoyage de la cour de justice

Par : Anne Miller

Rédactrice

SCHENECTADY — Avec une précision militaire et une
grande discipline, les autorités ont envahi la cour de justice
ce matin afin de débarrasser les couloirs de la justice de ce
fléau à quatre pattes qui empoisonne la juridiction locale. Le
raid, dirigé par l'Alliance new-yorkaise contre les souris, ou
ANYCS, s'est mis en place après que des articles de journaux eurent révélé l'invasion des souris dans ce vieil
immeuble.

« C'est devenu un problème sanitaire, a dit le porte-
parole, Michael Davoli. Nous sommes là pour aider, protéger et nettoyer. »

L'attaque incluait le fait de balayer les souris. Les fonc-
tionnaires de la cour du comté ont été vus debout sur leurs
bureaux pour échapper au passage des rongeurs. L'arrivée
des prisonniers pour comparution en cour fut une délicieuse
pagaille. Ils ont frappé du pied, agitant leurs chaînes de
cheville pour effrayer les souris. C'était leur façon d'aider à
restaurer l'ordre tant attendu.

« Honnêtement, je préférerais être en prison en ce
moment, c'est plus propre », a dit un prisonnier qui ne souhaitait pas dévoiler son nom.

Vers 15 h, après une journée où rien n'a été réglé, la juge K.D. de la cour de Schenectady a jeté l'éponge, retiré sa toge et fermé officiellement la cour pour la journée.

On attend un communiqué de la cour ce matin, à la suite de la lutte héroïque des membres de l'ANYCS au centre-ville d'Albany.

Aucune déclaration n'a été faite sur les plans de l'ANYCS pour éradiquer les souris.

« Vous préférez sans doute ne pas le savoir », a dit Davoli.

— Des souris à la cour de justice?

Anne faillit sauter au plafond. Bon sang, elle détestait travailler au bureau. Elle préférait de beaucoup être au café. Au moins là, si quelqu'un lisait par-dessus son épaule, ils pouvaient faire semblant de faire autre chose. Au journal, on avait l'art et la manière d'écouter aux portes.

Cette fois-ci, Anne ne cacha pas son article humoristique. Au moins elle trouvait ça drôle. Elle était pratiquement certaine qu'il en serait de même pour Michael. Mais les autres? Pas si sûr. D'une certaine façon, elle aimait l'idée d'échanger des blagues avec un homme qui embrassait si bien, sans parler de son incroyable talent pour combattre les rongeurs.

— C'est juste une blague que j'envoie à un ami, bien que je sache que la cour de justice de Schenectady a plus que son compte de vermines, expliqua Anne à Billy.

C'était le stagiaire qui utilisait son bureau quand elle était sur le terrain, et qui, le reste du temps, la suivait partout assidûment en tentant d'apprendre quelque chose.

— Où en es-tu ? demanda Anne, espérant détourner la conversation de sa correspondance privée.

— J'ai terminé de regarder l'écrit de Deni sur la commission d'aménagement du territoire et j'espérais que tu aies quelque chose de plus intéressant à me proposer.

Anne gloussa.

— Ma liste de courses, si j'avais le temps d'en rédiger une, serait beaucoup plus intéressante à lire qu'un rapport sur la commission d'aménagement du territoire. J'attends une dernière déclaration sur ce dossier de mise en accusation pour fraude. Mais, si tu as envie de jeter un coup d'œil maintenant, c'est comme tu veux. De toute façon, j'ai un appel à passer. J'irai dans la cour ; comme ça tu pourras lire ici, d'accord ?

Le jeune homme accepta avec enthousiasme, mais elle l'envoya chercher un coca pendant qu'elle lisait son courriel à Mike. Elle corrigea une faute d'orthographe de peur d'être jugée en tant que journaliste qui écrivait mal, cliqua et l'envoya. C'était drôle. Elle n'osait imaginer la réponse de Mike. Et tout ça parce qu'elle avait trouvé une souris morte dans son lave-vaisselle.

Billy revint, de sorte qu'Anne interrompit la rédaction de l'article qu'elle avait pratiquement terminé, attrapa son bloc-notes, son manteau et son téléphone portable. Elle descendit dans la cour qui était habituellement utilisée par les fumeurs du journal. Il faisait froid, mais le soleil frappait dans cette place bétonnée. Elle put donc marcher et discuter de l'affaire avec la procureure sans claquer des dents. Elle obtint sa déclaration en moins de deux minutes, ce qui lui permit d'appeler Shane, qui lui avait envoyé un message texte lui demandant de lui passer un coup de fil dès qu'elle le pourrait.

— Alors, comment ça s'est passé hier soir ? demanda Shane.

C'est drôle comme le service d'afficheur a mis fin aux politesses, comme dire bonjour.

— Jusqu'à la souris morte, c'était une très agréable soirée.

— Une souris morte ? Dis-moi que c'est une métaphore.

— Non, insista Anne. C'est vraiment au sens propre. C'est arrivé quand je vidais mon lave-vaisselle. Le corps fumant d'un rongeur parmi mes ustensiles.

— Beurk !

L'estomac d'Anne se retourna juste à y repenser. Elle avait toujours eu une aversion pour les rongeurs de tous genres, mais les souris en particulier lui donnaient des crampes. Même la malheureuse souris blanche élevée en laboratoire, qui n'était jamais sortie de son étroite cage, lui donnait la chair de poule, avec sa queue comme un ver et son museau rose. Elle tremblait rien qu'en l'imaginant.

— Toujours est-il, dit-elle, élevant un peu la voix pour essayer de se débarrasser de cette image, qu'il m'a entendue crier et est arrivé en courant. Non seulement il a jeté cette chose dégoûtante, mais il a rempli de nouveau le lave-vaisselle, l'a redémarré et lavé à la main la vaisselle qui restait. Ensuite, il m'a invitée à dîner chez lui ce soir pour que je n'aie pas à m'approcher de ma cuisine.

Shane était silencieuse, ce qui surprit Anne. Elle s'attendait à un cri d'excitation ou, au moins, à un sincère « je te l'avais bien dit ».

— Qu'est-ce qu'il y a ? demanda-t-elle soucieuse.

— Rien, dit Shane. Les choses semblent s'arranger parfaitement. Je pense que je suis jalouse. Ouah! C'est une émotion que je n'avais pas ressentie depuis longtemps.

Anne rit. Elle ne pouvait nier que les choses entre Michael et elle avaient progressé un peu vite depuis cette première étreinte sur le trottoir jusqu'aux baisers passionnés échangés sur son sofa, sur le seuil de sa porte et, plus tard, sur le banc dans le parc. Habituellement, quand un homme voulait l'embrasser, cela passait toujours par un certain nombre de tergiversations avant d'en arriver à l'essentiel. Des nez qui se cognent, des mains qui tâtonnent, des langues hésitantes qui bougent trop vite ou pas assez. Ceci avait pour résultat que les acrobaties des baisers prenaient le pas sur l'émotion.

Mais Michael avait dépassé ce stade. Il l'embrassait comme s'ils faisaient cela ensemble depuis des années. Il avait tourné sa tête exactement comme il le fallait, et ce, plusieurs fois, et avait une façon de frôler ses joues avec ses doigts qui la rendait folle.

Si elle ne se surveillait pas, elle pourrait se retrouver amoureuse plus rapidement que de raison. Elle ne voulait pas se tromper avec Michael. Mais l'idée de décliner l'invitation à dîner pour mettre un frein à leur histoire était totalement impensable, et ce, tout particulièrement depuis son courriel.

— De quoi es-tu jalouse? Tu as Jamie, dit Anne en terminant avec une pointe d'hésitation.

Selon les antécédents de Shane, les chances qu'il soit de l'histoire ancienne étaient grandes. Quand elle avait tricoté avec Shane la semaine dernière, la flamme commençait déjà à s'éteindre.

— Euh, répondit Shane. Je l'ai, oui et non. C'est un type formidable, mais c'est surtout… physique. Je ne me souviens pas qu'il soit resté assis avec moi une heure à regarder une série compliquée à la télévision, qu'il m'ait aidée à desservir la table, puis qu'il m'ait emmenée faire une promenade romantique dans le parc, pour finir par me débarrasser d'un animal nuisible, noyé et cuit à la vapeur.

Anne voulut soudainement que la bile qui lui montait à la gorge redescende dans son estomac.

— Est-ce qu'on peut arrêter de parler de ça?

— Oui, pas de problème, dit Shane en ricanant. De toute manière, c'est plus agréable de parler de Michael. Ou peut-être devrais-je désormais l'appeler Monsieur Parfait?

— C'est facile de trouver un type parfait quand on ne le connaît pas vraiment, dit Anne. Tu savais qu'il avait le syndrome de Gilles de la Tourette?

Elle avait failli ne pas en parler à Shane, mais elle était la seule amie qu'elle partage avec Michael, et elle n'avait pas l'impression qu'il gardait sa maladie spécialement secrète. Il la lui avait dévoilée plutôt rapidement, comme s'il lui donnait ainsi l'opportunité de s'éloigner aussi vite que possible d'une histoire sentimentale naissante — quelque chose qu'elle ne pouvait s'imaginer faire.

— Oui, je pense que je me souviens de quelque chose à ce sujet, dit Shane. Il a vécu des moments difficiles à cause de cette maladie quand il était enfant, mais je pense qu'il s'en sort bien maintenant. Pourquoi, tu avais remarqué?

— En fait, non. Il me l'a dit. Mais c'est difficile de voir autre chose que ses magnifiques yeux bleus et sa générosité.

— Oh là là, dit Shane. Tu me sembles un peu amoureuse.

Anne sourit.

— Je le suis.

— Pourquoi t'interroges-tu sur la maladie de Gilles de la Tourette?

— C'était important pour lui de me le dire. Mais, pour être honnête, je ne pensais pas que c'était un gros problème. Je crois que j'ai peur de l'insulter en banalisant son état mais, s'il le maîtrise, et s'il arrive à se maîtriser, je ne vois pas pourquoi je devrais m'inquiéter.

— Ce n'est jamais un problème quand un homme est honnête. Du moins, je ne pense pas que ce le soit. C'est si rare que je ne crois pas qu'il y ait de règles établies. Et l'Égypte? Tu lui as parlé de ton voyage?

Anne fronça les sourcils. L'idée ne lui était même pas venue. Adèle, sa partenaire au yoga, et elle avaient prévu leurs vacances bien avant sa rencontre avec Michael.

— Je le ferai. D'abord, je veux être sûre que ça peut marcher entre nous, tu comprends?

Anne et Shane discutèrent quelques minutes encore et décidèrent de se voir pour tricoter devant un verre de vin le lendemain soir. Anne appela quelques autres amies qui tricotaient pour former un groupe de quatre, puis elle remonta à son bureau.

Billy avait terminé de regarder son article. Il avait procédé à quelques changements appropriés, et un qu'elle décida d'ignorer pour des raisons stylistiques plutôt que techniques. Après avoir tapé la déclaration obtenue auprès de la procureure, elle l'envoya par courriel à Pamela — cinq heures avant le délai limite —, puis elle vérifia sa boîte de réception pour quelques pistes en vue de son prochain article.

De qui se moquait-elle ? Elle guettait plutôt la réponse de Michael.

Elle ne fut pas déçue. Il n'avait pas élaboré un autre article de presse, mais lui avait envoyé une lettre de remerciement pour l'avoir fait rire. Et, au bas, il avait joint un lien sur lequel elle devait faire un double clic pour pouvoir le lire.

Elle lut le document imprimé sur un fond chic.

Invitation :
Café Davoli
Dîner commençant à 20 h (ou plus tard si besoin)

Menu

Entrées :
Salade de tomates et mozzarella au basilic frais avec vinaigrette
Focaccia fraîche au romarin et huile d'olive extra vierge pour accompagnement
Linguines à la sauce marinara

Plat principal :
Aubergines au parmesan avec sauce tomate au basilic

Dessert :
Surprise d'Anne

Plus un assortiment de vins rouges

Après le dîner, activité à déterminer.

Sa lecture lui donna faim, et elle saliva devant la sélection du menu. Mais ses lèvres s'asséchèrent immédiatement quand elle arriva à la toute dernière ligne.

Après le dîner, activité à déterminer.

À déterminer par qui ? Elle espérait vivement que Mike en prenne la responsabilité. À en juger par la façon dont elle se liquéfiait à l'avance d'avoir Michael cuisinant pour elle et lui servant non pas seulement un de ses vins rouges préférés, mais un assortiment, elle doutait fortement de sa capacité à décider, une fois le dîner terminé, ce qu'ils allaient faire ensuite.

Neuf

Mike se pencha sur la sauce marinara qui bouillonnait sur la cuisinière et huma profondément avant d'y tremper un morceau de focaccia croustillante. Il en avait l'eau à la bouche alors qu'il soufflait sur les vapeurs de la sauce, préparant sa bouche à une explosion de saveurs. Il y avait un peu trop d'ail, mais c'est comme cela qu'il l'appréciait. Le sel se mariait bien avec la douceur des tomates. Il ajouta une autre pincée de piment rouge moulu, remua, puis passa à la tâche suivante.

Il ne se souvenait pas de la dernière fois qu'il avait préparé un repas si élaboré. Bien sûr, il avait mis la main à la pâte, durant les fêtes de Noël, dans la cuisine de sa famille, mais préparer un repas complet dans le but de régaler les sens d'Anne avec de la bonne nourriture, un excellent vin et une bonne compagnie était un défi pour ses capacités culinaires.

Il était déjà impatient de voir Anne arriver.

Toute la journée, il était resté abasourdi par la soirée précédente qui s'apparentait davantage à une comédie romantique. À commencer par le simple dîner sur le sofa durant lequel la fille avait dévoilé sa passion délirante pour une émission télévisée tellement antinomique, et pourtant si révélatrice de sa personnalité, jusqu'à la conversation plaisante qui avait fini par en révéler plus que tous deux l'avaient prévu.

Et puis il y avait eu la souris.

Et encore mieux — le baiser.

Mon Dieu, le baiser.

Pendant toute la journée, Mike avait lutté contre le souvenir de ses lèvres sur les siennes, qui le distrayait et l'empêchait d'être, contrairement à son habitude, concentré sur son travail. Au lieu de terminer ses articles qui devaient être prêts pour la fin de la semaine, il avait imaginé un faux communiqué sur l'infestation de souris dans l'immeuble où Anne travaillait fréquemment. Au lieu de compléter son rapport sur la nouvelle législation examinée par le sénat de l'État concernant des fonds pour des programmes de prématernelle, il avait concocté son menu pour la soirée, établi sa liste de courses et recherché une sélection de vins rouges pour chacun des trois plats.

Si ses amis avaient vu son comportement, ils auraient dit qu'il s'était fait posséder. À l'exception de Nikki. Elle l'avait aidé pour le choix des vins. Elle l'avait d'ailleurs encouragé à se laisser ensorceler par quelqu'un — quiconque — pratiquement depuis qu'ils se connaissaient.

Nikki croyait très fermement à l'amour et, notamment, au pouvoir illimité de l'exaltation et du désir. Jusqu'à ce qu'il rencontre Anne, il désapprouvait cette philosophie. Et si c'était ce à quoi ressemblait se faire ensorceler, c'était vraiment très agréable.

Anne s'était, probablement sans s'en rendre compte, incrustée dans la zone où se situaient ses terminaisons nerveuses, juste entre l'intérieur de son corps et sa peau. Elle l'intriguait. Elle envahissait même ses pensées les plus banales et était apparue brièvement mais de façon percutante dans ses rêves. Elle mettait ses nerfs à vif. Avec elle, il devait être prêt à tout, même à la protéger d'une souris morte.

Quand on frappa à la porte, Sirus sauta du sofa et aboya. Il lui ordonna de rester tranquille. Il se mit alors à renifler bruyamment sous la porte cherchant à reconnaître l'odeur du visiteur.

Mike lui dit de s'asseoir. Il s'essuya les mains avec une serviette de cuisine et prit rapidement un bonbon à la menthe pour enlever l'arôme de l'ail qu'il avait mangé pendant qu'il cuisinait et goûtait. Puis, il ouvrit la porte.

— Est-ce que je suis en retard ? demanda-t-elle.

Il fut d'emblée frappé par l'odeur de chocolat et de sucre émanant d'une boîte de pâtisserie blanche qu'elle tenait dans ses mains. Une fraction de seconde plus tard, ses sens se focalisèrent sur elle, oubliant le dessert. Vêtue d'un chandail léger et d'une paire de jeans ajustés, ses cheveux tombant négligemment sur son cou, elle était jolie, décontractée et sûre d'elle. Ses yeux brillaient, espérait-il, du plaisir de le revoir.

Il prit la boîte et sentit.

— Tu as pris au sérieux ma demande pour le dessert.

— Le dessert est une affaire sérieuse, répondit-elle.

À la minute où il essaya de défaire le ruban, elle l'interrompit.

— C'est une surprise, ne triche pas.

Il leva les mains en signe d'abandon. Sirus, toujours assise, se tortillait. S'il ne lui donnait pas la permission d'accueillir Anne, elle risquait de désobéir.

Après un regard légèrement méfiant et très affecté, Anne lui rendit la boîte, puis se mit immédiatement à genoux pour caresser le chien. Il posa la boîte de pâtisseries sur le réfrigérateur, puis lui versa un verre de vin.

— Zinfandel? demanda-t-il.

Elle haussa les sourcils en apercevant les trois bouteilles alignées à côté de six verres à vin.

— Tu attends quelqu'un?

— Juste nous, répondit-il, lui tendant un verre et humant le sien. Nikki, une des femmes avec qui je travaille, connaît un type dans un magasin de vin. Il a suggéré qu'avoir un verre pour chaque vin t'impressionnerait. Il a raison?

— Dois-je faire la vaisselle quand on aura terminé?

— Non, répondit-il en gloussant.

Elle leva son verre.

— Alors, je suis impressionnée.

Il lui indiqua le salon, puis envoya Sirus sur son coussin douillet sous la fenêtre, qui était son endroit pour dormir. Il sortit ses entrées du réfrigérateur, retira la pellicule de plastique qui les protégeait et posa le plat devant elle. Il avait astucieusement arrangé les tranches de mozzarella fraîche en alternance avec de larges rondelles de tomates agrémentées du vert vif des feuilles de basilic. Il versa dessus sa vinaigrette maison, lui donna une fourchette, une petite assiette et une serviette.

— C'est splendide, dit-elle en montrant son assiette.

— Ma mère dit toujours que la présentation est aussi importante que le goût.

— Ta mère a raison. Est-ce qu'elle est italienne ?

— Mon père est italien, et je suis à moitié juif par ma mère.

— Bien, dit Anne. J'ai toujours trouvé que les Juifs et les Italiens avaient beaucoup de points communs : les mères étouffantes, le sentiment de culpabilité par rapport à l'état du monde.

Mike lui tendit un couteau.

— Sans parler de l'importance de la cuisine.

— Le meilleur des deux mondes, mon cher.

Elle s'extasia devant sa salade à la mozzarella et fut assez impressionnée quand il lui avoua avoir préparé lui-même la vinaigrette. Il fut légèrement surpris d'apprendre, durant leurs échanges sur leurs talents culinaires, qu'elle se débrouillait plus qu'honorablement. Elle n'aimait pas faire le ménage, mais elle adorait cuisiner. Après qu'elle se fut vantée de préparer de délicieuses crêpes, il se demanda comment se faire inviter au petit déjeuner sans donner l'impression qu'ils allaient d'abord passer la nuit ensemble.

— Encore du vin ? demanda-t-il, apportant la focaccia fraîche qu'il avait achetée et réchauffée au four.

Son verre n'était pas encore tout à fait vide mais, tandis qu'elle trempait un généreux morceau de pain dans l'huile d'olive épicée, elle sourit.

— Tu as beaucoup de vin ici. On va devoir tenir le rythme.

— C'est là tout l'avantage de vivre dans le même immeuble. Aucun de nous deux n'a à conduire.

— Tu marques un point, dit-elle, levant son verre. Je n'en suis qu'à la moitié. Je veux me garder de la place pour tout ce qui va suivre sans risquer d'être ivre. À moins que ce ne soit ton intention ?

Elle battit des cils de façon suggestive.

— En ce qui me concerne, j'ai de meilleures chances avec les femmes quand elles sont sobres.

— Est-ce que tu as beaucoup de chance avec les femmes ?

Il était parti dans la cuisine plonger ses linguines dans l'eau salée pour les réchauffer rapidement, mais s'arrêta net en entendant sa question.

— Qu'est-ce que tu entends par chance ? répliqua-t-il.

— Beaucoup de petites amies ?

— Tu veux dire...

— Beaucoup, renchérit-elle. En fait, je voudrais savoir si tu as un lourd bagage émotionnel.

Il réfléchit à sa question tout en remuant sa sauce tomate au basilic.

— Disons, rien d'excessif.

Elle sourit.

— Dans la moyenne, alors.

— On n'arrive pas à notre âge sans avoir eu quelques fois le cœur brisé.

Une fois encore, les yeux marron et lumineux d'Anne, ainsi que son côté décontracté, l'amadouèrent au point de lui en faire révéler davantage, en si peu de temps, que ce qu'il aurait pu imaginer. Il lui parla de Lisa, tout en préparant la suite de son dîner, chauffant et égouttant les pâtes, servant la sauce et parsemant les petits bols de persil fraîchement haché et de parmesan râpé.

Anne l'écouta tout en mangeant. Tandis qu'elle secouait la tête quand il racontait certains des moments les plus déconcertants de l'histoire, elle ne critiqua pas son ex en signe de respect pour lui. Il trouva son attitude non seulement judicieuse, mais également empathique et sincère.

— Parfois, la vie est moche, conclut Anne.

— Oui, en effet.

— Mais je pense, dit-elle en faisant tourner sa dernière bouchée de pâtes autour de sa fourchette, qu'elle a sérieusement laissé passer sa chance.

— Tu dis ça juste à cause de ma sauce marinara, répliqua-t-il, souhaitant détourner la conversation de son passé amoureux.

— Il existe de pires raisons pour sortir avec un homme que ses talents culinaires, souligna Anne.

Il se retint de l'interroger sur sa vie amoureuse. Cela ne l'intéressait pas tant que ça. Anne paraissait être le genre de femme qui voyageait avec juste le nécessaire, avec un minimum de bagages, quelle que soit la destination ou la durée du séjour.

Et c'était une bonne chose. Il n'avait pas envie que cette conversation devienne trop sérieuse. Il savourait le temps requis afin de développer d'abord une relation amicale avec une femme, avant de prendre des risques amoureux.

— Tu devrais peut-être attendre de goûter mon aubergine au parmesan avant d'émettre un quelconque jugement.

Il débarrassa les assiettes, la taquinant sans relâche quand elle insistait pour l'aider, et la fit sursauter sans pitié en se présentant derrière elle quand elle osa ouvrir le lave-vaisselle.

Elle faillit laisser tomber une pile d'assiettes, mais riposta en attrapant un linge à vaisselle avec lequel elle le frappa à plusieurs reprises sur les fesses avant d'estimer que sa punition était suffisante. Quand il se retourna, elle se retrouva face à lui, riant aux éclats, et, bien qu'il ne luttât pas fortement, il ne put résister à la tentation de l'embrasser.

Elle goûtait le vin et le chaud. Alors qu'elle était piégée contre le comptoir de la cuisine, il se pressa contre elle, moulant ainsi ses formes aux siennes. Elle glissa ses mains autour de son cou, ses doigts se mêlant à ses cheveux, et l'embrassa plus intensément.

Les battements de son cœur s'accélérèrent, diffusant le sang dans ses extrémités. Ses doigts le picotaient alors qu'ils enserraient ses hanches. Ses jambes étaient douloureuses à force d'être debout alors que les autres parties de son corps réclamaient une pause à l'horizontal.

— Tu sens l'ail, murmura-t-elle, souriant les yeux mi-clos.

— Toi aussi. Un point pour nous deux.

Puis il l'embrassa encore.

Il aurait pu la savourer pendant des heures si l'alarme de sa cuisinière n'avait pas fait éclater l'ambiance torride en mille morceaux. Ils sursautèrent et rirent. Pour se remettre de ses émotions, il lui demanda de verser la prochaine tournée de vin rouge pendant qu'il attrapait sa mitaine pour le four.

Il ravala un juron quand il s'aperçut que ses petites tours d'aubergines, de mozzarella et de sauce, délicatement façonnées, s'étaient effondrées durant la cuisson, mais il les glissa aussi délicatement que possible sur les assiettes pendant qu'Anne amenait les verres de chianti à la table dressée à côté de la fenêtre.

Son appartement ne disposait pas d'une très grande vue, mais les réverbères baignaient le coin d'une jolie lumière rose. Il accentua l'effet en baissant l'éclairage dans le reste de l'appartement. Et, bien qu'il soupçonnât qu'elle puisse penser qu'il était ringard, il alluma la bougie au centre de la table.

— Tu devrais ouvrir un restaurant, s'extasia-t-elle.

— J'ai déjà fait ça, dit-il en secouant la tête.

Elle baissa sa fourchette et prit son verre.

— Tu avais un restaurant?

— Mes parents, expliqua-t-il. Ça n'avait rien d'extraordinaire, juste un de ces endroits qu'on retrouve lors des fêtes l'été. Mais j'ai appris à compter l'argent, à m'occuper de l'inventaire et à servir des clients quand j'étais très jeune. Je préfère cuisiner pour la famille et les amis. Ils apprécient davantage.

Anne acquiesça.

— Mes parents avaient un commerce aussi. Des meubles. C'est drôle que nos deux familles aient baigné dans le monde des affaires, mais qu'aucun de nous deux n'ait suivi leur chemin.

Ceci engendra une conversation sérieuse dévoilant la raison de son choix de devenir journaliste et celui de Mike d'avoir opté pour une carrière dans les services publics. Elle était surprise mais impressionnée qu'il ait travaillé lors de la dernière campagne présidentielle et qu'il collabore actuellement avec un groupe de pression pour une réforme de l'éducation. Son implication découlait non seulement de ses expériences discutables en tant qu'étudiant avec un handicap dans un système la plupart du temps indifférent, mais aussi du fait que sa mère et ses sœurs étaient enseignantes.

— Alors tu haïssais l'école, dit Anne.

Elle finissait alors sa dernière gorgée de vin et l'aubergine au parmesan, ne laissant que quelques gouttes de sauce parsemée d'un peu d'oignon, de basilic et d'ail.

Il prit son assiette et la glissa sous la sienne également vide.

— Globalement oui, mais j'aime apprendre. Je lis beaucoup. Je suis un type curieux, de sorte que, si quelque chose m'intéresse, je trouve le moyen d'en savoir plus. L'université était, d'une certaine façon, plus agréable que le primaire et le secondaire.

— N'est-ce pas toujours le cas ? Bon, n'apprends rien de plus en cuisine, sinon je devrai manger ici tous les soirs et je finirai par peser une tonne.

— Eh bien, je ne voudrais pas que tu pèses une tonne à cause de moi, dit-il, mais tu peux venir manger ici quand tu veux.

Ensemble, ils rangèrent la cuisine mais, avant d'avaler une autre bouchée, ils décidèrent que c'était le moment d'aller se promener. Sirus, qui s'était incroyablement bien comportée pendant tout le repas, bondit à la vitesse d'un bâton sauteur à quatre pattes quand Mike mit sa veste et prit sa laisse. Anne revint de chez elle suffisamment vêtue, et ils sortirent dans la rue, n'optant pas cette fois-ci pour une promenade au parc, mais pour un tour rapide dans le voisinage.

— Tu sembles terriblement pressé de remonter, souligna Anne quand Sirus fit un dernier arrêt près d'un arbre devant l'immeuble. Cela n'aurait-il pas quelque chose à voir avec l'activité *à déterminer* après le dîner ?

Il devait sérieusement s'habituer à être avec une femme qui ne craignait pas de dire ce qu'elle pensait.

— Je pensais plutôt au dessert, dit-il sur le même ton.

— N'est-ce pas la même chose ? le défia-t-elle.

Il grommela, combattant l'envie de tirer davantage sur la laisse pour presser le chien. Il se détourna plutôt d'elle pour qu'elle ne puisse plus le torturer avec son regard.

Arrivé en haut, il se lava les mains et ouvrit la dernière bouteille de vin. Son amie Nikki lui avait affirmé que cette bouteille serait le clou de la soirée. Il versa le recioto dans les verres pendant qu'Anne sortait sa boîte de gâteaux du haut du réfrigérateur.

Elle glissa son doigt sous les rabats pour l'ouvrir, puis lui tendit la boîte. Intrigué, il souleva le couvercle et se mit immédiatement à rire.

Deux souris le fixaient. Elles étaient modelées avec de la ricotta sucrée et, pour les oreilles et la queue, avec du chocolat noir et des biscuits.

— Cette histoire de souris est allée trop loin, dit-il.

— Attends de les avoir goûtées.

Comme il était près de 23 h, Mike suggéra qu'ils regardent la télévision et suivent le dernier épisode de *The Daily Show*. Elle hésita durant une fraction de seconde quand il l'informa que, contrairement à son appartement, sa télévision se trouvait dans sa chambre. Mais, après avoir pris une plaque de cuisson en guise de plateau, ils entrèrent dans la chambre.

Il alluma les lumières, puis la télévision. Bon sang, il y avait bien un millier de choses qu'il aurait envie de faire avec Anne Miller ici à la place de regarder les taquineries de Jon Stewart sur les gaffes politiques de la journée. Mais, il devait ralentir son désir pressant qui le hantait. Par chance, leurs bouches étaient trop occupées à savourer le vin délicieux et les ingénieuses souris pour penser à s'embrasser. Pendant les publicités, Anne flâna dans la chambre, regardant les souvenirs et les photos disposés avec soin sur les étagères.

— C'était où ? demanda-t-elle, tenant une photo de randonneurs débraillés et trempés.

— Au parc national Hudson Highlands.

— J'y suis déjà allée, dit Anne. Mais, heureusement, il ne pleuvait pas.

Mike réchauffa son corps avec une autre gorgée de vin.

— Ce fut une nuit difficile. Il a plu à un point tel que je pensais ne plus jamais pouvoir redevenir sec mais, le lendemain, c'était dégagé et ensoleillé, et j'ai fini par avoir un coup de soleil dans le cou.

— Pas une bonne fin de semaine alors, conclut-elle.

— En fait, si. Il y avait quelque chose de stimulant à lutter contre les éléments. J'aime la randonnée et le camping. Et toi ?

— Oui, assez bizarrement, répondit-elle. J'ai juste peu d'occasions d'y aller. J'étais monitrice de camp quand j'étais plus jeune.

Tandis qu'ils riaient devant les bêtises à la télévision et parlaient de leur enfance, minuit arriva. Ils restèrent assis sur le lit, à finir le dernier vin de dessert italien — les souris depuis longtemps déjà dévorées —, et à parcourir des photos et des albums que Mike avait accumulés. Il lui montra d'abord tout ce qui était en lien avec sa famille, puis avec le secondaire et l'université. Après une brève hésitation, il sortit le seul album qui puisse renforcer ou casser cette relation déjà bien avancée avec Anne.

Mike savait que c'était risqué, mais elle avait partagé sa passion pour *24 heures chrono* avec lui. Ce ne serait pas équitable de garder secrètement sa propre passion, surtout quelque chose de si important.

— C'est à propos de Phish, dit-il.

Elle le fixa d'un air perplexe.

— Phish?

— Oui, le groupe. Phish. Est-ce que tu les connais?

On ne pouvait rien lire sur son visage alors qu'elle déplaçait l'album de ses genoux sur les siens. Elle ouvrit la simple couverture sans inscription, puis rit en le découvrant dans des vêtements de style hippie qu'il portait à un concert il y a quelques années. Tee-shirt teint par torsion des mains et jeans amples. Il ne s'était même pas rasé. La fin de semaine avait dû être mémorable, et écouter de la musique devait avoir été plus important que se soucier de son apparence.

Comme elle tournait les pages, découvrant davantage de photos instantanées de centaines de concerts auxquels il avait assisté au fil des années dans tout le pays, son visage souriant se ternit. Il n'avait jamais vu de sourire feint chez elle auparavant — et ce n'était ni convaincant ni encourageant.

— Houa, dit-elle. Tu adores vraiment ce groupe.

Elle avait atteint la partie où des articles de divers concerts découpés dans des journaux étaient collés. Une page contenait un montage de cartes d'embarquements d'avion, de tickets de train annulés... et même des factures d'essence. Bizarrement, il n'avait eu aucun problème à lui confesser sa maladie de Gilles de la Tourette, mais il fut refroidi quand il dévoila sa passion pour le groupe de rock, Phish, qui avait fait des tournées dans tout le pays avec une horde de fans jusqu'à ce qu'ils arrêtent en août 2004.

— Tu les as déjà entendus jouer? demanda-t-il.

Elle continua à tourner les pages, s'arrêtant pour jeter un coup d'œil sur les gros titres.

— Pas vraiment.

— Ils ont commencé en faisant des reprises, principalement de Grateful Dead. Mais ils ont vraiment émergé avec leur propre style, éclectique. La musique est endiablée, et le groupe encore plus.

Elle leva la tête, esquissant un demi-sourire moqueur.

— Je n'aurais jamais pensé que tu puisses être un fan de Phish. Jamais de la vie.

— Pourquoi? demanda-t-il, feignant de ne pas être affecté.

Pour lui, Phish n'était pas un style de vie, c'était seulement leur musique qu'il aimait. Il avait développé un attachement personnel pour le groupe. Il avait non seulement rencontré le batteur, John Fishman, quand il avait accompagné un ami du secondaire à un entretien avec le musicien en herbe, mais avait voyagé et suivi les concerts dans tout l'État avec les membres de la famille de John. Il se souvenait encore du moment où il les avait entendus jouer pour la première fois, de la façon dont les notes avaient touché son âme et remis en question chaque idée préconçue qu'il avait sur le rythme, les paroles et même la vie. Durant ses voyages, il avait rencontré des personnes fascinantes et il s'était lié d'amitié profonde avec des personnes qui comprenaient la trame sonore de sa vie.

Anne devait au moins comprendre ceci ou elle ne pourrait jamais le comprendre lui.

— Je pense que je n'ai jamais réalisé que ceux qui voyagent à travers le monde pour suivre une bande de déjantés avaient, disons, des emplois et des responsabilités.

— Maintenant tu es au courant, dit-il, déterminé à garder son sens de l'humour.

Anne n'était pas la première personne à se montrer rebutée quand il dévoilait sa passion pour Phish. Elle ne serait certainement pas la dernière.

— C'est un cliché.

— Apparemment. Et j'ai contribué à le renforcer, confessa Anne. Pourras-tu me pardonner un jour ?

Elle tourna l'album sur ses genoux pour qu'il puisse lire l'article. Le gros titre disait : « Le pouvoir de séduction de Phish jusqu'à la fin. »

Et c'était signé : Anne Miller.

Dix

Si Shane avait été là, elle aurait dit que la magie et le destin étaient de nouveau de la partie. Comment se faisait-il que Mike ait non seulement lu un article écrit par Anne sur son groupe préféré et qu'il ait aussi jugé qu'il était assez important pour le garder dans un de ses nombreux albums ?

Le problème était qu'Anne se souvenait d'avoir écrit cet article. Si elle avait donné une bonne image de tout le phénomène Phish aux lecteurs, c'était en raison de circonstances particulières. En effet, elle avait accepté cet engagement pour pimenter son ennuyeuse semaine plutôt qu'à cause de sa fascination pour cette musique.

Avant de rédiger l'article sur le concert, elle avait passé toute la semaine précédente soit à la cour, soit à travailler sur des articles traitant d'adolescents qui forcent des voitures pour s'amuser, ou de disputes de voisinage à propos des nuisances sonores. En plus de ne même pas avoir eu le temps de prendre une bouffée d'air pur qui n'ait été souillé par de la fumée de cigarette, elle avait été tirée au sort pour travailler ce samedi-là.

Elle avait donc sauté sur la proposition d'article à propos de l'invasion des fans de Phish au Centre des arts de la scène de Saratoga. À l'instant où elle avait rencontré la première personne qu'elle allait interroger, elle avait eu la sensation de remonter le temps pour se retrouver en pleine fin des années 1970. Elle n'arrivait pas à s'imaginer Mike dans cet endroit, malgré de nombreuses photos de lui, une bière à la main, portant des tee-shirts avec des inscriptions incisives et campant dans une tente sur ce qui semblait être une aire de stationnement.

— Attends, tu as écrit ça?

Il prit l'article et le lut tout haut. Sa voix se fit plus forte lorsqu'il atteignit la partie qui disait : «Mais ils ont aussi révolutionné le monde des affaires, se sont ouverts à Internet et ont encouragé les fans à échanger des cassettes. Leurs concerts sont longs avec beaucoup d'improvisations, captivant ainsi un public fatigué des tubes du Top 40. Un festival de trois jours pour marquer le millénaire dans les Everglades en Floride a embouteillé les routes de tout l'État et demeure, selon beaucoup de fans, l'apogée de la carrière du groupe.»

— J'y étais!

— Sans rire, dit-elle, essayant de mettre une pointe d'enthousiasme dans sa voix.

Elle ne savait pas trop pourquoi son attitude de fan la surprenait, sauf qu'elle saisissait parfaitement l'étendue de ce que cela signifiait. Les fans de Phish n'étaient pas comme de simples fans de musique. Ils étaient fougueux, fiers et engagés jusqu'au, eh bien disons, fanatisme. Elle avait connu quelques fans de Phish, et rien ne pouvait les rendre plus heureux que de voyager et de discuter avec leurs amis fans.

Une chance pour Anne — qui voulait passer plus de temps avec Mike, pas moins —, le groupe avait été dissous peu après le concert de Saratoga. Il n'aurait certainement plus l'opportunité de suivre leurs tournées à l'avenir.

— Tu ne les aimais pas ? demanda-t-il, manifestement choqué.

— En fait, je ne les ai pas entendus jouer ce soir-là, confessa-t-elle. Mon article traitait seulement des fans et des embouteillages.

— Bon, dit-il.

Il lui accorda un sourire légèrement condescendant, qu'elle décida de ne pas prendre à titre personnel afin de ne pas gâcher leur soirée.

— Tu as fait un travail formidable. Je n'arrive pas à croire que ton article soit dans mon carnet. C'est é…

— Étrange ? Oui, dit-elle.

Elle referma l'album et couvrit sa bouche avec sa main pour étouffer un bâillement.

— Oh là là, il est tard, dit-il. Je t'ennuie avec tous ces albums. Je vais te raccompagner chez toi.

— Ça ne m'ennuie pas, dit-elle.

Elle le pensait réellement. Elle tendit la main et toucha la sienne. Sa sincérité sembla l'apaiser comme si elle venait de lui redonner du vin.

— J'aimerais avoir de tels souvenirs bien conservés à te montrer. J'ai une demi-douzaine de boîtes à chaussures sur les étagères de mon placard, débordant de photographies et d'objets en vrac, ainsi que des piles d'albums de promotion poussiéreux, mais ce fouillis te rendrait fou.

— C'est toi qui me rends fou.

Il jeta l'album qui était entre eux et l'attira à lui.

— Si tu peux me pardonner d'être un fan de Phish, je veux bien oublier que tu ne sois pas comme moi un entasseur compulsif, tel un écureuil.

— Encore les rongeurs, marmonna-t-elle.

Il interrompit sa blague en lui donnant un baiser beaucoup plus doux que le vin… et indéniablement plus sensuel.

De nouveau, Mike épousa le rythme naturel de son corps. Il bougeait comme elle et répondait à ses attentes. Son baiser offrait la pression à la fois du doute et du désir, une combinaison plus enivrante que l'alcool et qui rendait plus accro que le chocolat. Il prit ses joues entre ses mains et, tandis qu'il approfondissait le baiser, il resserra sa prise, comme s'il craignait de trop s'en éloigner.

Et encore, son désir s'insinua en elle par le bout de ses doigts, provoquant une spirale d'excitation qui gagna tout son corps. Sous son chemisier, ses seins se tendirent contre son soutien-gorge, et les battements de son cœur s'accélérèrent. Le matelas, si accueillant et doux, se creusa sous leur poids mais, lorsqu'elle fit descendre sa main le long du bras de Mike, elle sentit ses muscles se contracter pour ne pas faillir.

Quand ils s'interrompirent pour respirer, il n'alla pas plus loin. Il posa son front contre le sien. Son souffle laborieux et irrégulier témoignait de son puissant désir qu'il parvenait à peine à contenir.

— Je pense que je devrais te ramener chez toi maintenant.

— Oui, réussit-elle à dire, la bouche soudainement sèche. Je crois que c'est mieux.

Il prit sa main. Elle prit le temps de caresser Sirus et récupéra le manteau qu'elle avait pendant la promenade. Puis, ils descendirent. Cela ne prit pas plus de cinq minutes entre le moment où il l'avait aidée à se relever du lit et celui où elle ouvrit sa porte. De longs aurevoirs semblaient s'imposer.

— Qu'est-ce que tu fais en fin de semaine? demanda-t-il.

Elle se retourna, enchantée qu'il veuille passer plus de temps avec elle.

— J'ai du travail à faire, mais je cherche aussi quelqu'un pour regarder le match de Syracuse.

Ses yeux s'écarquillèrent.

— Du basketball?

— Oui, dit-elle, avec un air indigné un peu exagéré.

Son sourire illumina ses yeux bleus rêveurs avec une telle intensité qu'elle était persuadée que cette lueur allait la tenir éveillée toute la nuit.

— Tu veux qu'on le regarde ensemble?

Elle posa ses mains sur ses hanches, incrédule. En regardant ses albums, elle avait appris que Michael avait joué au baseball et au football pendant ses années de scolarité, mais elle ignorait qu'il était fan de basketball.

— Vraiment? Tu suis Syracuse?

— Mon père est allé à l'école là-bas, expliqua-t-il. J'ai grandi avec ça.

Même après avoir passé des heures à apprendre tout ce qu'elle pensait pouvoir connaître de lui, il la surprenait encore.

— Alors, oui, j'adorerais regarder le match avec toi.

— Chez toi ou chez moi ? demanda-t-il.

Anne y réfléchit. Il y avait un million de raisons pour lesquelles l'appartement de Mike était le meilleur choix, mais celle qui la fit opter pour le sien était plus primaire.

— Chez toi, dit-elle.

Après tout, il avait installé la télévision dans sa chambre.

Les fins de semaine, Anne détestait se préoccuper de l'heure. Les montres et les réveils étaient pour elle l'antithèse de la relaxation. Au travail, elle gardait constamment un œil sur les heures et les minutes quand elle prenait ses rendez-vous, assistait aux audiences ou quand elle arrivait tôt à toutes les réunions du personnel pour échapper à la colère de Pamela. Mais, consciente de son rendez-vous (qu'elle attendait avec impatience) avec Michael pour regarder le match, elle avait passé son samedi à respecter scrupuleusement son emploi du temps. Quarante minutes avant le départ, elle courut dans la salle de bain pour finir de se préparer quand elle se rendit compte qu'il lui manquait plusieurs choses indispensables — y compris du papier hygiénique.

Pouah !

Elle devait aller faire les courses depuis des jours mais, à moins de courir les soldes pour des vêtements à la mode, elle détestait vraiment faire les magasins. Le seul fait d'aller et venir dans les allées avec un chariot, en regardant à droite et à gauche pour voir s'il y avait quelque produit dont elle n'avait pas besoin et qui n'était pas sur sa liste, mais sans lequel tout à coup elle ne pourrait vivre, la faisait rager. Et, néanmoins, il fallait en passer par là. Elle attrapa son sac et ses clés de voiture. Elle avait atteint la porte quand elle s'aperçut qu'elle avait oublié l'enveloppe de proposition de carte de crédit qu'elle avait utilisée pour dresser sa liste. En route vers l'escalier, elle décida d'appeler rapidement Michael. Elle avait l'intention de faire l'aller-retour aussi vite que possible mais, avec la circulation, elle n'était pas sûre d'arriver à temps chez lui.

— Salut Michael.

— Salut, répondit-il.

Elle aimait sa voix qui semblait baisser d'un ton quand elle l'appelait au téléphone. Non pas que sa voix habituelle ne soit pas sensuelle, tel un baryton, mais, même s'ils s'étaient côtoyés pendant quelques semaines, il était toujours surpris de l'entendre au bout du fil, ce qui provoquait une réaction naturelle en lui qui rappelait à Anne leurs baisers — plus intenses et forts, en prévision de la suite.

— Je vais peut-être être en retard, dit-elle. Je ne suis pas allée chez Target cette semaine, et il me manque quelques petites choses indispensables. Je viens dès que je suis de retour.

— Tu es déjà partie ? demanda-t-il.

Elle venait juste d'arriver dans le hall d'entrée. Elle salua le couple du 4-E alors qu'ils ramassaient leur courrier parmi l'une des boîtes alignées sur le mur.

— J'arrive dehors.

— Bon, attends, je viens avec toi. J'ai aussi besoin d'acheter un ou deux trucs.

— Ah, d'accord.

Anne attendit et arpenta le sol carrelé en échangeant de brèves salutations avec ses voisins comme ils entraient et sortaient de l'immeuble. Elle n'avait pas hâte de faire cette excursion et n'était pas certaine que la présence de Michael la ravisse pendant qu'elle mettrait dans son panier du papier hygiénique et des tampons.

Elle avait eu une dure semaine au travail. Juste hier, elle avait dû soumettre par trois fois son article à Pamela au sujet de vieilles dames, victimes d'un exhibitionniste dans l'aire de stationnement d'un centre commercial très fréquenté, jusqu'à ce que son irascible rédactrice en chef juge que c'était… acceptable.

Ses chroniques sur le groupe de défense des victimes, qui amassait actuellement des fonds par le biais d'évé-nements de sensibilisation dans les églises du coin, mon-traient plus de sensibilité. Cependant, avec toutes ses autres responsabilités au bureau des affaires criminelles, elle ne s'imaginait pas pouvoir peaufiner cet article avant l'heure de tombée.

À l'exception de ses déplacements à la cour et de quel-ques déjeuners avec Kate, son travail devenait de plus en plus frustrant, horripilant et ennuyeux. Elle se démenait dans son travail presque autant que lorsqu'elle vivait à San Antonio. En fait, elle aimait bien ses collègues au Texas, mais ne s'était jamais liée d'amitié. Elle se sentait isolée de par sa culture et son désir de se marier avec une personne qui partagerait sa foi. De retour à New York, elle s'était investie dans sa vie sociale. Elle avait des amis épatants et une rela-tion naissante avec Michael, mais son travail était presque devenu une torture. Par chance, elle recevait les cour-riels pleins d'esprit de Michael pour éclairer ses sombres journées — et, même mieux, la compagnie de Michael pour illuminer ses soirées.

Tandis qu'ils étaient encore en terre inconnue, nouvelle et inexplorée, le frisson qui la parcourait, quand elle l'apercevait lors de sa promenade avec Sirus dans le parc ou quand elle lui parlait au téléphone jusqu'aux petites heures du matin, séparés seulement d'un étage, allait finir par s'estomper.

Et elle n'imaginait pas une seule chose qui puisse ternir une nouvelle relation plus rapidement qu'une excursion dans un magasin de vente à rabais.

— Prête?

Elle se retourna, le regarda et éclata de rire. Il était vêtu d'un chandail bleu marine à manches longues avec un énorme «S» de Syracuse, de couleur orange et imprimé sur le devant. C'était une tenue en parfaite adéquation avec les plans de la soirée, mais le fait qu'elle porte exactement le même était hilarant.

— Tu as bon goût, dit-il en lui tirant la manche.

— On va avoir l'air d'idiots si on va au magasin habillés comme des jumeaux, insista Anne. Va te changer.

Il s'exclama en riant :

— Tu te changes. J'aime bien mon chandail.

Elle bougonna, attrapa Michael par la main et l'entraîna dehors de bon cœur jusqu'à sa voiture. Lui faire les gros yeux avait l'effet contraire à celui qu'il aurait, disons, sur son frère. Anne était célèbre dans sa jeunesse pour ses regards noirs des plus convaincants. Or, à chaque fois qu'elle regardait Mike d'un air agacé, il ne faisait que sourire davantage.

— Est-ce que tu as lu dans la page des sports l'article sur l'entraîneur Boeheim qui compte sur McNamara pour le jeu offensif ? demanda-t-il aussitôt qu'elle emprunta l'autoroute.

— Le journaliste sportif du *Daily Journal* n'a pas assisté à un match de basketball depuis que Dave Bing a joué pour les Pistons, répondit Anne. Cette équipe est solide. S'ils peuvent entrer dans la zone, ce match sera explosif, et nous irons au championnat.

Michael secoua la tête.

— Je ne sais pas. Dans le dernier match, nous étions à 3 contre 10 sur des lancers francs dans la première mi-temps, et on a terminé le match avec 20 points en moins. Ce type de performance ne va pas nous conduire au Sweet 16.

Pendant le trajet, ils parlèrent de statistiques et pronostiques. Anne ne pouvait s'empêcher d'apprécier un homme qui pouvait parler de sport avec une femme et ne pas présumer qu'elle en sache moins que lui sur le sujet. Ils échangèrent sur la stratégie de l'entraîneur dans le dernier match et sur le comportement du meneur de l'équipe adverse, après qu'il eut commis une faute à cause d'un Orangeman trop zélé. La conversation rendit le trajet plus court et les embouteillages moins pénibles. Quand ils entrèrent dans le magasin et détachèrent un chariot parmi ceux situés près de la porte, ils en vinrent à parler des pronostiques de Michael sur le match de ce soir contre Notre-Dame, après avoir jeté un œil sur ce qu'ils avaient besoin d'acheter.

Anne n'avait omis aucun détail sur les produits d'hygiène féminine.

— On se sépare ? Je cours à la pharmacie pendant que tu trouves un cadeau pour ta nièce.

— Tu ne veux pas aller au rayon des jouets ? demanda-t-il d'un air exagérément choqué. Allez, viens ! Quel est l'intérêt d'avoir des neveux et nièces, si on ne peut pas les utiliser comme excuse pour aller voir les derniers Hasbro et Mattel ?

Elle ne pouvait résister. Elle leva les yeux au ciel et suivit Mike à l'arrière du magasin où il fit semblant d'être aveuglé par le rose imposant de l'allée des Barbie. Il passa un temps infini à étudier les voitures Hot Wheels qu'il n'avait pas déjà, puis la tira vers la collection de la Guerre des étoiles pour la régaler de sa meilleure imitation de James Earl Jones en répétant jusqu'à en avoir des crampes, tant il riait :

— Luke, je suis ton père.

Elle le persuada d'acheter à sa nièce un ensemble de bricolage qui lui permettrait de peindre et décorer sa propre boîte à bijoux. Ils s'apprêtaient à se diriger vers les rayons adultes du magasin quand il aperçut une cage métallique remplie de ballons gonflés. À l'effigie de Johnny Depp incarnant le capitaine Jack Sparrow dans *Pirates des Caraïbes* et de la marionnette rouge Elmo, les ballons s'avérèrent irrésistibles. Avant qu'elle ne puisse l'arrêter, il avait pris un ballon et dribblait dans l'allée en imitant Eric Devendorf, un des meilleurs joueurs de Syracuse.

— Tu es prête, cria-t-il en lançant le ballon à Anne.

Elle l'attrapa par réflexe, mais hésita à jouer le jeu. Non pas qu'il y eût quelqu'un dans les environs. Le rayon de jouets était relativement désert. Comme aucun employé en tee-shirt rouge ne s'affairait dans le coin, il n'y avait vraiment pas de mal à partager sa petite folie.

Alors, elle dribbla. Elle s'avança un peu vers lui, mais feinta correctement pour ensuite jeter le ballon haut dans les airs de sorte qu'il atterrisse directement dans le bac.

— Tir de trois points ! cria-t-elle.

— Il y a sûrement eu faute, insista-t-il.

— Tu veux un lancer franc ?

— Tout à fait.

Anne regarda Mike prendre un autre ballon et reculer suffisamment loin pour compliquer le tir, particulièrement en raison du fait que les ballons étaient considérablement moins lourds qu'un vrai ballon de basket. Elle avait simplement eu de la chance.

Mais, avec le tir, le souvenir de son horrible semaine avait disparu. La contagieuse folie de Mike l'avait aidée à évacuer une colère insoupçonnée.

Ils déclarèrent forfait peu après qu'une mère, flanquée de jumeaux, eut apparu du coin de l'allée au milieu de leur terrain improvisé. En se dirigeant vers la pharmacie, Mike mit sa main autour de sa taille et l'embrassa sur la joue.

— Contente que je sois venu, maintenant ? demanda-t-il.

Elle rougit. Sa réticence à l'inviter avait-elle été si évidente ?

— Ça n'avait rien de personnel, mais je n'étais pas tellement emballée par le fait que le type, avec lequel je sors, me voit acheter, entre autres choses, du papier hygiénique.

Il serra sa taille et dit :

— Eh bien, je peux prendre des nouveaux caleçons ; comme ça on sera quitte.

Alors qu'ils arrivaient au rayon des hommes, elle ne put s'empêcher de penser : *ça y est, nous le sommes.*

Égaux.

En harmonie.

Le yin et le yang.

Même si l'idée l'emballait, elle l'effrayait aussi. Car, si les choses ne fonctionnaient pas, ce serait la plus grande perte qu'elle ait jamais connue. Et, si cela marchait, sa vie serait à tout jamais changée.

Onze

⁂

— Pardonnez-moi, ce siège est déjà pris ?

Anne leva à peine les yeux, absorbée par la lecture d'une information sur le prochain arrêt du voyage. Elle ôta son sac du siège à côté d'elle et adressa ce qu'elle pensait être un signe de tête poli à la personne qui désirait s'asseoir.

L'air doux égyptien soufflait sur le Nil et faisait bouger les pages du guide touristique acheté par son amie Adèle. Anne était allée plusieurs fois au Moyen-Orient, mais c'était son premier voyage en Égypte, et elle voulait être certaine de ne rien manquer. Pendant qu'Adèle était descendue dans leur cabine de bateau de croisière pour leur chercher des chandails, Anne s'était allongée sur sa chaise longue. Elle fermait les yeux, détendue... et essayait de ne pas penser à Michael.

Avant qu'elle ne rencontre Mike au concert de Jeff Tweedy et que, un peu plus tard, ils s'entendent aussi bien, Adèle et elle avaient prévu un voyage pour le printemps. C'était une amie de son cours de yoga au Y. Adèle vivait seulement à un pâté de maisons de chez Anne sur la rue State, et elles partageaient l'amour des voyages à l'étranger. Après avoir contorsionné leurs corps dans des postures légendaires pendant une heure, elles étaient allées prendre un frappé aux fruits, au bar à jus du coin, et avaient bavardé des endroits où elles étaient allées et souhaitaient se rendre. Quand Anne avait reçu un appel de la section locale de la Fédération des Juifs unis, lui demandant de participer à une conférence à Tel Aviv, elle avait sauté sur l'occasion. Comme les dates coïncidaient avec les vacances d'Adèle, elles avaient inclus l'Égypte dans leur itinéraire, avec en prime cette incroyable croisière d'Assouan à Luxor.

Le plus difficile avait été de quitter Michael... et elle ne savait pas très bien quoi en penser.

De toute sa vie, elle n'avait *jamais* douté d'un plan de vacances à cause d'un homme. Michael l'avait encouragée à profiter de ce voyage, prenant même le temps de s'asseoir avec elle pour chercher sur son ordinateur les itinéraires et les arrêts. Néanmoins, au fur et à mesure que les jours précédant son départ défilaient, elle avait senti aussi une partie de son cœur partir en lambeaux.

Et cela, plus que tout, l'effrayait.

Michael lui avait parlé de sa plus grande rupture — celle qui avait eu pour résultat l'adoption de Sirus. À l'époque, elle était contente de ne pas avoir connu ce genre d'histoire. Pas de cœur brisé ou d'espoirs déçus dans son passé. Enfin, pas de la même façon que lui.

Ses relations s'étaient souvent terminées avant qu'elles ne commencent vraiment. La plupart du temps, elle tombait follement amoureuse de types très bien qui, finalement, souhaitaient juste qu'ils soient amis. En aucun cas, elle ne voulait que ce scénario se répète avec Michael. Dès le début, leur attirance mutuelle avait été dévorante. Ils aimaient tous les deux la musique, le sport, leur immeuble et la cuisine ethnique. À la fois ambitieux et proche de sa famille, Michael était tout ce qu'elle désirait.

À l'exception de...

Peut-être qu'il l'avait un peu trop encouragée à partir au Moyen-Orient. De plus, il ne l'avait pas beaucoup contactée. Il répondait effectivement à ses courriels et messages textes, mais n'était pas aussi blagueur ou ingénieux que d'habitude. Le ton était sec, presque froid.

— Alors, vous vous sentez comme Cléopâtre?

Anne se tourna vers l'homme qui lui parlait. Elle cligna plusieurs fois des yeux, essayant de se souvenir du moment où il s'était assis à côté d'elle.

— Pardon? demanda-t-elle, attendant d'être certaine qu'il s'adressait bien à elle.

— Cléopâtre? Vous savez, la reine connue dans le monde entier comme la fascinante séductrice qui naviqua sur le Nil à bord de sa barge?

Anne ferma son livre.

— Ouah, c'est votre meilleure entrée en la matière?

Il leva les yeux au ciel devant son propre côté ringard.

— Je tente de draguer dans une langue étrangère. Ce n'est pas une tâche facile. Je m'appelle Samir Moadab. Vous pouvez m'appeler Sam.

Il montra son badge qui l'identifiait comme un des guides assignés à la croisière. Elle reconnut immédiatement son accent indigène, bien que *Madrid* fût le pays d'origine que l'on pouvait lire sur son insigne.

Elle ne l'aurait pas particulièrement remarqué, mais Sam était un homme qui ne passait pas inaperçu. Ses yeux noirs insondables, contrastant avec une peau couleur terre d'ombre brûlée appartenant à des générations d'ancêtres ayant vécu dans le désert sous le soleil, fixaient les siens. Quant à son sourire, légèrement arrogant, il accentuait les traits carrés de sa mâchoire. Sam était un beau mec.

Mais Anne n'était pas intéressée.

Ce fait, plus que sa perfection physique, faillit lui couper le souffle. Avant Michael, elle aurait été au moins flattée de son attention. Avant Michael, elle aurait peut-être flirté avec lui pour s'amuser.

Mais désormais, tout ce qu'elle ressentait, c'était une culpabilité tenace à parler avec lui, bien que Michael soit à des milliers de kilomètres et l'ait probablement oubliée depuis le temps qu'elle était partie.

En fait, elle ne pouvait pas se plaindre. Elle avait un très séduisant type qui s'ingéniait à flirter avec elle. Elle n'avait rien à perdre en étant aimable.

— Anne Miller, dit-elle, prenant sa main tendue.

— Comme la vedette américaine de Broadway, dit-il.

Elle se rassit, surprise. Elle n'avait pas entendu une telle déclaration par quiconque plus jeune que sa grand-mère, depuis des années.

— Vous connaissez Anne Miller?

— Ma mère adore le cinéma et le théâtre américains. Quand je suis allé à l'Université Columbia, elle a voulu que j'aille à Broadway pour que j'y rencontre les grandes stars. Je n'ai pas eu le courage de lui rappeler que peu d'entre elles vivaient encore.

— Heu, dit-elle, essayant de dissimuler sa surprise. Columbia ?

Il lui parla rapidement de son parcours qui avait débuté par un diplôme en relations publiques de l'Université de Madrid, suivi d'études supérieures à Columbia et Oxford. Ceci renforça sa décision de poursuivre la conversation. Elle ne pouvait s'empêcher de se demander pourquoi un homme avec un tel bagage avait fini comme guide touristique pour une croisière sur le Nil. De plus, s'il pouvait lui fournir quelques indications d'endroits particuliers à visiter dans les environs, ce serait l'idéal.

— Les études, comment dit-on, ne font pas vraiment bouillir la marmite ? Ma sœur travaille comme guide touristique et elle s'en sort très bien financièrement ; alors, comme j'ai des choses très importantes pour lesquelles j'ai besoin d'argent, j'ai pensé utiliser ce travail pour m'enrichir un peu pendant mes vacances.

— L'argent supplémentaire est toujours une bonne chose, aquiesça-t-elle.

Elle scruta le pont, se demandant ce qui pouvait bien retarder Adèle si longtemps. Non pas qu'elle ne trouve pas Samir intéressant, au contraire. Et cela suffisait à la perturber.

— Alors, qu'est-ce qui vous amène en Égypte ? demanda-t-il.

Elle sourit et, ne voyant pas Adèle revenir, répondit simplement :

— J'aime voyager.

— Vous voyagez souvent ?

— J'en avais l'habitude, dit-elle. Mon travail me garde plutôt fixée à un même endroit, maintenant.

Elle lui parla de sa carrière de journaliste et de l'invitation pour participer à la conférence de Tel Aviv pour la FJU. Non seulement Sam écoutait-il attentivement, mais il posait des questions judicieuses et émettait son opinion sur des sujets allant de l'intégrité des journalistes à sa récente aventure au marché *Mahene Yehudah* à Jérusalem.

— Il existe un endroit, appelé Marzipan, que vous devez voir, insista-t-il, s'appuyant sur ses coudes de sorte que son visage soit proche du sien. Vous y trouverez le meilleur rugelach au chocolat que vous ayez jamais mangé. Vous aurez — excusez le terme, mais c'est le seul qui convienne — un plaisir semblable à un orgasme.

Adèle finit par revenir avec les chandails tandis qu'Anne était parcourue d'un frisson dans le dos. Elle fit de rapides présentations, espérant que Samir soit maintenant attiré par son amie plutôt adorable... et célibataire. Son salut ne fut pas des plus charmeurs et, en quelques secondes, il se concentra de nouveau sur Anne.

— Alors, dites-moi, quels endroits espérez-vous visiter une fois à Luxor ?

— Vous voulez être notre guide ? demanda Adèle, sur un ton sensuel.

Elle avait manifestement distingué la beauté de cet homme tout comme Anne, mais rien ne la retenait pour aller de l'avant.

— J'aimerais bien, mais j'ai déjà un groupe qui compte sur moi. Puis-je ? demanda-t-il.

Il voulait regarder le guide de voyage qu'Anne tenait encore sur ses genoux.

Elle lui confia le livre, qu'il feuilleta rapidement comme s'il l'avait lu plusieurs fois et n'avait nul besoin d'index. Il sortit un crayon de sa poche et commença à montrer tous les meilleurs endroits à visiter, y compris quelques restaurants hors des sentiers battus et des boutiques fréquentées par les gens du coin, qu'il localisa sur la carte amovible.

Il était de plus en plus difficile pour Anne de ne pas répondre à sa curiosité et à ses déductions perspicaces. Dans d'autres circonstances, elle aurait pu être extrêmement flattée par son attention. Elle aurait même pu flirter plutôt que d'analyser chaque mot qu'elle disait à la loupe, se demandant ce que Michael penserait s'il l'entendait.

Sam était charmant, intelligent et instruit. Impossible de l'ignorer, bien qu'elle ait pensé, à plusieurs reprises, à un moyen de changer de place avec Adèle. Elle voulait ainsi que ce soit son amie qui remarque ses bras puissants, dépassant des revers des longues manches relevées de son tee-shirt. Les bras de Michael lui manquaient quand elle regardait ceux de Samir. Se sentant stupide, elle eut envie de se gifler.

— Est-ce que ces dames souhaitent boire quelque chose ? Je connais le barman, dit-il avec un sourire éblouissant.

— Avec plaisir, répondit Adèle.

À l'instant où il s'éloigna, Adèle dit :

— Il est vraiment attiré par toi !

Anne prit son sac, se leva et força son amie à prendre sa chaise longue pliante. Il n'y avait pas foule sur le pont ; alors elle jeta ses affaires sur le transat d'en face, obligeant ainsi Samir à s'asseoir à côté d'Adèle à son retour.

— Il ne m'attire pas, insista Anne.

Adèle se pinça les lèvres.

— À cause de Michael ? Il est à l'autre bout du monde. Tu n'as même pas couché avec lui. Il n'y a rien de mal à avoir un amour de vacances.

— Non, effectivement, dit Anne, fermant chaque bouton de son chandail jusqu'au cou. Alors, vas-y, fonce.

Adèle s'approcha d'elle et défit les deux boutons du haut avant qu'Anne puisse lui donner une petite tape sur les mains.

— Tu me remercieras, dit Adèle. Fermer tes boutons jusqu'en haut ne fait que souligner davantage ta poitrine.

Anne baissa les yeux, approuva et défit un bouton de plus, juste pour être certaine.

Avant Michael, une aventure amoureuse avec un Égyptien séduisant n'aurait pas été improbable, bien qu'elle ne fût pas de celles qui dorment avec des inconnus. D'habitude, elle aimait faire des connaissances et flirter, sachant que cela ne changerait pas sa vie.

Mais Michael faisait partie de la photo, de la toile et du cadre. Il s'était insinué dans chaque partie du décor de sa vie, et probablement sans le vouloir. Elle ne pouvait s'empêcher de se demander s'il y était arrivé par lui-même ou si elle l'avait installé là à ses côtés en raison de sa forte envie d'avoir un homme dans sa vie.

Au cours des derniers jours, ses courriels avaient été un peu moins fréquents et, bien qu'elle feignît de ne pas l'avoir remarqué, plus courts et sans une seule trace d'humour. Il avait écrit au sujet de la visite de Sirus chez le vétérinaire, mais n'avait rien demandé au sujet de la station thermale au Caire où Adèle et elle étaient restées durant les trois premiers jours de leur voyage. Elle avait volontairement donné l'information dans sa réponse, mais il n'avait pas répondu avant qu'elles ne quittent Assouan. Elle voulait bien croire que le décalage horaire et son emploi du temps chargé au travail l'empêchaient de répondre, mais elle ne pouvait s'empêcher de se demander si, depuis son départ, il avait trouvé quelqu'un d'autre.

Ou s'il avait tout simplement perdu son intérêt pour elle.

Sam revint avec des boissons et prit poliment la place à côté d'Adèle. Cependant, il inclut Anne dans toutes les conversations jusqu'à ce qu'il soit l'heure de se changer pour aller dîner. Alors qu'ils rejoignaient la cage d'escaliers qui conduisait à leur cabine, il les invita à se joindre à lui et son groupe de touristes pour le dîner. Anne était sur le point de refuser quand Adèle accepta avec enthousiasme.

Sam partit, l'air satisfait.

— Pourquoi est-ce que tu as fait ça ? demanda Anne.

— Tu as dit que je pouvais l'avoir, lui rappela Adèle. C'est impossible à moins que je le revoie.

Adèle s'était mise sur son trente-et-un pour dîner. Néanmoins, une fois qu'elles arrivèrent à la table préparée pour 12 personnes, Sam s'arrangea pour trouver le moyen d'être assis à côté d'Anne. Adèle était placée à l'autre extrémité de la table avec un Espagnol et son frère qui visitaient l'endroit pour la première fois.

— Vous savez, dit Anne. Je devrais sans doute vous dire que j'ai un petit ami.

Les mots lui semblèrent incroyablement étranges, mais agréables aussi. La façon dont les yeux de Sam s'obscurcirent de déception était tout aussi agréable. Mais il se reprit rapidement.

— Bien entendu, dit-il. Vous êtes très belle.

— Et vous êtes très doué pour flirter dans une langue étrangère.

— J'essaie, dit-il, posant sa serviette sur ses cuisses.

À ce moment, le serveur apportait le premier plat, la salade au tahina servie avec des morceaux de pain fraîchement sortis du four.

— Et, comme une totale franchise semble importante pour vous, je vais me marier dans deux semaines.

Elle faillit s'étrangler en buvant son verre d'eau.

— Ouah, dit-elle. Je n'aurais jamais pensé que vous étiez un chaud lapin?

Il rit et secoua la tête.

— Je suis désolé, un quoi?

Elle lui expliqua l'expression.

— Alors, ce n'est pas un compliment, conclut-il.

— Non, répondit-elle.

— Est-ce que ça aide si le mariage est avec une cousine et qu'il a été arrangé par nos parents quand nous avions cinq ans?

Elle plissa les yeux, essayant de savoir s'il lui disait la vérité, mais décida que cela ne changeait rien. Sam était charmant et attirant, et son attention avait mis en lumière les sentiments d'Anne pour Michael. Jusqu'alors elle ne s'était pas rendu compte combien ils s'étaient approfondis, et en si peu de temps. Son absence était comme une constante douleur dans le creux de son estomac.

— Seulement si vous acceptez que je ne suis pas le genre de femme qui vole le mari d'une autre, quelle que soit la nature de leur engagement. Et, maintenant que nous avons *tous les deux* établi que nous ne sommes pas libres, si nous profitions de ce dîner?

Et ce fut ce qu'ils firent. En fait, ils apprécièrent également le dessert, puis les boissons à la discothèque. Ils se croisèrent au petit déjeuner le lendemain matin et, avant qu'Adèle et elle montent dans un taxi pour leur première escale, il parla au chauffeur pour être certain qu'il ne serait pas seulement un très bon guide pour la journée, mais qu'il ne tenterait pas de les escroquer ou de les emmener dans des endroits peu recommandables.

Anne ne pouvait s'empêcher de penser que le mariage arrangé de Samir allait faire de sa cousine une femme très chanceuse.

Adèle et elle passèrent la journée à visiter et à faire les boutiques. Quand elles arrivèrent devant un grand hôtel appartenant à un conglomérat britannique, Anne profita de leur réseau performant pour appeler Mike. Elle avait déjà composé tous les numéros quand elle calcula le décalage horaire et se rendit compte qu'elle l'appelait à sept heures du matin.

Mais, comme c'était un jour de semaine, il répondit à la deuxième sonnerie.

— Michael, c'est Anne. Je suis à Luxor.

Était-ce son imagination, ou il avait hésité un moment avant de répondre :

— Salut.

La gorge d'Anne devint sèche. Ce « salut » ne ressemblait pas à celui qui l'ébranlait habituellement. Il semblait incertain. Peut-être même désintéressé.

— Alors, dit-elle, mettant de côté ses doutes. Quoi de neuf ?

— Je me prépare pour aller travailler.

Une autre pause. Savait-il que le joindre depuis l'autre bout du monde n'était pas si facile ?

Elle choisit d'aborder un sujet qui l'intéressait vraiment.

— Comment va Sirus ?

— Bien.

Là, son cœur se scinda.

Et, à cet instant, elle se rendit pleinement compte à quel point Michael Davoli s'était insinué en elle.

Maintenant, elle savait que son attachement était vraiment très profond. Dans de telles circonstances, elle ne pouvait contenir sa rage — pas seulement contre Michael et son air blasé malgré son appel longue distance, mais contre elle-même à cause de ses sentiments si forts pour un homme qui, après juste quelques semaines de séparation, se fichait complètement d'elle.

Douze

∽

— Es-tu tombé sur la tête ?

Mike leva les yeux. Auparavant, il fixait son verre de bière. Il se confiait à Nikki, et c'était de cette façon qu'elle le traitait, en l'insultant ?

— Non, dit-il, contrarié.

— Alors d'où vient cette attitude incongrue ?

— J'aimerais bien le savoir, avoua-t-il.

Depuis l'appel d'Anne, Michael se posait des questions sur sa santé mentale. Depuis qu'elle était partie, chaque moment avait été pour lui comme un coup porté au cœur. Mais, quand elle l'avait contacté, il avait été dédaigneux, voire impoli. Pendant près d'une semaine, il avait tenté de comprendre pourquoi il avait agi si bizarrement mais, incapable de trouver une explication tout seul, il avait demandé l'avis de Nikki.

À voir son expression, il savait qu'il allait en prendre pour son grade d'avoir agi comme un pauvre type.

— Tu savais qu'elle devait partir en voyage, lui rappela-t-elle.

— Je sais! La première fois qu'elle m'en a parlé, j'étais excité pour elle. Même un peu jaloux. Tu sais combien j'aime voyager. Mais je me disais que je serais très occupé au bureau et que son absence serait salutaire après tant de moments passés ensemble ces derniers temps. Je veux dire, qu'est-ce que représentaient ces trois semaines dans l'ensemble de ma vie? Elle attendait de faire ce voyage avec impatience depuis si longtemps.

Elle acquiesça, prit un nacho parfaitement triangulaire, dans le bol posé devant eux, et mit dessus une cuillérée de sauce piquante. Mais elle s'interrompit avant de le déposer dans sa bouche.

— Tu vois, ça c'est le Michael Davoli que je connais et que j'aime. Pragmatique. Optimiste. Généreux. Mais ce nouveau personnage égoïste qui repousse sa petite amie alors qu'elle l'appelle de l'autre bout du monde, franchement ça m'exaspère!

Elle croqua son nacho bruyamment, mâcha et but une gorgée de bière pour le faire passer. Pendant ce temps, Michael réfléchit à ses paroles.

Il n'avait jamais été aussi perturbé dans sa vie par son comportement. Mike ne se considérait pas comme un type compliqué. Quand de bonnes choses lui arrivaient, il était content. Quand de mauvaises choses se produisaient, il était triste. Face à une injustice ou un problème, il faisait tout ce qu'il pouvait pour résoudre la situation avec un minimum de conflits et de contestations. Ses parents l'appelaient toujours leur artisan de la paix et le félicitaient pour sa patience et sa perspicacité d'une grande maturité.

Il avait toujours attribué cette qualité à son syndrome de Gilles de la Tourette. La maladie l'avait obligé à mûrir plus vite et à développer des talents de négociateur pour faire face à ses professeurs, ses camarades de classe et ses amis qui étaient souvent perturbés par sa conduite.

Mais sa réaction par rapport à l'absence d'Anne le sidérait. Elle lui manquait à un point tel qu'il lui en voulait pour ses appels, et il répondait sans beaucoup d'attention à ses courriels. Il ne pouvait pas mettre son travail en cause. Ce n'était pas plus fou que d'habitude. Il ne pouvait pas non plus mettre sa réaction sur le compte des sorties. Depuis qu'elle était partie, il avait refusé toutes les invitations qu'il recevait. Si Nikki ne lui avait pas volé ses clefs de voiture et conduit dans ce resto mexicain pour parler sérieusement, il serait resté seul chez lui avec Sirus, à regarder la télévision sans la voir ni l'entendre vraiment. Indifférent.

C'était pathétique.

Et c'était entièrement la faute d'Anne.

— Je ne suis pas égoïste, dit-il.

Il se souvenait alors de la dernière attaque de Nikki pendant qu'il faisait signe à la serveuse de leur apporter un pichet.

— T'appelles ça comment, toi? Quand tu traites une fille comme une saleté parce qu'elle a eu l'audace de te quitter?

Il secoua la tête.

— Ce n'est pas le sujet. On est peut-être allés trop vite. Ce que je veux dire, c'est que j'ai emménagé dans cet immeuble il y a tout juste un peu plus de deux mois. Et, si tu comptes les deux semaines avant que nous ayons commencé à sortir vraiment ensemble, nous ne nous sommes seulement vus que pendant quatre semaines. Le fait que je réagisse si vivement envers elle après si peu de temps… c'est fou.

— Alors, tu crois que la repousser est la meilleure façon de contrer cette folie amoureuse ?

— Je ne la repousse pas, insista-t-il, sachant que c'était un mensonge. Et nous ne sommes pas amoureux.

Nikki le regarda d'un air sceptique, mais demeura silencieuse quand la serveuse apporta les autres verres et remplit le bol de croustilles. Mike tendit la main pour prendre une savoureuse tortilla bien croustillante, puis la reposa. Il ne devrait pas manger. Il ne devrait pas boire. Tout l'écœurait. Le clignement incessant de ses yeux lui faisait mal. Son cou était si crispé que chaque tic provoquait une douleur le long de sa colonne vertébrale.

— Tu es peut-être tombé amoureux, dit Nikki une fois que la serveuse fut partie. Jusqu'à un certain point, je veux dire. C'est le genre de fille que tu pourrais aimer, non ?

— Tout à fait, concéda-t-il. Elle est indépendante, intelligente, belle, à l'intérieur comme à l'extérieur. Elle est un peu désordonnée, mais personne n'est parfait. Mais je ne veux pas tout foutre en l'air en me précipitant. On devrait peut-être juste être amis plus longtemps, pour mieux se connaître.

— Ce n'est pas ce que tu fais ? le défia-t-elle.

— Si mais, quand je suis avec elle, je ne peux pas m'empêcher de toujours en vouloir davantage, tu comprends ?

— Alors, quand tu n'es pas avec elle, tu la traites comme si elle ne comptait pas, clarifia Nikki. Oui, c'est tout à fait sensé.

Son sarcasme ne lui échappa pas. Mais, si Mike ne parvenait pas à démêler cet imbroglio de sentiments, comment Nikki le pourrait-elle? Il avait probablement besoin de prendre l'air seul, avec Sirus, sans ses amis. Il pourrait partir en randonnée en fin de semaine. Il prendrait une tente et des provisions, et entreprendrait un genre de quête spirituelle. L'air tonifiant du printemps, les grands espaces et des ascensions vigoureuses sur des chemins chaotiques l'aideraient peut-être à prendre une décision pour la suite.

Une nouvelle perspective.

— Où est Anne aujourd'hui? demanda Nikki, d'un ton léger.

Elle ne pouvait probablement pas lire dans ses pensées, mais elle était très intuitive. Elle relança la conversation au bon moment.

— Elle vient de quitter l'Egypte, répondit-il. Je pense qu'elle est à Jérusalem jusqu'à après-demain, puis elle rentre dimanche soir.

— Tu vas l'appeler?

— Quand elle sera de retour, bien sûr.

Nikki leva les yeux au ciel.

— Pourquoi attendre? Appelle-la maintenant.

Il vérifia sa montre et calcula le décalage horaire. Il était plus de minuit. Mais Anne était un oiseau de nuit. Il pouvait lui envoyer un courriel ou essayer un message instantané.

— Est-ce que tu as ton ordinateur portable? demanda-t-il.

Nikki sortit l'appareil de son énorme sac.

— Je l'emporte toujours avec moi.

— Tu crois qu'ils ont le réseau Wi-Fi ici ?

Nikki montra du doigt l'affiche qui indiquait que oui.

Il n'avait plus d'excuse.

Le signal de l'ordinateur d'Anne la sortit de son sommeil agité. Elle jeta un œil au lit d'Adèle, puis se souvint qu'elle était déjà repartie. Anne envisageait de faire la même chose mais, dans un accès d'autonomie, s'en était tenue à son plan de départ de rester en Israël toute seule pour rendre visite à des collègues devenus amis. Elle ne pouvait repousser de les revoir après tant d'années juste parce que son petit ami — le type dont elle croyait être amoureuse — agissait comme un enfant gâté.

L'ordinateur sonna à nouveau et, cette fois-ci, elle reconnut le signal d'un message instantané. Elle ouvrit son programme et vit que quelqu'un du nom de *KickinNik* tentait de la joindre. Elle ne se rappelait pas connaître ce surnom mais, maintenant qu'elle était complètement réveillée, aussi bien répondre.

YofiToffi : Qui êtes-vous ?
KickinNik : c'est Mike. J'utilise l'ordinateur de Nikki.

Anne se redressa et installa l'ordinateur sur ses cuisses. C'était la première fois que Mike prenait l'initiative de la contacter depuis deux semaines. Bien qu'elle fût contrariée, elle avait continué à lui envoyer des courriels et à l'appeler, comme convenu avant son départ. Elle avait eu quelques occasions de clavarder et de plaisanter comme auparavant, mais la plupart des conversations avaient été distantes et froides. Après l'appel depuis l'hôtel britannique, elle s'était résolue à cesser de se faire du mauvais sang et à profiter de ses vacances.

Elle ne se pardonnerait jamais de laisser l'attitude sinistre d'un homme gâcher son séjour. Mais voilà qu'il essayait de la joindre. Elle ne pouvait l'ignorer. Elle ne le voulait pas.

> YofiToffi : Contente de ton message. Où êtes-vous tous les deux ?
> KickinNik : Au El Mariachi. Venus pour des bières et croustilles. Pensais à toi. Ne sais même pas si tu aimes la cuisine mexicaine.

Anne se mit à rire. Ils avaient fait l'essai de quelques cuisines internationales depuis qu'ils sortaient ensemble, mais ils n'étaient pas encore allés au El Mariachi.

> YofiToffi : J'aime les margaritas.
> KickinNik : Oui, je me souviens.
> YofiToffi : El Mariachi a une excellente sauce verte.
> KickinNik : C'est ce que dit Nikki. Elle te passe le bonjour. Elle veut savoir si tu as rencontré des Israéliens séduisants.

Anne hésita. Techniquement, Samir était juif, mais d'origine égyptienne et de nationalité espagnole. Son côté enfantin et coquin lui souffla de torturer Mike, mais elle se ravisa. Ce n'était pas le moment de céder à la bêtise. Mike était comme avant, et elle avait bien l'intention d'en profiter au maximum.

YofiToffi : Pas d'Israéliens séduisants. Je ne dois pas être à leur goût. Dis à Nikki qu'elle vienne avec moi la prochaine fois pour qu'elle s'en trouve.

KickinNik : Et si je venais avec toi la prochaine fois?

YofiToffi : Tu veux venir trouver des Israéliens séduisants?

KickinNik : Non, je ne veux plus être sans toi pendant si longtemps.

Voilà. Enfin, c'était arrivé. Ses yeux la brûlaient de tant de larmes qu'elle avait retenues pendant ces deux dernières semaines. Elle s'était interdit de pleurer, avait refusé de céder à la tristesse alors qu'elle n'était pas certaine de ce qui arrivait à Mike — ou plus précisément, à son cœur. Elle n'allait pas commencer maintenant, même si une larme roula sur sa joue et s'écrasa sur la barre d'espacement de son ordinateur.

YofiToffi : Je serai là dans deux jours. Quelque chose de prévu cette fin de semaine?

KickinNik: J'ai besoin de réfléchir. Probablement une balade avec Sirus. Je ne serai pas joignable. Tu appelles quand tu rentres?

YofiToffi : D'accord.

KickinNik : Dors bien.

Anne lui adressa également un message de bonne nuit, puis se déconnecta. Oui, elle dormirait bien — sans doute pour la première fois depuis des jours.

L'avion d'Anne avait été retardé, de telle sorte qu'elle ne rentra chez elle qu'à une heure du matin le lundi, le jour où elle devait reprendre le travail. Elle dormit quelques heures, s'arracha de son lit, puis prit un café pour se réveiller, prête à affronter la circulation et la cour criminelle. Elle avait espéré voir Mike, ou avoir de ses nouvelles, peut-être trouver une note qui dirait «Bienvenue», glissée sous la porte ou, comme il le préférait, collée à la porte d'entrée, pour que tous les voisins en profitent. Elle fut également déçue quand elle ouvrit sa boîte de courriels au bureau.

Elle s'inquiéta un peu, se demandant s'il était revenu de sa randonnée. Dans la salle de pause, elle trouva quelques exemplaires de l'édition de la fin de semaine et regarda les prévisions de la météo. Il avait fait un peu froid, mais c'était principalement ensoleillé. Elle aurait peut-être dû frapper à sa porte ce matin, et il aurait su qu'elle était bien rentrée.

Bien entendu, il aurait pu facilement venir frapper à sa porte. Pourquoi aurait-elle dû y aller la première?

Elle alla à sa réunion du personnel, perturbée, car elle n'était pas préparée à tout ce qui avait eu lieu pendant son absence, y compris un scandale sexuel impliquant des responsables d'églises du coin et un violeur en série agissant entre Schenectady et Albany. Sans empathie pour le décalage horaire d'Anne, en plus du manque de sommeil, Pamela lui ordonna immédiatement de se rendre à la cour de justice pour connaître les dernières nouvelles à propos de ces deux affaires.

Anne entra à la cafétéria de la cour de justice vers 12 h 30 dans l'espoir de dégoter un bagel quand Kate lui fit signe de la rejoindre à sa table.

— Tu es de retour ! dit Kate, se levant à moitié de son siège pour la serrer dans ses bras.

— Oui, je suis bien là, confirma-t-elle, autant pour elle que pour sa procureure préférée. Du moins, mon passeport le confirme. J'ai l'impression d'être encore quelque part au-dessus de l'Atlantique.

— Oui, c'est le décalage horaire. Assieds-toi, dit-elle, lui montrant un siège libre. Ce n'est pas la Villa Italia, mais le café n'est pas mauvais.

Anne secoua la tête.

— J'ai déjà bu une cafetière entière depuis ce matin. Je voulais juste manger quelque chose rapidement.

— Tu as cinq minutes pour bavarder, lui affirma Kate tout en regardant sa montre. Tu as besoin de sucre et de bulles. Assieds-toi tranquillement.

Kate revint avec un énorme soda rempli de glaçons et une viennoiserie aux cerises plutôt appétissante malgré sa préparation sans doute tôt ce matin. Anne planta sa fourchette en plastique dans la garniture, espérant que les quelques glucides la fassent tenir le reste de la journée.

Kate s'intéressait sincèrement à son voyage mais, consciente de l'épuisement d'Anne, elle lui posa des questions banales et laissa aller la conversation en lui parlant de ce qui s'était passé pendant son absence à la cour criminelle lors des trois dernières semaines.

— C'est mon imagination ou est-ce que les criminels ont profité de mon départ pour semer la panique ? demanda-t-elle.

Kate rit.

— C'est juste ton imagination, j'en ai bien peur. C'est un flot constant. Tu vas te reposer ce soir ou tu vois ton jeune homme ?

Anne n'avait pas assez d'énergie pour esquisser un sourire. D'habitude, elle ne pouvait s'empêcher de sourire largement quand elle entendait mentionner Mike. Elle avait été emportée à la dérive pendant ses semaines à l'étranger, et son dernier message lui avait remonté le moral pendant tout le retour. Il ne semblait pas tout à fait encore lui-même, mais il l'avait contactée et lui avait confié qu'elle lui manquait. C'étaient deux très bonnes choses. Mais, même si elle avait été d'accord pour l'appeler quand elle serait à la maison, elle était légèrement déçue qu'il n'ait pas tenté de la joindre en premier.

— Je pense que j'ai juste besoin de dormir, dit-elle en se laissant aller. Je ne serais de bonne compagnie pour personne si je peux à peine former une pensée cohérente. Et Pamela, bien entendu, veut une mise à jour de ces dossiers cet après-midi, en dépit du fait que trois autres journalistes ont suivi les cas depuis que je suis partie.

— Et moi qui pensais que mon chef était un vieux tyran.

— Crois-moi, mon chef a dû lui donner des conseils en matière de torture.

Grâce à l'aide de Kate, Anne prit les notes dont elle avait besoin pour ses articles. Comme elle ne voulait pas retourner au bureau et affronter le regard impatient de Pamela tandis que l'heure de tombée se rapprochait, elle resta à la cafétéria pour écrire pour une audience après le départ de Kate. Elle alla au bureau et resta assez longtemps pour boucler ses articles, puis rentra chez elle. Elle referma sa porte, fatiguée, incapable de penser à quoi que ce soit. Elle retira ses vêtements et s'écroula sur son lit. Ses yeux se fermèrent en moins de deux.

Il était presque minuit quand elle se réveilla. Affamée, elle fouilla dans sa cuisine avant de se rendre compte qu'elle n'avait que du beurre d'arachide et des craquelins dans son armoire. Elle les dégusta avec une tasse de chocolat chaud instantané. Puis, elle prit une douche rapide et retourna dormir, tirée de son sommeil par l'alarme de son réveil à 7 h.

Ce matin-là, elle trouva une note sur sa porte.

J'espère que tu es bien arrivée. Désolé de ne pas avoir appelé hier. En réunion toute la journée. Pensais que tu dormais à poings fermés lorsque je suis rentré chez moi. Un verre, ce soir ? Michael.

Anne en fut toute émoustillée. Une montée d'adrénaline parcourut son corps, lui donnant le regain d'énergie nécessaire pour affronter cette nouvelle journée. Elle sortit de son sac un stylo, nota une heure et un lieu, puis monta en courant pour coller le message sur sa porte où il le trouverait en rentrant.

Dans cette attente, le temps passa très vite. Elle finit de travailler tôt, arrêta acheter quelques produits de base au supermarché, puis rentra à la maison prendre une douche et se pomponner. Michael lui avait manqué plus qu'elle ne s'y attendait — honnêtement, plus qu'elle ne le voulait. Elle avait cherché un homme avec qui partager sa vie, mais des années de recherches infructueuses l'avaient rendue méfiante. Ce n'était pas prudent de trop espérer d'une relation qui n'était pas encore bien consolidée.

Mais Anne n'était pas de celles qui allaient lentement et patientaient indéfiniment, pas dans sa vie privée en tout cas. Pour vivre sa vie, elle devait s'en emparer. Et elle allait commencer par s'emparer fermement de Michael, souhaitant ne jamais, jamais avoir à le laisser partir.

Elle choisit dans son armoire un chemisier vaporeux dans des tons de bleu et une paire de jeans. Comme il faisait beau, elle glissa ses pieds bronzés dans une paire de sandales à talons hauts. Elle passa encore un peu de temps à se maquiller et se vaporisa même avec un parfum sensuel et ambré sur le cou et les poignets. Elle prit son téléphone mobile, son porte-monnaie et sa veste, et s'apprêtait à sortir quand on frappa à la porte.

Elle regarda dans le judas et vit Michael.

Excitée, elle ouvrit la porte. Elle se lança dans ses bras, prête à retrouver le confort familier de son étreinte et, peut-être après, le goût de son merveilleux baiser si longtemps attendu.

Elle n'eut ni l'un ni l'autre. Il bougea à peine, raidissant ses bras dans son dos pour la garder suffisamment éloignée une fois qu'elle se serait détachée.

— Salut, dit-elle, confuse et un peu fâchée. Qu'est-ce qui ne va pas ?

Il glissa ses mains dans ses poches.

— Rien, je suis juste… Je suis rentré tôt à la maison et je pensais qu'on aurait pu aller jusqu'au bar à pied. Je ne sais pas. C'était peut-être une mauvaise idée.

Anne recula dans son appartement. Elle sentit sa colère monter. Elle était encore sous le coup du décalage horaire, abasourdie par son comportement bizarre pendant qu'elle était en voyage. Après leur dernier échange, elle ne s'était pas attendue à sa mauvaise humeur à son retour, pas alors qu'il l'avait invitée à un rendez-vous.

Ce n'était pas *son* Michael.

Son Michael était déterminé, comme la nuit où il l'avait serrée dans ses bras au coin de la rue à leur première rencontre ou quand il l'avait embrassée sur le sofa avant qu'ils ne sortent ensemble officiellement. Son Michael était gentil avec elle, comme quand il l'avait débarrassée du rongeur mort ou lui avait préparé de délicieux dîners italiens. Son Michael lui adressait des courriels remplis d'humour, jouait avec elle au basket dans les magasins et ne se moquait pas de sa passion pour *24 heures chrono*, du fait qu'elle tricote dans les bars ou qu'elle aime l'équipe de basketball de Syracuse.

Cet homme ressemblait certainement à l'homme qu'elle avait embrassé si intensément avant de partir pour Israël et l'Égypte, mais il n'agissait pas du tout comme lui.

— Michael, qu'est-ce que tu as, bon sang? Je suis partie pendant trois semaines. Trois semaines pendant lesquelles je dois souligner que tu m'as à peine parlé. Puis, tu m'as envoyé de gentils messages instantanés juste avant mon retour, tu m'as invitée à boire un verre pour m'accueillir et, maintenant, tu oses à peine me toucher?

— À peine…? Ce n'est pas vrai, insista-t-il, se redressant tout en la fixant du regard, avec une expression totalement insondable.

— Alors, qu'est-ce que c'est? Si tu as quelque chose à me dire, dis-le, mais je préfère te prévenir tout de suite, si tu commences en disant : *ce n'est pas toi, c'est moi*, tu peux garder ça pour quelqu'un d'autre, compris?

Treize

Oh, il avait compris. C'était clair et net. Mais, peu importe ce qu'elle avait derrière la tête, il ne changerait pas d'avis. Il avait mûrement réfléchi à leur relation pendant toute la fin de semaine et avait pris sa décision.

Non pas que ce fût chose facile. Anne était sans aucun doute une femme remarquable. Drôle. Séduisante. Intelligente. Le peu de temps qu'ils avaient passé ensemble, avant qu'elle ne parte en Égypte, avait été très agréable. Mais, quand elle était près de lui, nom d'un chien, et même quand elle ne l'était pas, le monde tournoyait, montant et plongeant autour de lui, comme s'il était sur des montagnes russes vertigineuses. Ils devaient ralentir et découvrir les choses progressivement.

Il se concentra et prit un air sérieux et grave.

— Je pense seulement que l'on devrait lever le pied pendant un moment. Pour nous retrouver, tu comprends ?

Son visage entier se crispa, le paralysant.

— Non, Michael, je ne comprends pas. Pourquoi ne me l'expliques-tu pas ?

Mike prit une profonde inspiration et l'invita d'un geste de la main à s'asseoir sur le sofa, ce qu'elle fit immédiatement en croisant les jambes et les bras.

Ce n'était pas bon signe.

Il ferma la porte derrière lui. Bien que la possibilité de s'enfuir lui traversât l'esprit, il ne souhaitait pas laisser Anne. Il ne désirait pas rompre définitivement avec elle. D'aucune façon. En fait, il essayait d'éviter qu'ils se séparent.

Il avait eu toute la fin de semaine pour réfléchir à sa relation avec Anne, et une chose était très claire : il tenait à elle. Profondément. Et là était le problème. Elle était devenue trop rapidement son principal centre d'intérêt. Elle lui avait énormément manqué quand elle était partie, et, cependant, il avait agi comme un idiot au cours de la plupart de leurs conversations. Il en était arrivé à la conclusion qu'il n'était tout simplement pas prêt pour ce type de relation vers laquelle Anne et lui-même se dirigeaient.

— Toutes les femmes avec lesquelles je suis sorti un certain temps étaient tout d'abord des amies. Ce que je veux dire, c'est que je les ai rencontrées de cette façon, et nous avons appris à nous connaître, avant d'être ensemble. Toi et moi avons négligé cette étape... et c'est de ma faute. Nous nous sommes précipités sans réfléchir. Sans prendre le temps de nous lier d'amitié.

Elle avait toujours son air renfrogné.

— Alors, c'est ton habituel mode de fonctionnement avec les femmes ? C'est bien de le savoir. Mais, comment cela a-t-il exactement joué en ta faveur jusqu'à aujourd'hui?

Comme elle l'avait prévu, son sarcasme le piqua au vif.

— Il ne s'agit pas de cela, dit-il, éludant la question.

Elle gloussa, mais d'un air sarcastique.

— Tu sais quoi? Tu as raison. Il ne s'agit pas de cela. Si tu ne veux pas prendre en considération ton passé alors que tu tentes de construire ton futur, c'est ton choix. Quant à moi, j'ai essayé d'apprendre de mes erreurs.

Elle se releva et fit les cent pas dans le petit salon, le rendant encore plus exigu et encombré. Lorsqu'elle faillit trébucher sur une valise qui n'était pas encore défaite, elle l'envoya sur le côté en donnant un coup de pied dedans. Elle heurta violemment sa table basse, secouant la lampe et des bibelots poussiéreux.

— Anne.

Elle l'interrompit immédiatement.

— Non, Michael. J'ai bien compris. Tu es honnête avec moi, je te l'accorde. Mais j'ai besoin également d'être loyale avec toi. Pendant toute ma vie, j'ai été l'*amie*.

Elle mima les guillemets autour du mot en ricanant comme si être l'amie de quelqu'un était encore pire que la mort.

— Tu sais, tous les types mignons au secondaire? Les gars mignons et sportifs, et le chef de l'association étudiante? J'étais toujours leur meilleure amie. J'étais la fille drôle qui ne rougissait pas ni ne gloussait, mais qui les traitait comme de véritables personnes. J'étais la nana intelligente qui pouvait les aider à faire leurs devoirs et même leur parler des dernières statistiques sur l'équipe des Orioles au baseball. La plupart du temps, j'avais secrètement le béguin pour la plupart d'entre eux, mais ils ne me voyaient pas sous un autre jour.

Il prit les devants, saisissant l'opportunité de lui apporter la preuve de ce qu'il avançait.

— Tu vois ? Je ne le savais pas. Il y a beaucoup de choses que je ne sais pas. Et je veux tout savoir, mais sans avoir la pression en tentant de gérer une relation naissante en même temps.

Anne secoua la tête.

— C'est peut-être parfait pour toi, Mike, mais, pour moi, c'est un supplice. Je ne veux pas revivre ça. Je ne tomberai pas amoureuse de cette façon-là. Je suis désolée, mais je ne cherche pas un nouvel ami. J'ai atteint mon quota. Je cherche quelqu'un avec qui partager ma vie. Un partenaire. Une âme sœur. Un amoureux. Si tu ne peux pas être ces choses, alors je pense qu'il est préférable que tu t'en ailles.

Mike resta bouche bée, la fixant pendant longtemps, mais elle ne bougea pas. Elle était furieuse. Il pouvait sentir sa colère irradier de sa peau. Il savait que, même s'il essayait de la toucher, elle lui tournerait le dos ou lui balancerait un coup de poing.

Malgré lui, dans sa tentative de sauver leur relation, il avait touché la corde sensible. Elle avait peut-être besoin de temps pour réfléchir. Il savait que lui en avait besoin.

Il se leva et sentit une douleur sourde à l'estomac. Il avait prévu que cette conversation puisse mal se terminer, mais il n'avait pas imaginé qu'elle lui demanderait de partir. Non pas qu'elle n'en n'ait pas le droit. Il n'avait pas voulu lui faire revivre son passé douloureux. Mais cela avait juste confirmé son raisonnement. S'il en avait su davantage sur ses précédentes relations, il aurait trouvé une autre manière de lui annoncer ce qui devait être absolument précisé.

Il se dirigea vers la porte. Il voulait dire quelque chose, n'importe quoi. Mais, quand il se retourna, elle claqua la porte de sa chambre.

Il ne se rappelait pas comment il était retourné chez lui. Peut-être par l'ascenseur. Peut-être par l'escalier. Même Sirus semblait sentir que quelque chose n'allait pas, parce qu'au lieu de l'accueillir en balançant frénétiquement sa queue et en sautant d'excitation, elle s'avança furtivement vers lui en baissant la tête, la queue entre les pattes. Il s'affala sur le canapé, et le chien sauta immédiatement à côté de lui, se couchant en boule sur ses genoux. Elle l'avait sauvé quand Lisa l'avait quitté, mais il ne voulait pas qu'elle joue à nouveau ce rôle cette fois-ci, notamment parce qu'il ne voulait pas perdre Anne.

L'inconvénient, c'était qu'il avait peur de l'avoir déjà perdue.

Il passa la main dans ses cheveux. Il avait profondément réfléchi. Il lui avait dit la vérité. Mais il n'aurait peut-être pas dû l'offenser par sa remarque seulement quelques secondes après qu'elle lui eut ouvert la porte.

— Sirus, j'ai tout gâché.

La chienne le regarda de ses grands yeux bleus et confiants, comme si elle ne pouvait pas croire que son maître puisse être capable de faire quelque chose de mal. Il lui gratta les oreilles, l'aimant d'autant plus en raison de sa naïveté animale. Mais la vérité, c'était que, bien que sa déclaration fût malvenue, ses conclusions étaient irréfutables.

Quand il avait gravi les sentiers derrière Sirus, il avait dû reconnaître que la plus forte émotion qu'il éprouvait pour Anne était le désir. Il l'admirait, l'aimait et la respectait, mais tout cela ne le hantait pas en pleine nuit, ni ne l'avait tourmenté quand ils s'étaient assis sur son lit à regarder les albums ou un match de basketball. De toute sa vie, il n'avait ressenti une si puissante attirance pour quelqu'un. Son envie d'elle avait dépassé ses simples désirs physiques, bien qu'ils fussent déjà eux-mêmes puissamment intenses. S'il n'érigeait pas quelques barrières, ils pourraient tomber dans quelque chose de sérieux avant que chacun d'eux soit prêt.

Avant qu'il ne soit prêt.

C'était la vérité qui blessait — la triste réalité à laquelle il avait dû faire face quand il était au milieu de nulle part, guidé seulement par la forte brise du printemps, le ciel turquoise et le terrain rocailleux. Anne ne pouvait pas être seulement une amie ou juste une amoureuse ou *toute autre chose*. Elle était tout cela à la fois, un vrai miracle. S'il entrait de plein fouet dans cette relation, il n'existait qu'une seule inévitable issue.

Le mariage.

Or, il n'était tout simplement pas préparé à un engagement pour la vie.

Anne jeta un coup d'œil à la bouteille de shiraz que le serveur venait de poser sur la table. Quand elle vit qu'elle venait d'un endroit appelé vignoble du Domaine de l'Espoir, elle pouffa de rire. Pendant toute la semaine dernière, elle avait fait peu de choses, si ce n'est *espérer* que Michael reprenne ses esprits. Puis, elle avait *espéré* l'oublier en se concentrant sur son travail, ses amis et son tricot. Mais aucun de ses espoirs ne s'était réalisé, et elle avait décidé de boire ce sacré vin et d'en finir avec ça.

— Ouah, Shane, s'exclama Adèle, prenant doucement la couverture douce logée sur les genoux de Shane. Tu deviens vraiment une experte.

— Merci, dit Shane, bougeant ses cheveux avec une arrogance exagérée. Je ne sais pas comment j'ai pu si long-temps y résister. C'est vraiment une thérapie.

— Surtout quand on tricote uniquement en buvant du vin, répondit Adèle, tout en versant la nouvelle bouteille.

Shane leva son verre de shiraz et dit :

— Au vin !

Puis elle prit une petite gorgée.

Anne regarda la robe rouge rubis avec un grand scepti-cisme. Le vin pouvait aider Shane à tricoter de manière plus acceptable mais, jusqu'ici, il avait fait très peu pour panser la peine de cœur d'Anne.

Elle avait discuté de l'implosion de sa relation naissante avec Michael, puis du reste. Peu après qu'il fut parti, elle avait appelé en urgence à la fois Shane et Adèle, qui lui avaient répondu immédiatement. Elles avaient annulé leurs plans, étaient allées tout de suite à son appartement avec le DVD de *Tuer Bill*, volume 2, une boîte de chocolats Whitman de un kilogramme et une bouteille de vin bon marché, le tout grâce aux commerces de la rue Lark.

En quatre heures, Anne avait non seulement revécu l'in-tense déception du fait que Michael ait freiné leur relation,

mais aussi chaque affront, déception, désillusion ou cha-
grin qu'elle avait endurés depuis son adolescence. Elle était
certaine que Michael n'avait aucune idée de la façon dont il
avait touché un point si sensible, mais il l'avait fait et, à ce
jour, elle n'avait pas réussi à trouver le bon remède pour
atténuer sa peine.

— Comment vas-tu ? demanda Adèle.

La sympathique mélodie de sa voix lui fit froid dans le
dos, mais elle s'efforça à nouveau de sourire. Elle n'avait pas
hésité à avouer sa profonde tristesse juste après avoir jeté
Michael dehors. Mais elle ne voulait pas qu'elles sachent
qu'elle s'en était très peu remise depuis lors. Oui, sept jours
à peine étaient passés, mais elle et Michael ne s'étaient revus
que rapidement, trop rapidement pour qu'elle l'aime. Alors,
pendant combien de temps devait-elle encore désespérer ?

— As-tu des nouvelles de Samir ?

La question d'Adèle fit dresser Shane droite comme un
piquet.

— Samir ? Qui est ce Samir dont tu parles ?

Juste un Égyptien très séduisant qui ne pouvait pas
détacher ses yeux d'Anne pendant toute la durée de notre
voyage en croisière sur le Nil.

Shane reposa ses aiguilles à tricoter avec un léger
cliquetis.

— Attends une minute. Je suis allée à ton appartement
presque chaque soir depuis ton retour, et tu n'as jamais
mentionné une seule fois le nom de Samir.

— C'est parce qu'il n'y a rien à dire, dit Anne.

Mais, maintenant qu'Adèle le rappelait, elle repensa à la
façon dont cet homme avait effrontément flirté avec elle, et
cela lui redonna un peu de confiance.

C'était indubitablement pour cela qu'elle avait évoqué le sujet.

— De plus, il n'avait aucun moyen de me contacter, conclut-elle.

— Si, dit Anne. Je lui ai donné ton courriel.

— Mon courriel professionnel ?

— Ton courriel personnel, crétine. Je ne suis pas complètement idiote.

— Il ne me contactera pas, dit Anne. Il allait se marier, tu te souviens ?

— À sa cousine, répliqua Adèle.

Anne reprit une gorgée de vin. Son amie ne comprenait pas les nuances des mariages arrangés et elle n'était pas en état de le lui expliquer. Ce n'était pas un problème si Samir lui envoyait ou non un courriel. Elle n'avait pas l'intention de lui répondre.

Ses attentions pendant les vacances avaient été très agréables. Il leur avait indiqué plusieurs endroits intéressants en Égypte. Son flirt manifeste — dont ils étaient tous les deux conscients qu'il ne les mènerait à rien — lui rappelait qu'alors que Michael pouvait ne plus s'intéresser à elle, cela ne la rendait pas moins intéressante.

— Alors tu as rencontré ce type pendant ton voyage ? demanda Shane, avec une expression avide de potins.

— Oui, mais ça importe peu, insista Anne.

— Parce qu'il s'est marié ou parce que tu es toujours attachée à Michael ?

Elle regarda son amie. La plupart du temps, elle aimait Shane pour sa capacité à aller droit au but dans n'importe quelle situation donnée, car Anne jouait le jeu, du moins, publiquement.

— Samir vit sans doute un mariage heureux maintenant et, bien sûr, je suis toujours attachée à Michael. Ça fait seulement une semaine. J'ai besoin de plus de temps pour régler ça et savoir ce que je ressens, dit-elle. À la condition que ça puisse se régler.

Shane tapa ses aiguilles à tricoter de façon menaçante sur la table.

— Tout ça n'a aucun sens. Ce que je veux dire, c'est que j'imagine qu'il a juste été effrayé parce que tu es magnifique et qu'il pensait ne pas te mériter.

— C'est la seule chose qui ait un sens, renchérit Adèle. Tu es sublime et tu l'as bouleversé.

Même Anne, qui faisait semblant d'avoir la nausée, sourit. Elle n'était pas plus heureuse que ça des choix de Michael mais, au moins pour le moment, elle n'avait pas l'impression d'être si nulle pour autant.

— Je vous aime les filles.

— Oui, tu fais bien.

Shane leva son verre.

Elles tricotèrent, burent et discutèrent une heure de plus jusqu'à ce qu'Adèle roule son écharpe à moitié terminée dans son sac et insiste pour rentrer chez elle avant que ses mailles s'emmêlent. Elles préparèrent un plan provisoire pour se revoir la semaine suivante. Anne et Shane repartirent à pied vers leur immeuble alors qu'Adèle s'éloignait dans l'autre direction.

— Alors, tu l'as embrassé? demanda Shane, après qu'elles eurent passé en silence un bloc d'immeubles.

— Qui? demanda-t-elle. Michael? Oui, je l'ai embrassé juste avant de le mettre dehors, juste pour qu'il sache ce qu'il manquait.

— Vraiment ?

Étrangement, elle n'aimait pas la façon dont Shane semblait choquée.

— Non.

— De toute façon, je ne parlais pas de lui, répondit Shane, faisant un signe de la main. Tu aurais dû lui balancer un coup de pied, pas l'embrasser. Je voulais dire Samir. Il semble fascinant.

— Marié, dit Anne, montrant son annulaire.

Cela ne prouvait rien puisque le sien était nu et, à ce rythme, pourrait le rester toute sa vie.

— Et non, je ne l'ai pas embrassé. Je voulais Michael. Je le veux toujours.

Bizarrement, Shane ne trouva rien à ajouter à cela. Anne lui en était reconnaissante. Malgré les apparences, elle était plus déçue qu'en colère concernant Michael. Elle savait en son âme et conscience qu'ils étaient liés. Son cœur battait encore aux rythmes de ses qualités qu'il lui avait révélées. Son humour. Son intelligence. Son sens développé de la justice, qui équilibrait son sens tout aussi puissant du plaisir.

Mais, après trois semaines à l'étranger et leur rapide rupture dès son retour, Anne savait qu'elle devait s'habituer à son absence. La douleur la hanterait peut-être, mais la peine s'émousserait. Elle s'était déjà évertuée à s'occuper au maximum, se portant volontaire pour assurer le travail de nuit dès son retour quand la personne en poste démissionna de manière imprévue. À l'exception de ce soir, l'horaire de 16 h à minuit la maintenait hors de chez elle pendant les heures où Michael devait être chez lui, sortir Sirus ou rendre visite à des voisins qu'elle lui avait présentés. Jusqu'ici, elle avait évité de le rencontrer dans le hall d'entrée ou de se retrouver coincée avec lui dans l'ascenseur, mais ils finiraient par tomber l'un sur l'autre, et elle devrait trouver le moyen de se comporter comme si sa décision d'essayer de ralentir leur liaison ne lui avait pas brisé le cœur.

Alors que la circulation était étonnamment dense à cette heure, Shane et elle attendaient à l'intersection que le feu change.

— David et Carina organisent une soirée samedi soir.

— David et qui ?

— Carina ? Ah, j'avais oublié, tu ne les as probablement pas rencontrés. Ils ont emménagé au 8-D pendant que tu étais en Égypte. Un couple fantastique. Il est professeur adjoint à l'Université de Siena, et je crois qu'elle est chef. Je ne suis pas certaine. Je les ai rencontrés la semaine dernière. Comme ils sont dans mon couloir à droite, ils m'ont invitée à leur crémaillère et m'ont proposé d'amener des amis de l'immeuble.

Anne fronça les sourcils. Elle n'était pas d'humeur à se rendre à une soirée. Elle était encore sous l'effet du décalage horaire, d'une rupture inattendue et du travail de nuit. Elle attendait avec impatience samedi parce qu'elle avait pleinement l'intention de rester en pyjama jusqu'au dimanche.

— Je ne crois pas. J'ai quelques petites choses à faire.

— Comme dormir ?

— Exactement, dormir, dit Anne.

Shane réfléchit alors qu'elles traversaient la rue. Au loin, Anne pouvait voir à la fois leur immeuble et le réverbère du parc allumé en bas du bâtiment. Elle ne pouvait s'empêcher de scruter l'horizon, guettant un signe de Michael qui, à ce moment-là, devait être dehors avec Sirus pour sa dernière sortie de la soirée.

Elle ne le vit pas.

C'était aussi bien comme ça. Si elle l'avait aperçu, elle aurait dû faire semblant de ne pas le voir et elle n'avait pas envie de faire l'enfant face à leur situation. En fait, selon elle, c'était son entêtement à vouloir qu'ils agissent comme des adultes qui les divisait.

— Le fait que Michael puisse s'y rendre n'y est pour rien, n'est-ce pas ? demanda Shane.

Anne grommela.

— Je n'y avais pas pensé, en fait, mais, maintenant que tu me le dis, il est certain que je n'irai pas.

— Tu ne peux pas le laisser ruiner ta vie sociale, ma chérie.

À cela, Anne ronchonna. Elle n'était pas tout à fait certaine de vouloir de nouveau une vie sociale pour l'instant. En tous les cas, pas celle du genre qui inclut les hommes.

Quatorze

~∘~

Mike leva le poing et cogna encore à la porte d'Anne. Il en avait assez. Elle allait ouvrir, ou il entrerait par la force. Ce n'était pas comme s'il ne savait pas comment, et ce, grâce à elle.

Par chance, sa deuxième offensive suffit. Elle ouvrit brusquement la porte, ses yeux fatigués emplis de fureur.

— Quoi? dit-elle d'un ton brusque.

— Tu dormais?

Il était tout juste 20 h, et elle portait ce qui pourrait ressembler à un pyjama — des pantalons larges en flanelle et un grand chandail molletonné de l'équipe de Syracuse, qui était passé du bleu marine profond au bleu cadet. Il fut frappé par sa peau pâle, habituellement éclatante, et ses yeux qui trahissaient son manque de sommeil, bien qu'éclairés par la colère.

— Il y a une loi contre ça? dit-elle sèchement.

Il ouvrit la bouche, mais se dit qu'une quelconque tentative d'humour ne serait pas la bienvenue. Il décida d'aller droit au but.

— Désolé, dit-il. Je n'avais pas l'intention de te réveiller, mais je devais te voir.

Sa bouche trembla. Elle pinça ses lèvres pulpeuses, déclenchant au plus profond de lui une profonde douleur. Ses cheveux étaient ébouriffés. Elle avait des cernes sous les yeux.

Néanmoins, son désir pour elle était si fort qu'il en avait la tête qui tournait.

Elle lui manquait. Il avait besoin de la voir. Il avait besoin de la toucher. Entendre sa voix le troublait comme si elle lui avait parlé de manière aguichante plutôt qu'exaspérée. Une semaine loin d'elle n'avait réfréné en rien la force de cette puissante attirance. En fait, plus il était éloigné d'elle — si conscient qu'elle était juste à l'étage au-dessus qu'il s'imaginait entendre ses pas —, plus il se rendait compte à quel point il avait eu tort.

Il ne pouvait envisager sa vie en dehors de l'inéluctable. Il voulait Anne Miller dans sa vie… et dans son lit. Même avec son allure débraillée et son air épuisé, elle était la plus jolie femme qu'il ait jamais vue. Elle le comprenait. Elle était liée à lui. Comment pouvait-il rejeter tout cela juste parce qu'il risquait de tomber amoureux trop vite ?

— Je t'ai apporté quelque chose, dit-il, répondant à son exaspération. Tu m'as dit que tu aimais la cuisine mexicaine et la *salsa verde*. J'ai préparé des enchiladas pour cette soirée à 20 h et je pensais que tu pourrais vouloir en goûter quelques-unes. Avant que je ne monte. À moins que tu ne t'y rendes aussi ?

Pour l'encourager, il déplia le papier d'aluminium. Il s'en dégagea l'odeur intense de la coriandre et du cumin fumé. Il avait recouvert son plat d'une généreuse couche de sauce *pico de gallo*, et la combinaison des senteurs et des couleurs sembla adoucir son expression.

— Ça sent bon, dit-elle. Je suis sûre que tout le monde va aimer.

— Je ne me souciais pas de tout le monde, dit-il, lui présentant le plat. C'est pour toi.

Elle le regarda d'un air perplexe.

— Un cadeau en signe de paix ?

— Je l'espère.

Elle secoua la tête et entreprit de refermer la porte.

— Je ne joue pas à ce jeu, Michael.

— Ce n'est pas un jeu, insista-t-il, bloquant la porte et lui mettant le plat dans les mains. C'est vraiment un cadeau. Sans condition.

Elle hésita, puis prit le plat pour qu'il puisse partir sans encombre. Son expression, cependant, resta résolue.

— Je prendrai les enchiladas parce qu'elles ont l'air délicieuses, que j'ai très faim et aussi parce que tu les as préparées. Mais je pense avoir été claire la semaine dernière…

— Comme du cristal, lui assura-t-il. Maintenant c'est à mon tour d'être aussi transparent. Anne, j'ai eu tort. Terriblement tort. Je n'ai pas cessé de penser à ça toute la semaine. Et j'espérais que, si tu aimais les enchiladas, ou même si ce n'était pas le cas, tu nous donnerais une autre chance.

La bouche d'Anne tremblait et, bien qu'étant probablement le résultat d'une évidente fatigue, ses yeux brillaient, rehaussant l'intensité de ses yeux marron.

— Sérieusement? demanda-t-elle.

— Je suis littéralement désolé, Anne. Tu me manques. Tu me manques follement.

Elle déposa le plat sur une table à l'entrée de son appartement. Avant qu'il ne fasse un pas vers elle de son propre chef, elle saisit son tee-shirt au niveau de sa poitrine, empoigna le tissu entre ses mains et l'embrassa.

L'explosion des sensations l'ébranla plus fort que n'importe quelle musique, le rassasia plus que n'importe quelle nourriture. Il ne se lassait pas d'elle et se rendit vaguement compte qu'il quittait le couloir. L'un d'eux ferma la porte, probablement avec un pied, car leurs bras et leurs mains étaient engagés dans le plus merveilleux baiser de réconciliation jamais partagé entre un homme, qui avait perdu momentanément l'esprit, et une femme, qui avait une capacité incroyable à pardonner.

Au moment où ils reprirent leur souffle, Mike dut s'allonger sur le sofa pour reprendre ses esprits.

— Je n'arrive pas à croire que tu m'accordes une seconde chance, dit-il.

— Qui t'a dit ça? répondit-elle tout en jouant avec le bouton du haut de son tee-shirt d'Oxford. Je n'ai pas encore goûté à ces enchiladas. Peut-être que mon pardon dépendra de la dose de coriandre dans la sauce tomate.

Son humour lui avait manqué, sa capacité à le titiller et à se moquer de lui sur un sujet quelconque alors que son esprit était surchargé d'images de quelque chose de bien plus important que la nourriture. Cependant, avant que l'épreuve du goût ne commence, Mike lui reprit les mains et la ramena vers lui, se plaquant contre elle. Il savait son corps ferme, prêt, et il souhaitait qu'elle le sache également.

— Je devrais plutôt te goûter.

Il pencha sa tête pour lui mordiller le cou, savourant l'odeur de sa peau et sentant son pouls sur ses lèvres.

— Je suis dans un état lamentable, dit-elle.

Mais elle n'en était plus très convaincue à mesure que des bruits de plaisir se faisaient entendre dans sa nuque.

— Non, insista-t-il, l'embrassant de la gorge à son lobe d'oreille. Tu es délicieuse.

Elle rit doucement, et le frémissement sous la bouche de Michael le conduisit à ne savourer que la sensation de ses lèvres sur sa peau et de ses mains sur son corps. Contre lui, elle se mouvait à un rythme qui le rendait fou et lui rappelait le cool jazz. Doucement, en cadence, elle bougeait avec une sensualité à peine contenue.

Il n'avait jamais désiré une femme si intensément. Il ne s'était jamais autorisé à succomber si vite et si fortement. Faire l'amour à Anne ne serait pas la prochaine étape d'une courbe ascendante de cause à effet, mais une explosion inattendue de forces irrésistibles.

Elle souleva son tee-shirt et explora sous le tissu, provoquant des sensations fulgurantes le long de son corps, alors que ses mains couraient dans son dos et sur les muscles de son abdomen. Il interrompit le baiser juste assez longtemps pour se débarrasser du chandail d'Anne, remarquant au passage le brillant satiné de sa lingerie avant de fermer les yeux et de se laisser emporter par toute la frénésie de son baiser.

Leurs langues se mêlèrent, luttèrent et se déchaînèrent. Leurs mains se perdaient et exploraient. Bien qu'il perçoive légèrement des discussions venant de la télévision, dans son esprit, la musique du jazz se transformait en rock and

roll. Le rythme explosif, la guitare lourde, la batterie marte-
lant le tempo surgissaient du plus profond de son âme.

Résistant pour tenter de se maîtriser le plus possible, il
se détacha d'elle. Il avait besoin d'elle comme il avait besoin
de respirer, mais il devait lui laisser la possibilité de faire
une pause ou, à tout le moins, de ralentir les choses.

— Les enchiladas vont refroidir, dit-il, haletant.

— Quelles enchiladas ?

Il fut surpris et exalté par son retour pressant. Quand
elle prit sa main pour l'emmener jusqu'à sa chambre, il
remarqua à peine les montagnes de vêtements sur son lit.
Elle les jeta sur le sol, pour leur laisser la place.

Loin des yeux, loin du cœur.

Le matelas rebondit sous eux, les faisant rire. Son pantalon à cordons s'avéra facile à défaire, mais ses jeans résis-
tèrent, laissant le temps à Anne de trouver un préservatif
dans sa table de nuit pendant qu'il se déshabillait.

— C'est pratique, dit-il.

— C'est un reproche ? demanda-t-elle, incrédule.

— Pas le moins du monde, dit Mike.

Il aurait dû penser à une protection, mais il n'avait
jamais imaginé finir dans son lit, alors qu'il pensait d'abord
à se faire pardonner.

— Bon, alors tais-toi et embrasse-moi, répondit-elle.

De toute sa vie, il n'avait pas le souvenir d'avoir voulu
suivre autant les ordres d'une femme. Elle le voulait. Elle
le commandait. Il la suivrait jusqu'au bout du monde si
elle le lui demandait, pourvu qu'elle ne cesse de le toucher.

Sous le baiser fulgurant de Michael, Anne poussa un cri
de joie. Etait-ce un rêve ? Pendant toute la semaine, elle avait
tenté d'oublier Michael, mais cela s'était révélé impossible.

À chaque fois qu'elle avait fermé les yeux le soir, elle avait fantasmé précisément sur ce moment, quand il dégraferait son soutien-gorge et le jetterait, puis lancerait un regard sur sa poitrine avec une faim indéniable. Elle s'était torturée en imaginant ses mains la prendre, ses pouces tâter ses mamelons, sa bouche se resserrer, alors qu'elle se libérerait au contact de sa langue et de ses dents contre sa peau sensible.

Et maintenant, elle vivait son rêve.

Elle enfouit ses doigts dans ses cheveux, troublée par la masse et la sensation d'épaisseur entre ses doigts. À chaque mordillement de ses seins, toutefois, elle avait envie de regarder chaque parcelle de son corps. Elle toucha le bas de son dos et longea sa colonne vertébrale comme ses mains à lui parcouraient et exploraient, trouvant les douces zones érogènes qu'elle voulait tant qu'il découvre depuis si longtemps.

Mike gémit naturellement de plaisir alors qu'il lui enlevait sa culotte. Sincèrement. Il avait envie d'elle. Elle avait envie de lui.

Mon Dieu, elle le désirait tellement.

Alors qu'ils se déshabillaient, ses baisers laissèrent ses lèvres meurtries de plaisir. Il les effleura doucement avec sa bouche tout en mettant le préservatif et en se plaçant sur elle pour que leurs corps se mêlent et se fondent en une magnifique fusion entre un homme et une femme.

— Michael.

Des accès d'émotion brillaient derrière ses yeux. Leur acuité en fut adoucie par le doux rythme de son corps qui se glissait en elle.

— Je sais, dit-il. Nous sommes parfaits. Tu es parfaite.

Ils s'étaient peut-être rendus rapidement dans la chambre mais, une fois en elle, Michael prit son temps. Il l'embrassa et la caressa, faisant glisser ses bras par-dessus sa tête afin de pouvoir admirer sa poitrine tout en maîtrisant le rythme. Même quand elle ancra ses chevilles derrière les siennes pour répondre à ses langoureux mouvements, il gloussa et la ralentit en la distrayant d'une main égarée sur sa hanche ou en lui explorant merveilleusement les lobes de ses oreilles, sa gorge et son cou. Au moment où elle pensa devenir folle, elle vit la maîtrise de Michael s'évanouir.

Elle parcourut son torse avec ses mains, taquinant ses mamelons comme il l'avait fait avec les siens, se cambrant pour adoucir l'agréable douleur avec des baisers. En l'espace d'un battement de cœur, il augmenta le rythme, et elle ne put résister à se laisser sombrer dans cette douceur, même lorsqu'elle le touchait, l'embrassait ou l'incitait pour qu'il obtienne ce qu'il voulait désespérément, tout comme elle, et bien plus encore.

Les sensations l'emportèrent en une vague fulgurante et, au dernier moment avant que le plaisir ne la transporte, il prit ses mains dans les siennes afin qu'ils puissent frémir et jouir ensemble.

Juste avant que la sensation de l'orgasme la submerge, elle tourna la tête et regarda la table de nuit vide.

Voilà que maintenant tout, à propos d'elle, était comblé. Absolument tout.

Mike embrassa Anne nonchalamment. Sa bouche n'avait aucune autre expression que l'épuisement, mais ses yeux s'éclairèrent d'un sourire.

Un sourire qu'il avait provoqué.

— Tu as faim ?

— Pas particulièrement, dit-elle, semblant complètement rassasiée.

— Même pas pour de la cuisine mexicaine ?

Elle rit ; alors il roula en bas du lit, sauta dans ses jeans et se rendit tranquillement à la cuisine. Il prit les enchiladas sur la table près de la porte et les mis au micro-onde jusqu'à ce que le fromage fasse des bulles. Il s'empara de deux fourchettes dans le tiroir, trouva un linge à vaisselle qu'ils pourraient utiliser comme nappe et apporta le festin jusqu'au lit d'Anne. Comme il avançait dans la pièce, il la regarda se redresser contre les oreillers et la tête de lit, enveloppée dans sa couette, devenant ainsi encore plus appétissante que la nourriture qu'il avait préparée pour la fête.

Bien que, désormais, la seule personne qu'il veuille régaler avec sa cuisine soit Anne.

Il se pressa de la rejoindre, coupa la moelleuse tortilla de maïs, prit la moitié de la *salsa verde* et du *pico de gallo*, et lui donna une bouchée. Les joues rouges et les lèvres endolories par ses baisers, elle s'humecta la bouche, stimulant sa faim pour beaucoup plus que de la nourriture. Quand elle ferma les yeux et émit un léger râlement, il faillit perdre la tête.

— C'est délicieux, dit-elle.

— Pas autant que toi, dit-il, s'abandonnant à son envie de lui mordiller un peu plus le cou.

Elle poussa un cri aigu, mais ne le repoussa pas.

— Je voulais dire la nourriture !

Il supposa qu'il devait se montrer un peu moins insatiable. C'était, après tout, leur première fois.

— Tu en veux encore ?

— Oui, s'il te plaît.

Il ne savait pas si elle parlait des enchiladas ou de sexe ; alors il lui donna un peu des deux. Il lui donna une bouchée, puis embrassa sa tempe. Il lui donna une autre bouchée, puis bougea la couette pour avoir accès à son épaule nue. Après un instant, le piquant du piment devint insupportable, de sorte qu'il retourna à la cuisine, sortit deux bouteilles d'eau froide et un petit paquet de crème sure.

Anne fit tourner sa fourchette autour de la dernière enchilada, en mit une portion dessus et l'approcha des lèvres de Mike. Il en prit un morceau, plus fasciné par sa manière de lui donner à manger que par la nourriture elle-même.

— Alors tu m'as appris une précieuse leçon sur moi-même, confessa-t-elle. Manifestement, j'apprécie beaucoup les enchiladas. Très brillant de ta part d'avoir pensé à ça.

Il gloussa. Il n'avait pas imaginé jusqu'à quel point il pouvait entrer dans ses bonnes grâces quand il avait préparé ce plat, sinon il aurait préparé un repas complet, de la soupe à la tortilla jusqu'aux *sopapillas* saupoudrées de cannelle.

— Je ne pensais pas que tu allais ouvrir la porte, à moins que je ne t'apporte quelque cadeau.

— Je n'étais pas si fâchée, répliqua-t-elle.

Il la fixa intensément.

— Si, dit-il. Et c'est normal. J'étais furieux contre moi au moment où je me suis rendu compte à quel point je t'avais blessée. Comment je nous avais blessés.

— Tu veux bien expliquer pourquoi tu as fait ça ?

Il secoua la tête, encore sous l'effet de leurs ébats. Il pouvait difficilement s'en prendre au type qu'il était à peine une heure plus tôt, encore moins au crétin qui avait envahi son corps quand Anne était en Égypte. Comment avait-il pu penser que quitter Anne était la bonne chose à faire ?

Et pourtant il était indéniable qu'il avait pensé qu'Anne et lui avaient besoin d'examiner à nouveau la nature de leur relation avant d'aller plus loin. Devenir d'abord des amis, puis des amoureux avait été son *mode de fonctionnement* depuis qu'il avait commencé à avoir des rendez-vous. Désormais, il se rendait compte qu'il avait testé les femmes de sa vie dans de multiples scénarios, se protégeant d'une éventuelle peine avant de mettre en danger son cœur.

Mais, maintenant qu'Anne et lui avaient plongé dans les eaux dangereuses du véritable amour, il ne pouvait s'imaginer vivre ou l'aimer d'une autre façon.

— La confiance, dit-il simplement.

Elle acquiesça, comme si elle le savait déjà. Comme si elle avait compris. Il n'en n'était pas certain, mais il avait tout le temps pour le vérifier.

— Alors, pourquoi as-tu changé d'avis ? demanda-t-elle.

— Je me suis rendu compte que, si je ne revoyais pas ma position, j'allais te perdre. Et cette fin était inacceptable.

— Alors, en d'autres termes, j'avais raison et tu avais tort, dit-elle.

Son large sourire était pur, dénué de toute idée malveillante, et il aimait tellement cela qu'il ne put s'empêcher de presser ses lèvres contre les siennes. Quelque part, intérieurement, il voulait être en désaccord avec elle, mais c'était uniquement parce qu'il n'avait pas l'habitude d'être à court d'argument. Il décida plutôt de l'embrasser de l'épaule jusqu'à la cheville, faufilant habilement ses mains dans les plis de la couette jusqu'à ce qu'il puisse toucher sa peau nue.

— Je n'ai jamais ressenti cela pour une femme auparavant, confessa-t-il en l'embrassant. Depuis notre première rencontre au concert, je suis devenu accro.

Ses yeux s'écarquillèrent sous la surprise.

— Au concert ? Tu ne l'as pas du tout montré.

— Hé, je t'ai enlacée avant de partir. Nous ne nous connaissions que depuis un quart d'heure. C'est un signe plutôt fort, insista-t-il.

Elle maugréa et enroula étroitement la couette autour d'elle. Il s'installa pour masser ses pieds, surpris de voir que le vernis rose pâle de ses orteils avait presque la même couleur que sa peau.

— Tu ne m'as même pas demandé mon numéro de téléphone, se plaignit-elle.

— C'était à cause de mes médicaments contre les allergies, expliqua-t-il. Ou peut-être que c'était tout simplement moi qui avais peur de ressentir quelque chose d'aussi intense envers quelqu'un que je venais tout juste de rencontrer.

— Et ensuite ?

Elle papillonna des paupières de façon théâtrale, s'amusant clairement de le voir ramper.

Il souleva son adorable pied et embrassa la douce courbe de sa voûte plantaire.

— Tu veux perdre ton temps à entendre mes lamentables excuses ou tu préfères aller à la soirée ?

Elle se mit à l'aise sur le confortable matelas, fredonnant de plaisir en réponse à sa gentille attention.

— Je ne suis pas habillée pour une soirée, et tu n'as plus d'enchiladas.

— J'ai un autre plateau en haut et, bien que cela me déçoive de te le dire, tu pourrais t'habiller.

— C'est ce que tu veux vraiment ?

Elle laissa retomber suffisamment la couette pour révéler une partie de sa peau ô combien affriolante.

— Ce n'est pas parce que nous allons à cette soirée que nous devons y rester toute la nuit.

Quinze

Anne tapa les mots « Pérou », « voyage » et « bons plans » sur le moteur de recherche et appuya sur « Entrée ». En quelques secondes, son écran affichait une multitude de choix. Elle commença par cliquer sur le premier quand Michael se mit à côté d'elle sur le sofa et posa une tasse de café fumant sur la table.

Juste une semaine auparavant, Michael l'avait surprise avec leur premier voyage —une fin de semaine dans les Catskills à un festival de musique. Une nuit romantique dans un charmant couette et café suivie d'une deuxième journée en camping. En parfait organisateur, Michael n'avait oublié aucun détail. Néanmoins, quand les choses ne se passèrent pas exactement comme ils l'avaient prévu, comme la soudaine pluie torrentielle qui avait inondé leur campement, il se révéla capable de s'adapter tranquillement, leur installant un nid à l'arrière de sa voiture.

Il était, décida-t-elle, non seulement le parfait amoureux, mais le nec plus ultra des compagnons de voyage.

Bien entendu, une excursion d'une fin de semaine n'était rien comparativement aux vacances qu'ils prévoyaient maintenant en Amérique du Sud. En revenant du festival, ils avaient parlé de tous les endroits dans le monde qu'elle avait visités, et il avait expliqué comment une partie de sa passion pour Phish ne se limitait pas uniquement à la musique mais concernait également les voyages. Ils avaient parlé de destinations de rêve pour de futures vacances, et Anne avait appris que, comme elle, Michael avait toujours voulu se rendre au Pérou.

Depuis leur accident de parcours, Michael avait cessé d'essayer d'enrayer la course folle de leur relation. Il avait plutôt commencé à regarder pour un voyage au Machu Picchu.

— Qu'est-ce qu'il y a comme itinéraire jusqu'à présent ? demanda-t-il.

Elle organisa les fenêtres qu'elle avait ouvertes dans son navigateur afin qu'il puisse voir le nombre impressionnant de possibilités.

— Il y a beaucoup de façons de s'y rendre, dit-elle.

Elle cliqua alors sur certains des principaux sites touristiques afin d'avoir une vue d'ensemble sur toutes les activités proposées.

— La montée jusqu'au sommet ne va pas être une partie de plaisir.

— On peut y arriver, dit-il, retirant son propre ordinateur portable de la table basse et activant Internet. Le Pérou est en plein dans les Andes. Et si on faisait une excursion en rafting ? Tu aimes le rafting ?

Sa question, étonnamment si prévenante, la fit rire. Ils étaient des amoureux maintenant, un couple à part entière qui, sans tenir compte des heures de travail, passaient plus de temps ensemble que séparés. Et, pourtant, ils avaient encore tellement à apprendre l'un de l'autre. Elle ne savait même pas si une vie entière suffirait.

— Bien sûr, dit-elle. Je n'ai jamais fait de rafting au Pérou, mais ça me semble une très bonne idée. Où est l'excursion ?

Ils coordonnèrent leurs recherches, trouvant et enregistrant dans leurs favoris plusieurs endroits avant qu'Anne aborde le sujet dont ils n'avaient pas parlé en détail.

— Tu vas pouvoir prendre autant de jours de congé ?

Mike acquiesça.

— Oh, oui. Je n'ai pas pris un seul jour depuis que j'ai commencé. J'ai deux semaines par an. Si on le planifie pour décembre, ce sera impeccable. Et de ton côté ?

Anne fit la grimace. La pensée de demander à Pamela des jours de congé, même si elle avait accumulé des heures monnayables en vacances, lui retournait l'estomac. Malgré le fait qu'elle ait terminé ses articles de bonne heure, cela avait provoqué toute une histoire quand elle avait demandé la simple permission de partir tôt vendredi pour se rendre au festival de musique. Et, comme elle était allée en Israël et en Égypte, elle n'était pas certaine de pouvoir se débrouiller pour obtenir d'autres congés.

En raison de la date de son embauche, le voyage au Moyen-Orient était techniquement inclus dans ses vacances de l'année précédente. En décembre, elle pourrait utiliser les vacances allouées pour l'année suivante. Mais appliquer à la lettre la réglementation des temps de congés des employés n'était pas le genre de Pamela. Elle préférait laisser très peu de marge de manœuvre à son personnel.

De plus en plus, Anne s'était retrouvée à effectuer des heures supplémentaires dans un environnement professionnel hostile. Elle avait travaillé plus de fins de semaine que ses collègues et, comme aucun d'entre eux n'avait pris l'initiative de remplacer le journaliste au poste de nuit, elle s'y était cantonnée plus que quiconque dans le service criminel. Avec n'importe quel autre responsable, elle aurait eu la possibilité d'utiliser cet argument pour négocier des congés en décembre mais, avec Pamela, c'était hors de question.

— Je peux essayer, dit-elle.

Ses doigts étaient en suspens au-dessus du clavier alors que d'incroyables images de la forêt tropicale passaient sur son écran.

Le lendemain matin, après une réunion du personnel particulièrement longue où chacun semblait encore ignorer le besoin impérieux d'un nouveau reporter au bureau le soir, Anne demanda à Pamela si elle pouvait la voir quelques minutes.

La femme répondit en ronchonnant avant de se diriger rapidement vers son bureau.

Une fois entrée, Anne ferma la porte.

— En fait, je suis contente que tu sois là, dit Pamela, poussant une pile de vieux papiers de sa chaise avant de se connecter à son ordinateur.

Son air renfrogné accentuait ses rides au menton. Si c'était cela être *contente*, Anne se demanda si elle avait bien saisi la signification de ce mot.

— Vraiment ? demanda Anne, sceptique. Pourquoi ?

— Tu as fait du bon travail au poste du soir.

Anne faillit perdre pied. Un compliment? De la part de Pamela?

Elle plissa les yeux et croisa les bras. Avec n'importe quelle autre rédactrice en chef, commencer par un compliment aurait été de bon augure. Pas avec Pamela.

Jamais avec Pamela.

— Je fais du bon travail à n'importe quel poste, insista Anne.

Son ton plein d'assurance fit sourciller l'œil droit de Pamela, comme si elle défiait cette revendication mais, au lieu de cela, la rédactrice en chef sourit d'une façon qui lui donna la chair de poule.

— Tellement bien que tu es devenue notre journaliste la plus polyvalente. Les pouvoirs en place ont décidé de te mettre au poste de soir de manière permanente.

— Quoi?

Voilà ce qu'elle obtenait en ayant osé s'aventurer dans la tanière de Pamela. Les horaires du poste de soir, de 16 h à minuit, étaient assez pénibles pour un remplacement temporaire, mais sur une base hebdomadaire? Chaque jour de la semaine? Elle pouvait aussi bien se tailler les veines, car elle n'aurait plus de vie.

— Et, par pouvoirs en place, vous parlez de vous? demanda Anne, incapable de retenir la rancœur dans sa voix et peu disposée à le faire.

Pamela gloussa.

— Pour l'essentiel, oui. Vous ressortez toujours. Vous rédigez toujours des articles satisfaisants. Que puis-je demander de plus?

Elle laissa passer l'insultant «satisfaisants».

— Oh, je ne sais pas, lança-t-elle brusquement. Pourquoi ne pas y mettre quelqu'un qui désire ce poste?

Une lueur d'humour noir dansait dans les yeux bleus de Pamela qui la fixaient avec un regard implacable.

— Mais puis-je présumer qu'au moins vous voulez *un* travail?

Le cœur d'Anne se resserra. Elle n'avait jamais vu Pamela faire du chantage, mais il y avait un début à tout.

— Bien sûr que je veux un travail, dit Anne.

Son cerveau s'agitait pour trouver une autre option, bien qu'elle sache qu'il n'en n'existait pas. Pamela ne retirerait pas un tel plaisir sadique de ce tête-à-tête à moins qu'Anne ne sorte avec un air malheureux du bureau.

— Alors en voici un, dit Pamela. C'est à prendre ou à laisser.

Anne se concentra afin de garder la mâchoire serrée pendant que son cerveau traitait cette situation délicate. Depuis le début, le *Daily Journal* avait représenté pour elle un tremplin vers de plus grandes publications. Le journal était, à l'exception de l'actuelle direction, très respecté. Et il était surtout la seule possibilité en ville.

Bien qu'elle ait la ferme intention de vivre dans une des cinq banlieues de New York plus tard, elle aimait sa vie à Albany. Elle avait un nouvel homme dans sa vie, qui voulait l'emmener dans une grande aventure dans un autre hémisphère. Mais, même outre Michael, elle avait des amis et un appartement qu'elle aimait. Même Sirus s'habituait à partager Michael avec elle pendant plus d'une heure à la fois.

Elle aimait être journaliste mais, si elle quittait le *Daily Journal*, elle devrait se diriger vers un autre marché. Elle ne pouvait prendre une décision aussi importante uniquement sur la base de sa rage contre Pamela. Sa rédactrice en chef l'avait placée dans une situation sans issue, et elle en souffrait doublement, car elle aimait son travail.

— Je veux deux semaines de congé en décembre, dit Anne.

— Vous venez juste d'avoir trois semaines, affirma Pamela, agitant sa main de manière dédaigneuse.

— J'ai encore deux semaines après novembre, parce que c'est ma date d'embauche. Si vous me mettez dans l'équipe du soir, je veux deux semaines de congé. Payées.

Pamela s'appuya sur sa main, caressant son menton à la manière d'un méchant maniaque sorti d'un mauvais film de série B.

— Vous allez devoir travailler quelques fins de semaine aussi, alors.

— Pas question, répliqua-t-elle.

Elle avait peut-être suffisamment besoin de ce travail pour accepter une situation intenable, mais pas deux.

— Je vous donne mes soirées. C'est largement suffisant comme supplice.

Avec un brusque signe d'approbation, Pamela se tourna vers son ordinateur et grogna. Anne prit cela pour un accord. Elle le recevrait par écrit à la minute où elle retournerait à son bureau.

Elle résista à l'envie de claquer la porte de Pamela en sortant. Elle avait obtenu ses congés, mais le prix était exorbitant. À quoi bon prendre des vacances avec l'homme que l'on aimait s'il y avait de fortes chances que la relation s'arrête avant que les billets d'avion n'arrivent par courrier ?

Seize

D'une certaine façon, Anne parvint à rester concentrée sur son travail pour le reste de la journée. Après avoir rempli le formulaire de demande de congé et s'être assurée que Pamela le signe, elle sauta le déjeuner afin de passer à travers ses deux derniers articles et partir une heure plus tôt. Pamela, assez bizarrement, eut le bon sens de ne pas se plaindre. Elle avait déjà détruit la vie d'Anne. Crier après elle pour avoir filé, alors que tous ses articles étaient prêts à être imprimés, n'aurait fait que remuer le couteau dans la plaie. Apparemment, même sa rédactrice en chef avait ses limites concernant son goût pour la torture.

Elle évita les regards consternés de Billy, le stagiaire, et les potins chuchotés de ses collègues, saisit ses affaires et se dirigea vers sa voiture. À l'exception des crimes banals et des procès contentieux qui occupaient son esprit, elle ne pensait à rien sauf à Michael.

Son enthousiasme pour son voyage au Pérou était visible. Toute la journée, elle avait ignoré les courriels arrivant dans sa boîte de réception avec des objets comme «Le Machu Picchu avec toi» et «Lima est prima». Il avait même laissé entendre avoir parcouru le site de Victoria Secret avec l'idée précise de choisir un maillot de bain excitant pour elle, qui rappellerait la lingerie aux imprimés tropicaux qu'elle avait portée la fin de semaine dernière aux Catskills.

Elle avait désespérément envie d'occuper son esprit avec des fantasmes érotiques dans la sauvage jungle péruvienne, mais Michael et elle ne pourraient pas entretenir leur relation avec son nouvel emploi du temps. Il avait un horaire traditionnel de 8h à 17h. Il aimait se lever tôt le samedi matin afin qu'ils puissent marcher jusqu'en fin d'après-midi, ou passer des heures au parc avec Sirus avant de rentrer à la maison, se doucher, aller dans un café sympathique pour le dîner ou cuisiner un repas élaboré à la maison afin de pouvoir profiter ensemble de l'intimité de sa chambre à la place du dessert.

Ils avaient déjà cette routine intime, et Anne en appréciait chaque minute. Après le léger incident de parcours au retour de son voyage au Moyen-Orient, ils en étaient arrivés finalement à la conclusion que passer du temps ensemble n'était pas quelque chose qu'ils recherchaient, mais qu'ils faisaient tout simplement à chaque fois que c'était possible.

Maintenant, ce serait impossible.

Au poste du soir, elle devrait partir à son travail une heure avant qu'il ne rentre à la maison. Elle ne se réveillerait pas avant qu'il parte pour le bureau. Elle aurait besoin de ses samedis matin pour récupérer, alors qu'il explorerait seul les sentiers pédestres de l'État de New York. Elle n'était pas novice des postes de soir et elle en connaissait le prix à payer.

Dans l'aire de stationnement, elle chargea son sac dans la voiture, monta devant et, après avoir tourné la clé et joué avec les postes de radio, elle s'arrêta, incapable de bouger. Ces automatismes ne pouvaient résister au débordement de ses émotions. La peur. La colère. Le regret. Une entière et profonde tristesse. Elle avait travaillé dur. Sa fiabilité et son talent auraient dû être récompensés par son employeur, et non pas sanctionnés. L'humiliation et l'injustice, c'en était trop, et, en quelques secondes, des larmes inondèrent son visage alors que sa poitrine se soulevait et que ses poumons l'oppressaient.

Combien de temps elle pleura, elle ne le savait pas, inconsciente de quoi que ce soit jusqu'à ce que son téléphone portable sonne. Elle chercha un mouchoir et jeta un œil à la personne qui l'appelait.

Michael.

Elle laissa l'appel basculer sur sa messagerie mais, avant qu'elle ne démarre et tente de prendre le chemin de la maison malgré ses yeux embués, il rappela. Elle arrêta la voiture et répondit au téléphone.

— Qu'est-ce qui ne va pas ? demanda-t-il tout de suite.

— Tu veux vraiment le savoir ? dit-elle.

— Quelqu'un est mort ?

Elle se força à rire, ce qui lui fit mal à la poitrine.

— Non, mais notre relation vient de recevoir une peine de mort sans grâce possible.

— De quoi parles-tu ? Où es-tu ?

— Au stationnement. De mon travail.

Entre chaque phrase, elle reniflait bruyamment.

— J'arrive dans 10 minutes, dit-il.

Avant qu'elle ne puisse le prier de ne pas venir, il avait déjà raccroché.

Elle tenta tant bien que mal de reprendre ses esprits. Elle ne voulait pas qu'il la voie dans cet état. Elle ne voulait pas que quiconque la voie dans cet état. Elle trouva quelques serviettes de table de la boulangerie dans le tableau de bord et essaya de faire disparaître toute trace de son abattement. Elle plongea la main dans sa trousse de maquillage et était juste en train de se passer du baume à lèvres quand Michael s'arrêta derrière sa voiture. Elle prit une profonde inspiration et cligna rapidement des yeux pour sécher ses dernières larmes.

Il frappa à coups redoublés à la vitre.

— Ouvre la portière.

Elle obtempéra et, immédiatement, tomba désespérée dans ses bras. Spontanément, ses larmes coulèrent de nouveau. Ses muscles contractés autour d'elle, il ne la laissa pas partir. Il caressa doucement son dos et embrassa ses cheveux, essayant d'apaiser sa souffrance avec des mots qu'elle ne parvenait pas totalement à interpréter.

— Bon sang, Anne. Tu m'as fait très peur. Quelle que soit la mauvaise nouvelle, on réglera cela.

Elle se retira de son étreinte. Mon Dieu, elle ne parvenait pas à croire qu'elle s'était effondrée comme cela devant lui! Personne n'était mort. Le monde ne s'était pas écroulé. Il existait tellement de choses plus graves sur lesquelles s'apitoyer que son stupide travail. Elle s'en voulut jusqu'à ce qu'elle parvienne à cesser de pleurer comme une madeleine.

— Je suis désolée, dit Anne. Oublie ça, j'ai juste eu une mauvaise journée.

— Une mauvaise journée ? demanda-t-il. Quoi qu'il soit arrivé, ça semble plus grave qu'un banal mauvais jour pour te mettre dans un tel état. Dis-moi ce qui ne va pas.

Il avait tous les droits de savoir, mais elle avait besoin de temps pour retrouver son calme avant d'en parler.

— Pas ici.

Elle fronça les sourcils en regardant le bâtiment.

Il ne s'y opposa pas.

— Tu veux rentrer à la maison ?

— Oui, dit-elle. Je crois que j'aurais besoin de câlins sur le sofa.

— Je suis certain que Sirus serait content de rendre ce service, plaisanta-t-il.

Elle ne put s'empêcher de sourire. Elle posa un léger baiser sur sa joue, appréciant la sensation de son grain de peau rude qui enflammait ses lèvres baignées de larmes. La pensée de le perdre à cause de sa carrière professionnelle lui arrachait le cœur.

— Tu peux conduire ? demanda-t-il.

— Ça ira. Ça m'est arrivé comme ça. Ca ne m'arrive pas souvent.

Sa tentative de faire de l'humour échoua. Tendu, il fronça les sourcils et, pour la première fois, elle nota le tressaillement de son cou et de son œil.

— Sérieusement, dit-elle, ne voulant pas aggraver sa maladie de Gilles de la Tourette en ajoutant du stress. Une fois que nous serons à la maison et que je serai dans tes bras, ça ira.

À moitié satisfait, Michael retourna à sa voiture. Anne ne doutait pas qu'une fois qu'elle aurait dévoilé sa désastreuse journée, il la rassurerait en lui disant qu'ils s'adapteraient. Qu'est-ce qu'il pourrait dire d'autre? Qu'il ne supporterait pas de ne pas passer en premier dans sa vie, et qu'elle devrait choisir entre lui et son travail? Elle avait rencontré plus d'un type qui aurait fait cette demande, mais pas Michael.

Non, elle n'avait pas peur qu'il l'abandonne carrément, même si c'était probablement la façon la moins cruelle à long terme. Son travail briserait doucement et tranquillement leur relation, comme le gaz qui empoisonne plutôt qu'une explosion instantanée. Et elle ne pouvait rien faire contre cela. Elle ne pouvait pas démissionner. Elle ne le ferait pas. L'attitude scandaleuse de Pamela envers elle était une chose, mais ses ambitions en étaient une autre.

Le problème était qu'elle désirait avoir à la fois une longue carrière de journaliste et Michael. Et, pour la première fois, elle ne voyait tout simplement pas comment ces deux choses pouvaient coexister.

— Combien de jours?

Pour répondre à la question d'Anne, Mike consulta rapidement son agenda et vérifia le décompte inscrit au coin de chaque jour. Il espérait qu'ils aient atteint les deux chiffres, mais trois apparurent, tout comme hier. Il hésita avant de répondre, puis décida qu'ils devaient de toute façon avoir cette conversation, peu importe le temps qu'il restait avant de partir pour le Pérou.

— Cent onze, répondit-il.

Elle s'écroula sur son épaule, gémit et pleurnicha. À l'exception de moments comme celui-ci où ils se rencontraient pour le déjeuner (son petit déjeuner) dans le parc, mangeaient des sandwichs et regardaient Sirus gambader au bout de la longue laisse que Mike avait attachée au banc, ils ne se voyaient plus très souvent. Ils avaient leur rendez-vous habituel du samedi soir qui s'étirait jusqu'au dimanche, mais même ce moment-là était plus souvent interrompu, car les responsabilités de Mike par rapport à l'Initiative pour une Éducation de Qualité avaient commencé à inclure des événements de fins de semaine. La seule chose qui l'incitait à continuer, c'était de savoir que toutes les 24 heures qui passaient le rapprochaient davantage de ces vacances inoubliables… avec la femme de ses rêves.

Mais l'épreuve qu'il subissait n'était rien à côté du supplice qu'elle vivait. Les cernes sous ses yeux s'accentuaient au point qu'elle avait commencé à se maquiller de façon exagérée tous les jours plutôt que pour des occasions spéciales. Il avait aussi remarqué que ses jeans semblaient plus ajustés sur ses fesses, son visage plus rond et ses bras plus épais.

Mais, d'aucune manière, il n'allait y faire allusion.

Il savait qu'elle n'allait plus à ses cours de yoga et de *spinning*. Le temps qu'ils passaient ensemble était déjà restreint à quelques heures par semaine ; il ne voulait certainement pas lui mettre en tête qu'il aurait préféré qu'elle passe ce temps au gymnase plutôt que dans son lit. Cependant, avec une santé mentale si mal en point, voulait-il vraiment que sa santé physique en souffre également ?

Mike gardait l'espoir qu'Anne finisse éventuellement par trouver sa propre solution pour s'adapter à son grotesque emploi du temps, sans son intervention à lui. Il était doué pour organiser les choses. Il connaissait une demi-douzaine de moyens efficaces de réorganiser sa vie, mais Anne n'appréciait pas qu'on l'organise. Les réaménagements devaient être trouvés par elle... à un moment qu'elle choisissait.

— Ça sonne mieux de dire 4 mois plutôt que 111 jours, souligna-t-il.

Il ne voulait pas gâcher le court moment, pendant lequel ils étaient ensemble, avec encore une autre conversation à propos de son travail qu'elle détestait tellement.

À la place, il puisa dans sa propre expérience et avança une idée positive.

— Alors disons quatre mois, ce qui, je te signale, est bien moins long que cinq mois.

Malheureusement, l'humeur maussade d'Anne ne se dissipait pas.

— Je devrais démissionner, dit-elle.

— Tu pourrais démissionner, répéta-t-il, mettant l'accent sur le deuxième mot sans vraiment le penser.

— Le *Daily Journal* était censé me servir de tremplin. Peut-être que je devrais commencer à chercher autre chose.

— Ce n'est pas une mauvaise idée, dit-il.

— Mais les journaux sont touchés en ce moment. Les emplois sont difficiles à obtenir. Je devrais partir, mais je ne veux pas partir.

— Je suis content d'entendre ça, dit-il en la serrant dans ses bras.

Elle se blottit plus près.

— Peut-être que je devrais essayer quelque chose de différent. Mais quoi?

Il ne répondit pas. Elle n'attendait pas de réponse de sa part. La première fois qu'il avait essayé de dresser la liste des postes qu'elle pourrait parfaitement occuper, grâce à son brio pour faire des recherches et à ses qualités impressionnantes pour l'écriture, elle lui avait sauté à la gorge. Il n'avait pas eu besoin de plus d'insistance pour connaître les points sensibles d'une femme.

— Qu'est-ce que tu pourrais faire ? demanda-t-il d'une voix toujours régulière et calme.

Il posa la question sans indice à l'effet qu'il pourrait avoir une réponse sur le bout de la langue.

— Je pourrais reprendre mes études, dit-elle, pour avoir ma maîtrise.

— Oui, tu pourrais, acquiesça-t-il.

— Mais il faut de l'argent, se lamenta-t-elle.

— Oui.

Elle froissa la serviette de table qu'elle avait étalée sur ses genoux et, avec l'emballage de son sandwich d'épicerie, elle forma une boule qu'elle lança directement dans la poubelle la plus proche.

— Peut-être que les Knicks cherchent quelqu'un, suggéra-t-il en tentant de plaisanter.

Il fut récompensé par un rare, mais authentique sourire.

— Tu es fatigué d'écouter ça, n'est-ce pas ? demanda-t-elle.

Il se tourna de manière à ce que le buste d'Anne soit perpendiculaire à ses genoux et qu'il puisse fixer sans entrave ses yeux marron insondables. Au plus profond de ses iris, il entrevit une lumière qui y brillait habituellement vivement.

Elle n'était pas complètement abattue par ses nouveaux horaires et le fait d'être séparée de lui et de ses amies, mais elle en était proche. Trop proche.

— Non, dit-il. Je ne suis pas fatigué d'entendre parler de ça. Ce qui m'inquiète, c'est toi. Personne ne devrait être aussi malheureux.

Elle le laissa l'embrasser pendant une seconde mais, avant qu'il aille plus loin, elle se dégagea de son emprise.

— As-tu lu mon article sur le garçon qui dessine des bandes dessinées pour l'aider à faire face au cancer?

— Avec mon café ce matin, dit-il, pas surpris de son changement de sujet, mais pas content non plus. Un de tes meilleurs articles.

— Je n'aurais pas eu le temps ni la concentration d'écrire ce genre de fait vécu si je n'avais pas travaillé la nuit.

Mike ne pensait pas que ce soit forcément vrai mais, si pour finir, ce raisonnement l'aidait à gérer ce bouleverse-ment, alors il y consentirait. Il ferait n'importe quoi pour apporter la joie de vivre à la femme dont il était tombé amoureux mais, à moins de gagner à la loterie et d'acheter le journal afin de pouvoir virer son tyran de rédactrice en chef et lui redonner un horaire de travail de jour, il n'arrive-rait pas à trouver un moyen de calmer sa peine.

— Sur quoi travailles-tu cette semaine?

Ses tâches habituelles consistaient principalement à écouter les trouvailles de la police et à trouver des rensei-gnements sur les informations de dernière minute. Elle fournissait les éléments aux journalistes sur le terrain, ou sortait elle-même pour aller interroger les voisins d'une nouvelle scène de crime, ou attendait que le chef des pompiers lui fournisse un premier rapport au sujet d'un gros incendie.

Mais, pendant les heures calmes suivant le bouclage de la dernière édition, elle travaillait sur des histoires vécues. En parler, même si elles étaient habituellement remplies de drames, semblait lui redonner le moral.

— C'est tellement triste, dit-elle. J'écris sur cette classe du secondaire qui travaillait sur une interprétation de *La petite boutique des horreurs* et dont l'acteur principal est mort dans un accident de voiture. Ils sont dévastés. J'ai vu le gamin sur YouTube. Quel incroyable talent! Ils essaient de trouver une façon de poursuivre le spectacle et de faire quelque chose en son honneur. Je vais voir leur répétition demain soir. Ce sera difficile de rester objective.

— Tu veux que je vienne avec toi?

Elle sauta du banc avec une énergie qu'il ne lui avait pas vue depuis un bon moment.

— Vraiment?

— Bien sûr.

— Je travaillerai, le prévint-elle.

Il acquiesça. Ils avaient déjà eu cette conversation auparavant.

— Je te retrouve à la répétition, et puis tu pourras retourner directement au journal. Je ne t'inciterai même pas à t'arrêter pour un café au retour.

Il détacha la laisse de Sirus et prit Anne par la main, aimant ce nouvel élan inattendu.

— Eh bien, dit-elle, posant sa tête à nouveau sur son épaule. Je ne pense pas qu'une tasse de café puisse bloquer les rouages du *Daily Journal*.

Il se retint d'émettre un commentaire sur la façon dont ces rouages écrasaient ses espoirs et ses rêves. Au lieu de cela, il l'embrassa. Elle lui manquait follement mais, s'il ne la laissait pas elle-même s'occuper de sa situation, ils ne survivraient pas. Il espérait seulement que, d'ici leur départ pour le Pérou, la détresse associée à son travail soit loin derrière eux, avec uniquement leur futur lumineux à l'horizon.

Dix-sept

Au moment où l'avion décolla de l'aéroport Kennedy, Michael regarda Anne, à l'affût d'un signe qui lui indiquerait qu'elle avait laissé ses ennuis derrière elle. Il dut attendre longtemps. En tant que voyageuse expérimentée, Anne était imperméable à la tension liée à l'altitude et, cependant, pendant quasiment les neuf heures de vol, elle avait jeté un coup d'œil par le hublot à plus de reprises qu'habituellement nécessaire, non pas pour s'assurer qu'ils étaient toujours en l'air mais, selon elle, pour se rassurer quant au fait qu'ils quittaient bel et bien les États-Unis.

Elle lut des guides de voyage et discuta avec lui des restaurants où elle voulait aller et des endroits qu'elle ne voulait absolument pas qu'ils ratent. Elle fut aimable avec l'équipage et entama même une conversation avec une femme de l'autre côté de l'allée. Mais il n'était pas idiot. Son anxiété demeura à son plus haut niveau jusqu'à ce que leur vol de correspondance de Lima à Cusco s'achève et qu'elle pose ses bagages à l'hôtel.

Comparativement à la chambre du couette et café où ils étaient allés dans les Catskills, cet endroit était un taudis. Néanmoins, alors qu'elle se penchait à la fenêtre ouverte et respirait l'air de la montagne, il fut témoin des miasmes de frustrations liées à son travail qui quittaient son corps. Ses épaules retombaient. Son cou se détendait, et même ses mains, tandis qu'elle les tendait vers la place au dehors, possédaient une grâce paisible.

— Nous avons réussi, dit-elle, enroulant ses bras jusqu'à s'enlacer elle-même.

Elle jeta un regard par-dessus son épaule. C'était une invitation faussement pudique avec un brin de surprise.

— Tu en doutais ? demanda-t-il.

— Eh bien, dit-elle, se retournant vers la fenêtre et prenant une longue et dernière bouffée d'air. Les turbulences pendant le vol étaient un peu effrayantes.

Michael se glissa derrière elle et l'entoura de ses bras. Elle appuya son corps contre le sien, et il resserra son étreinte, juste au cas où l'apparition d'une soudaine béatitude la fasse chanceler.

— Je ne parle pas de l'avion, clarifia-t-il.

— Tu ne pensais pas que l'on y arriverait. Ici, toi et moi.

Elle s'appuya contre lui de sorte qu'il put lire le doute dans ses yeux marron expressifs.

— Tu as toujours été confiant, toi ?

— Bien vu.

Il ne voulait pas ressasser les six derniers mois ou revivre les moments où il était seul dans son lit, lui envoyant des messages instantanés depuis son ordinateur et se demandant combien de temps il pourrait rester avec une femme qu'il ne voyait pas en vrai. Son besoin d'Anne n'était pas une totale surprise. La semaine, après qu'elle fut revenue de ses vacances en Égypte, lui avait appris à quel point ils étaient liés. Ce qui l'avait stupéfié, c'était de constater à quel point il pouvait être irritable quand la femme qu'il adorait le laissait dans le vague avec ses messages vocaux, ses courtes conversations téléphoniques et les notes laissées sur leurs portes respectives. Son stupide égoïsme s'était manifesté à plus d'une occasion, et, en réalité, il avait soupçonné qu'elle puisse se débarrasser de lui bien avant qu'ils embarquent pour Lima.

Mais ils étaient arrivés maintenant. Pendant les 2 prochaines semaines, ils allaient être ensemble 24 heures sur 24, 7 jours sur 7, sans être dérangés par le travail, la famille ou même le chien qui avait besoin de sortir. Voyager dans un berceau de la civilisation les transportait dans un monde qui pourrait facilement avoir existé dans un univers parallèle. Il allait s'assurer qu'ils profitent de toutes les minutes de plaisir que leur procureraient tous les parfums, toutes les parcelles de terre, tous les lieux, tous les sons et odeurs du Pérou.

Mais, d'abord, il avait l'intention de trouver ce même bonheur en explorant l'endroit juste sous l'oreille d'Anne avec sa langue. Il glissa ses mains sous son tee-shirt et ouvrit rapidement le bouton du haut de son jeans afin de pouvoir glisser ses mains sur ses hanches et imprégner à nouveau sa mémoire de ses courbes.

Elle eut un rire étouffé, puis se retourna pour lui faire face.

— Nous n'avons pas trop de temps à Cusco, dit-elle.

Elle étira ses bras derrière elle de sorte qu'il puisse passer ses doigts dans ses cheveux.

— On devrait en profiter pour explorer.

— J'explore, l'assura-t-il en lui enlevant ses jeans.

— Je veux dire le coin, clarifia-t-elle.

Il se pencha en avant, tira la fenêtre vers l'intérieur de façon à ce qu'ils soient cachés de la rue, tout en permettant à la légère brise de faire onduler les rideaux transparents. Puis, il continua à défaire les boutons et attaches de son chemisier.

— J'aime ce que je vois maintenant.

Il retira le vêtement, révélant ce soutien-gorge blanc en dentelle qu'il aimait. Celui avec le petit cœur rouge au centre de ses seins magnifiques et voluptueux. Il la fit pivoter, et ils reculèrent vers le lit.

— Mais nous n'avons pas beaucoup de temps ici, dit-elle, faisant passer le tee-shirt de Michael au-dessus de sa tête.

— Le sexe ne doit pas toujours être une activité de loisir, lui rappela-t-il.

Il ne s'était pas rendu compte combien elle l'excitait jusqu'à ce qu'ils soient déshabillés, s'embrassant et se redécouvrant l'un et l'autre après avoir été éloignés pendant tant de mois. Se défaire de leurs banals soucis faisait tomber le lourd rideau qui les séparait depuis des mois. Pour la première fois depuis très longtemps, ils se voyaient, se sentaient, dans une éclatante lumière.

Faire l'amour avec Anne, sans entrave et sous l'impulsion du moment, rehaussait ses sens de sorte que les couleurs autour de lui semblaient extrêmement lumineuses, et les odeurs plus prononcées et plus attrayantes. Les muscles de son cou et de son épaule, qui succombaient tellement souvent aux caprices de sa maladie, obéissaient au moindre de ses ordres. Pendant un moment de fantaisie, il s'imagina prendre la main d'Anne et flotter jusqu'au Machu Picchu. À la place, il s'assura simplement qu'ils jouissent tous les deux dans un tourbillon sauvage de couleurs, de textures et de goûts.

Une fois habillés, ils flânèrent dans la ville comme les touristes qu'ils étaient. Cusco était l'ancienne capitale du Pérou, le site principal des Incas et le centre de leur culte du soleil. Anne et lui errèrent dans d'incroyables marchés, explorèrent plusieurs églises coloniales espagnoles et partagèrent un dîner dans la place centrale, pendant que les gens du coin essayaient de leur vendre des marionnettes à doigts ou amusaient la foule avec des danses et des musiques traditionnelles.

Quand ils retournèrent à l'hôtel, leur seul arrêt avec du confort dans ce qui allait être des vacances rudes dans les montagnes, ils étaient harassés et ressentaient les effets de l'altitude. Mike était content d'avoir séduit Anne à leur arrivée, parce qu'au moment où ils s'écroulèrent tous les deux sur le lit, ils étaient trop fatigués pour faire plus qu'échanger un rapide baiser en guise de bonne nuit.

Au matin, Anne n'avait pas retrouvé ses forces physiques, mais son bien-être émotionnel s'améliorait grandement. Elle but rapidement deux bouteilles d'eau, ce qui la revigora suffisamment pour la rencontre avec les guides touristiques et l'embarquement pour l'excursion en rafting sur la rivière Urubamba. Ils firent une sieste à leur retour, puis profitèrent de la vie nocturne à Cusco et dansèrent jusqu'à minuit.

Au matin, Michael se retourna et vit Anne roulée en boule, le visage pâle.

— Eh, chérie, qu'est-ce qui ne va pas?

Elle ferma les yeux avec force, ce qui accentua une ligne légèrement pâle autour de ses lèvres.

— Trop de *chicha* hier soir, je pense.

Mike eut un petit sourire. Ils avaient bu un petit verre de cette boisson de maïs fermentée, mais aucun n'en avait bu assez pour avoir un genre de gueule de bois.

— Je t'apporte de l'eau.

Il enfila son pantalon et un tee-shirt, et courut dans le hall chercher des bouteilles d'eau froide. Quand il revint, elle n'avait pas bougé. Il l'aida à s'asseoir, puis lui caressa le dos pendant qu'il la regardait boire. Après un instant, elle reprit des couleurs et se ragaillardit.

— Déshydratation? demanda-t-elle, reconnaissant les symptômes.

— Probablement à cause de l'altitude, dit-il. Nous devons absolument emporter davantage d'eau aujourd'hui. À moins que tu ne veuilles annuler?

Au vu de son air scandalisé, Mike sut que retarder la randonnée jusqu'au Machu Picchu était hors de question. Anne mit un peu plus de temps pour se remettre, mais il se chargea de faire les sacs. Ainsi, quand ils quittèrent l'hôtel, ils n'étaient pas en retard. Ils retrouvèrent les guides à l'endroit prévu, rencontrèrent d'autres personnes de l'excursion, vérifièrent leurs sacs pour s'assurer qu'ils avaient tout ce dont ils avaient besoin, puis se mirent en route.

Mike garda un œil sur Anne. Elle n'était pas au meilleur de sa forme mais, s'il tentait de la dorloter, les résultats ne seraient pas probants. Comme il y avait des porteurs pour transporter les choses lourdes, comme la nourriture et les tentes, leurs sacs étaient chargés d'eau, de collations, de vêtements de rechange et de produits d'hygiène élémentaires… assez pour fatiguer quiconque ne se sentait pas bien. Par chance, les guides ne semblaient pas pressés, permettant beaucoup d'arrêts et portant même des réservoirs d'oxygène pour ceux qui commenceraient à perdre le combat contre la basse atmosphère.

Pendant ce temps, les porteurs les dépassaient en vue d'atteindre la mi-parcours de la montée du jour. Ils avaient installé les tentes et les feux de camp, et avaient préparé le déjeuner. Anne grignota du fromage et un fruit, puis but suffisamment de sa gourde pour que Mike se garde de donner son avis sur sa consommation de nourriture.

Enfin, alors qu'elle rangeait son sac à dos pour récupérer les piles supplémentaires de son appareil photo qu'elle avait rangées au fond, il s'assit à côté d'elle sur la roche et écarta les cheveux de son visage.

— Tu te sens bien ?

Elle haussa les épaules.

— Je survivrai.

Quand elle se mit debout et s'étira, il en profita pour prendre son sac et le jeter sur son épaule. Bizarrement, elle n'émit pas d'objection, et appuya plutôt sa tête contre son épaule et glissa sa main dans la sienne. Les bâtons de randonnée qu'ils avaient achetés à Cusco furent vraiment pratiques durant la montée mais, quand ils arrivèrent à leur dernier arrêt pour la nuit, Anne s'écroula dans la tente et n'apparut pas de tout le dîner.

Mike lui prit une assiette et une gourde remplie d'eau du ruisseau alimenté par la neige fondant sur le sommet le plus proche.

— Tu me dorlotes, dit-elle sur un ton juste un peu accusateur.

— C'est un grave délit ? Dans les circonstances ?

Elle se força à sourire.

— Non, mais je ne suis pas très à l'aise quand on prend soin de moi.

Mike rit.

— J'ai remarqué, mais j'ai aussi noté que le ciel est bleu, que les montagnes sont hautes et que les plantes dans la forêt tropicale sont très vertes.

— Toujours à jouer la comédie, dit-elle.

Puis elle gémit et s'effondra sur son sac de couchage.

Comme Mike savait qu'elle dramatisait pour accroître son inquiétude, bien plus qu'elle ne défaillait vraiment, il saisit son assiette et décida de la nourrir comme il l'avait fait il y a plusieurs mois, juste après la première fois qu'ils avaient fait l'amour. Ces moments-là l'émerveillaient. Comment avait-il pu trouver une femme aussi parfaite ? Qui avait décidé qu'il méritait d'être l'homme le plus chanceux de la terre ?

Quand il approcha la première bouchée de viande rôtie vers elle, elle le regarda d'un air sceptique, mais, sans un mot, il la persuada qu'il n'allait pas abandonner jusqu'à ce qu'elle se remplisse l'estomac avec des protéines tonifiantes. Chaque fois qu'elle prenait docilement une bouchée, il en préparait une autre jusqu'à ce que l'assiette soit vide. Elle but le reste de l'eau, sortit pour un passage aux latrines et, quand elle revint, elle ferma ses yeux et se relaxa contre son sac à dos.

— Je suis repue, dit-elle.

— Tu vas avoir besoin de cette énergie.

Elle ouvrit les yeux.

— Pourquoi? L'air de la montagne ne t'excite pas, on dirait?

— Tout à fait, dit-il, se glissant à côté d'elle.

Les tentes du campement étaient très proches les unes des autres; alors, Mike n'avait pas l'intention de faire l'amour à Anne tandis que tant de personnes pouvaient être à l'écoute et qu'elle se sentait encore faible. Il profita donc seulement de la sensation de son corps appuyé contre le sien. En dépit du tressaillement épisodique de son bras et du spasme à son cou, il la tint dans ses bras, caressant son épaule ou sa taille. La maladie de Gilles de la Tourette ne devait pas lui voler son plaisir. Il ne la laisserait pas faire.

Et Anne non plus. Elle se rapprocha de lui pour que leurs corps se touchent à tous les endroits sensibles. Puis, elle lui offrit un baiser long, profond et chargé d'envie. Surpris, il la repoussa pour scruter ses yeux qui brillaient avec ce qu'il reconnut comme étant un indéniable désir.

— Et maintenant, qui est excité?

— J'avoue, dit-elle, lui mordillant le menton.

— Je ne m'étais jamais rendu compte combien cela m'excite quand tu prends soin de moi.

— Ce ne serait pas une surprise si tu me laissais le faire un peu plus souvent, la réprimanda-t-il.

Elle fredonna, ses lèvres vibrant contre sa gorge d'une telle manière que cela activa sa circulation sanguine et lui fit repenser à sa constatation que les tentes étaient très proches. Après tout, beaucoup de personnes de l'excursion étaient encore assises autour du feu de camp et terminaient leur dîner sous les étoiles.

Si Anne et lui décidaient de se coucher tôt, il doutait que quelqu'un le remarque.

Anne se réveilla avec l'impression d'avoir dormi pendant une semaine plutôt qu'une nuit. La lassitude, contre laquelle elle avait lutté durant les quelques derniers jours, était disparue. Peut-être que son corps s'était finalement habitué à la haute altitude. Peut-être était-ce la tendresse de Michael, son attention, sans oublier son talent fou pour lui faire l'amour dans un silence total et complet, mais de manière fort appliquée. Son corps était encore agréablement douloureux à tous les endroits qu'il avait touchés, caressés et auxquels il avait donné du plaisir. Il était complètement mort. Avant qu'elle ne s'empare de vêtements propres et de sa brosse à dents, elle posa un doux baiser sur sa joue, ce qui lui fit ouvrir les yeux.

— Quelle heure est-il ? demanda-t-il.

Les rayons du soleil pointaient à l'horizon, mais pas assez clairement pour qu'elle puisse regarder l'heure.

— Tôt, répondit-elle. Rendors-toi.

— Comment te sens-tu ?

— Comme une nouvelle femme, l'assura-t-elle.

Puis elle se glissa hors de la tente. Pour la première fois depuis qu'ils avaient atterri à Cusco, elle appréciait vraiment la majesté du paysage autour d'eux. Les oiseaux croassaient et sifflaient sur les cimes des arbres qui se balançaient dans le ciel, prenaient leur petit déjeuner et retournaient rapidement vers leur nid. Juste aux limites du camp, un ruisseau jaillissait à travers les rochers. Elle s'aspergea le visage avec l'eau glacée, effaçant les dernières traces de sommeil de son corps.

Elle était au paradis. Un paradis rustique, c'est certain, mais, en dépit du fait que les touristes marchaient tous les jours à cet endroit, cette partie de l'empire Inca, non découverte par les conquérants espagnols, était demeurée presque aussi vierge que possible après des siècles. Même après qu'elle eut terminé de se préparer pour la journée, elle s'assit sur une roche à côté du ruisseau et regarda le soleil se lever.

— Ah, te voilà, dit Michael, se dirigeant vers elle avec deux tasses de café. Toujours avec cette sensation d'être au sommet du monde ?

— Tout à fait, dit-elle, serrant ses bras dans l'espace entre ses mains occupées. Quand quittons-nous le camp ?

— Dans 20 minutes. Tu es prête ?

— Je te suivrai n'importe où.

Elle prit le café, puis allongea son poing, pour qu'ils se cognent.

La rapide connexion entre leurs poings les fit rire tous les deux. Elle n'était pas certaine de ce qui avait inspiré ce geste branché, mais, à bien des égards, il signifiait ce qu'Anne et Mike étaient devenus. Proches. À l'aise. Joyeux. En dépit de son amour des voyages, elle était pratiquement certaine qu'aucun autre homme n'aurait pu la convaincre de gravir une montagne. Et elle était tout à fait sûre qu'elle n'aurait pas apprécié l'expérience avec quelqu'un d'autre que lui.

Dix-huit

∿

Durant les deux jours suivants, être au sommet du monde n'était pas juste une métaphore pour décrire le temps passé avec Michael. Ils empruntèrent des chemins dangereux, y compris celui appelé le Passage de la femme morte dont Anne pensait qu'il méritait bien son nom. S'évanouir au sommet s'était avéré une réelle probabilité.

Une fois qu'ils atteignirent le sommet, leur guide distribua des bouchons d'un alcool inconnu pour fêter cela. Les porteurs installèrent le camp. Ils savourèrent le dîner parmi les étoiles, dormirent sous les nuages et, au matin, prirent des photos des roches couvertes de mousse, pendant qu'ils apprenaient à améliorer leurs techniques de respiration, afin de gérer à la fois l'effort lié à la randonnée et l'augmentation constante de l'altitude. Quand ils arrivèrent au Machu Picchu, ils passèrent la journée à explorer la ville étonnamment intacte. Anne conclut qu'aucun autre voyage qu'elle avait fait n'égalait celui-ci. En grande partie grâce à Michael.

Le silence pénétrant des ruines intensifiait leur intimité à chaque fois qu'il lui prenait la main, lui touchait l'épaule ou chuchotait à son oreille quelque fait obscur au sujet des Incas. En dépit de son affirmation comme quoi sa maladie de Gilles de la Tourette lui avait posé des problèmes à l'école, il avait fait suffisamment de recherches de sorte qu'il en savait autant que les guides, sinon plus. Il lui chuchota quelques éléments sur les idées incas concernant l'érotisme, qu'elle n'avait assurément lues dans aucun de ses guides touristiques.

Ils terminèrent leur aventure à Aguas Calientes, un village qui non seulement marquait le bout de la route pour les randonneurs et disposait d'un service ferroviaire pour le retour à Cusco, mais préparait aussi des repas pour les touristes qui voulaient profiter de l'expérience du Machu Picchu sans la montée ardue. Ils trouvèrent une très agréable douche publique à côté des fameuses sources chaudes qui avaient donné leur nom au village, puis se baignèrent dans un bassin chauffé pendant plus d'une heure. Chaque moment non seulement effaçait la poussière et la sueur de la montée, mais soulageait leurs muscles douloureux et leurs pieds meurtris.

Juste sous un pont qui les abritait du soleil et du regard indiscret de beaucoup trop de compagnons de voyage, ils découvrirent un coin semi-privé du bassin où ils pouvaient être seuls. Ils burent quelques boissons exotiques, se baignèrent et discutèrent de ce qu'ils allaient faire une fois revenus à Lima, tout en s'embrassant, s'enlaçant et évoquant les quelques jours passés où ils avaient dû se concentrer pour ne pas tomber de la montagne.

Après le coucher du soleil, les autres touristes retournèrent en ville soit pour dîner, soit pour prendre le train délabré qui les ramènerait à Cusco. Michael et Anne restèrent là et, comme la nuit tombait, ils se retrouvèrent entièrement seuls, à l'exception de quelques employés essuyant l'eau autour des sources et nettoyant le coin du bar. Mike commanda une dernière tournée de *pisco sour*, préparé avec une eau-de-vie péruvienne de raisin. Quand la tasse glacée entra en contact avec la main d'Anne, le froid traversa immédiatement son corps.

— Le dernier, dit-elle. Je ne sais pas si je suis pompette à cause des boissons ou de la chaleur. Mais c'est le paradis. Le vrai paradis.

L'eau chaude était un bouillon fumant de minéraux naturels qui semblait ouvrir les pores d'Anne à l'air frais de la nuit et son esprit à d'infinies possibilités. Elle ferma les yeux et se prélassa dans les doux tourbillons d'eau contre sa chair et la chaleur pénétrant sous sa peau. Quand le courant tournoya contre elle, elle sut que Michael avait terminé son tour du bassin.

— Nous sommes complètement seuls, murmura-t-il.

Cette perspective enflamma son corps comme un feu d'artifice. Elle ouvrit d'abord un œil, puis l'autre, pour scruter l'endroit.

— Tiens donc, dit-elle.

— Que devrait-on faire de toute cette intimité?

La question de Michael, pleine de sous-entendus, l'émoustilla au point où elle entreprit tout simplement de le toucher. Elle glissa ses mains sur ses épaules, sa poitrine et ses bras, soudainement jalouse qu'en tant qu'homme, il puisse être torse nu sans attirer un seul regard. Ses seins, gonflés par le désir, se tendaient sous son maillot de bain. Elle savait exactement ce qu'elle voulait faire maintenant qu'ils étaient tout seuls, mais oserait-elle ?

Ils étaient dehors à découvert, même s'ils étaient cachés par l'obscurité.

Mais ils étaient en vacances. Ils avaient travaillé durement pour en arriver là, à la fois émotionnellement et physiquement. Quelle était la pire chose qui puisse arriver ?

Et comment pouvait-elle penser au mal quand le meilleur était juste devant elle ?

— Tu pourrais commencer par m'embrasser, suggéra-t-elle.

En une seconde, ses lèvres furent sur les siennes. Il goûta les jus de fruits et l'alcool, sa langue rafraîchie par la boisson glacée qu'il avait déposée sur le côté du bassin près de sa tête. Immergée jusqu'aux épaules, elle ouvrit ses genoux pour que Michael puisse se glisser plus près. Il déploya ses mains de chaque côté de son cou et, comme s'il avait lu dans ses pensées, ôta subrepticement le haut de son maillot.

Son audace n'était pas seulement stimulante, elle était contagieuse. Elle glissa ses doigts autour de son dos et bougea son maillot pour le prendre, le caresser, et puis, quand elle ne soutira rien de plus de ses longs et langoureux baisers qui semblaient pomper chaque once de plaisir sensuel émergeant de son corps, elle l'aida à s'introduire en elle. Il se pencha en arrière, et un rai de lumière, arrivant de quelque part au-dessus, passa sur son visage et illumina uniquement ses yeux. Le bleu, si puissant et intense de passion, pénétra directement son âme. Elle s'abandonna aux sensations autour et à l'intérieur d'elle-même jusqu'à ce que leurs orgasmes atteignent le sommet.

Bientôt, les sons voilés jusqu'ici par leur désir commun s'inscrivirent dans leurs esprits. Des voix. Quelqu'un arrivait. Mike remit discrètement le maillot de bain d'Anne et réajusta le sien. En l'espace d'un instant, ils se relaxaient à nouveau dans le bassin comme si rien ne s'était passé.

Mais il s'était passé beaucoup de choses. Au-delà de leurs ébats, tandis que sa passion s'estompait, Anne ne parvenait pas à croire qu'ils avaient fait quelque chose d'aussi intime dans un lieu public. À chaque fois que Mike libérait l'audace de son enfant intérieur, les résultats dépassaient toujours ses attentes.

Il la surprenait. Même après avoir passé suffisamment de temps ensemble pour succomber à la routine, il arrivait à trouver des façons d'insuffler de la nouveauté et des rires dans leur relation. Elle était certaine qu'il tenait à elle profondément. Peut-être même qu'il l'aimait. Il l'avait incontestablement démontré, même s'il n'avait pas prononcé les mots.

Mais, une fois encore, elle non plus.

Aussi libérée et non conventionnelle fût-elle, il y avait certaines choses qu'une femme ne disait pas ou ne faisait pas la première. Comme leur premier rendez-vous officiel, leur premier baiser, leur premier voyage ensemble. Mike avait fait les premiers pas. Jusqu'à ce qu'il soit prêt à le dire, elle devait simplement garder ses émotions débordantes pour elle-même.

Mike reprit leurs verres. La glace avait fondu, mais le liquide était encore frais en comparaison de la chaleur fumante provenant de la source, sans oublier ce qu'ils venaient de faire.

— C'était tout juste, dit-elle, sirotant le puissant mélange.

Il haussa les sourcils, sans honte.

— C'est ce qui rendait la chose si plaisante.

— C'est tout ? questionna-t-elle.

Il l'attira vers lui, enveloppant sa taille avec sa main libre.

— Loin de là.

Jusqu'au moment où ils atteignirent Arequipa, le voyage au Pérou avait dépassé toutes les espérances de Mike. À part le bref et un peu fâcheux accès de mal des montagnes qu'Anne avait éprouvé pendant leur ascension du Machu Picchu, Mike pensait qu'il se souviendrait de ce voyage principalement en raison des vues à couper le souffle, du sentiment de triomphe d'avoir relevé le défi physique d'une véritable montée en montagne, et, bien sûr, du fait d'avoir osé faire illicitement l'amour avec Anne dans un endroit isolé et néanmoins public.

Malheureusement, les grands moments de ce voyage ne seraient pas ce dont il allait se souvenir le plus.

Ils avaient dîné en ville. Le restaurant, niché dans une vieille construction coloniale espagnole rose vif, taillée dans la roche volcanique, disposait d'une charmante cour entourée de grands palmiers qui se balançaient sous la brise de la nuit sèche. Ils avaient dégusté un délicieux *ceviche*, un des plats nationaux du Pérou et un des mets favoris de Michael. Puis, environ une heure après être rentrés à l'hôtel, Michael n'appréciait plus autant les fruits de mer. Les avaler avait incontestablement été plus agréable que tenter de les digérer.

Il y avait peu de choses du Pérou qu'il voulait oublier, mais l'empoisonnement alimentaire était en haut de sa liste.

Se sentant léthargique et luttant contre des crampes dans le bas-ventre, Mike eut seulement vaguement conscience qu'Anne avait quitté la chambre une heure environ après qu'il devienne malade. Il rendit le reste de son dîner par deux fois aux toilettes, content que la femme qu'il aimait ne fût pas là pour entendre la porcelaine augmenter le volume de ses vomissements. Il venait de retourner au lit quand il entendit la porte s'ouvrir. Elle s'introduisit dans la chambre avec quelques bouteilles vertes qui s'entrechoquèrent alors qu'elle fermait la porte.

— Hé, dit-elle, en prenant soin de chuchoter. Je t'ai pris des boissons gazeuses au gingembre.

Elle utilisa le haut de son tee-shirt pour protéger sa main pendant qu'elle tournait le bouchon. Elle fouilla dans sa poche et en sortit une paille qu'elle inséra dans la bouteille. Elle s'agenouilla à côté du lit et écarta les cheveux de Mike de son front en sueur.

— Tu crois que tu peux en prendre une gorgée?

Pour elle, il ferait n'importe quoi.

Le liquide accentua l'impression de sécheresse et d'irritation de sa gorge, mais, même sans qu'elle lui ait dit, il savait que le gingembre l'aiderait à calmer son estomac. Combien de fois sa mère pendant son enfance lui avait prescrit la même chose? Le fait qu'Anne connaisse ce remède de grand-mère le surprit un peu. C'était une femme forte, compétente, indépendante, voyageuse et belle. Mais il ne l'aurait jamais imaginée en soignante aussi.

Il réussit à boire quelques gorgées avant que ses paupières, qu'il s'efforçait de garder ouvertes, se referment entièrement sur ses yeux. Il avait besoin de dormir. Durant toutes leurs montées et descentes sur les chemins des Andes, il n'avait jamais éprouvé un tel épuisement. Et, néanmoins, il doutait pouvoir dormir avant que tous les microbes, que son corps avait ingérés au dîner, aient complètement disparu de son organisme.

Brûlant et transpirant, il repoussa les couvertures et tenta de se concentrer sur la presque imperceptible brise qui descendait du ventilateur de plafond tournoyant lentement au-dessus du lit. Ses yeux s'ouvrirent brusquement quand il sentit une douce sensation de fraîcheur sur son front.

— Ch…, dit Anne. Tu es brûlant. Ceci va te rafraîchir. Détends-toi, simplement.

Dans un brouillard, il s'abandonna, se relaxant alors qu'elle lui passait la serviette humide sur son visage, le long de son cou et de sa gorge, puis en travers de sa poitrine et sur ses bras.

— Tu devrais dormir, dit-il, d'une voix rauque.

La seule lumière dans la chambre venait de la minuscule salle de bain. La lueur dorée se répandait sur la chevelure en bataille et le tee-shirt extralarge d'Anne, l'illuminant comme si elle était un ange tout droit sorti d'un Botticelli. Elle introduisit la serviette dans le seau à glace qu'elle avait rempli d'eau propre et fraîche.

— Je dormirai quand tu seras à l'aise, répondit-elle.

— Ça va aller.

— Oui, acquiesça-t-elle.

Puis elle plaça la serviette pliée en travers de son front et força ses paupières à se fermer par un doux geste de sa main.

Mike dormit tant bien que mal, se réveillant une fois pour restituer les dernières substances de son estomac. Pendant d'autres moments flous mais éveillés, il but davantage d'eau gazeuse au gingembre, sous l'insistance d'Anne, ou sentit la fraîche compresse qu'elle lui tamponnait sur la peau. À l'aube, elle se doucha, puis disparut par la porte. Le temps que le soleil soit complètement levé dans le ciel, elle était de retour, lui annonçant qu'un chauffeur les attendait en bas et qu'elle avait l'adresse d'une clinique.

Mike n'avait pas la force de discuter. Anne prit entièrement le contrôle, depuis les indications au chauffeur de taxi sur leur destination exacte jusqu'aux médecins qu'elle mit au courant de son état dans un espagnol étonnamment limpide. Ensuite, elle resta à ses côtés tandis que l'infirmière lui installait une perfusion pour qu'il récupère les liquides qu'il avait perdus.

En milieu d'après-midi, il avait recouvré suffisamment ses forces pour partir. Ils retournèrent à l'hôtel, et, après une courte sieste, il se réveilla, se doucha, se brossa les dents, mais décida que se raser, alors qu'il était encore tellement chancelant sur ses jambes, n'était pas une bonne idée. Anne retira les draps du lit et était en train de border le dernier coin sous le matelas d'un ensemble propre, quand il se retourna. Il s'adossa au mur pendant qu'il attendait, la regardant s'affairer avec efficacité. Une fois qu'elle eut étendu le couvre-lit, elle lui fit signe de retourner au lit.

— Tu dois aussi récupérer du sommeil, dit-il. Je suis d'attaque maintenant, tu viens ?

Il poussa les draps sur le côté pour faire de la place.

— Mange d'abord quelques craquelins, insista-t-elle. Le médecin a dit que tu avais besoin de remplir ton estomac avec quelque chose pour empêcher l'excès d'acidité.

Il secoua la tête, incapable de penser à l'idée d'introduire de la nourriture, même le plus insipide des aliments, dans son système digestif.

— Non, je vais bien.

— Grignotes-en juste un. Le sel aide aussi, bien que je ne sache pas pourquoi. Allez, fais-le, s'il te plaît. Pour moi.

Même au meilleur de sa forme, il doutait pouvoir refuser quoi que ce soit qu'Anne demandait, volonté ou souhait. Après avoir mordu la moitié d'un craquelin, l'avoir mâché et avalé, il le fit passer avec l'eau gazeuse au gingembre qui avait perdu beaucoup de son pétillant, et elle sourit.

Mon Dieu, il aurait fait n'importe quoi pour ce sourire. Tout ce qu'elle voulait.

Le plus qu'il pouvait faire à présent, cependant, était d'obéir à ses ordres. Jusqu'à ce qu'il ait plus de forces. Après cela, tous les paris étaient ouverts.

Dix-neuf

Le jour suivant, Mike se sentait mieux à 90 pour cent. Il célébra son état en proposant qu'ils sortent de leur chambre d'hôtel pour explorer la ville pendant une heure ou deux, ou jusqu'à ce qu'il fasse une rechute. Il n'avait pas voyagé jusqu'à un autre hémisphère pour passer son temps au lit. En fait, sauf si c'était pour faire l'amour avec Anne, mais il n'était pas tout à fait prêt pour ce genre d'effort physique, pas encore.

Arequipa regorgeait d'architectures ahurissantes. Cinq influences distinctes, chacune s'ajoutant au paysage après un énorme tremblement de terre qui avait frappé la région et avait créé un dédale magique de bâtiments. Anne lut à haute voix une brochure touristique, et ils flânèrent pendant des heures, d'un pas tranquille. Le fait qu'ils se déplacent à un rythme détendu non seulement préserva ses forces, mais leur donna plus de temps pour se donner la main et s'embrasser sous d'impressionnantes voûtes.

Le lendemain, ils retournèrent à Lima. Avant même qu'ils aient quitté New York, Anne avait fait des réservations dans un restaurant dont elle avait appris qu'il donnait sur le Pacifique. Pour cette occasion, Mike lui acheta une robe, une jolie paire de sandales ornées de perles et un châle artisanal du marché local. Il avait même craqué pour un nouveau tee-shirt blanc en coton, pour lui, qu'il portait par-dessus des pantalons décontractés avec ses sandales favorites. Ils ne formaient pas le couple le plus habillé à attendre un taxi devant leur hôtel du centre-ville mais, à en croire Mike, ils étaient les plus heureux.

Avant de traverser la longue jetée vers le restaurant illuminé, qui dominait tout l'espace avec son toit bleu Wedgwood et ses croisillons sophistiqués d'un blanc impeccable de style pain d'épice, ils se promenèrent le long du rivage rocheux. La brise salée ébouriffa les cheveux d'Anne, et elle dut les attacher sur sa nuque avec un ruban, offrant ainsi à Mike l'accès à son cou une fois qu'ils furent installés sur le rocher, leurs pieds pendant au-dessus de la brume de l'océan.

— Merci d'avoir pris soin de moi quand j'étais malade, dit-il.

Elle le regarda comme s'il lui poussait une deuxième tête.

— Tu n'arrêtes pas de dire ça. Tu t'attendais à ce que je fasse quoi pendant que tu te vidais les intestins ?

Il se rassit, frappé par sa question. Il n'avait certainement pas pensé qu'elle le laisse au moment où il en avait besoin, pas plus qu'il ne l'aurait abandonnée. Et, néanmoins, il ne pouvait pas mentir et dire qu'il aurait pu prévoir qu'elle le dorloterait comme elle l'avait fait.

— Je ne sais pas, répondit-il.

Elle leva les yeux au ciel.

— Je peux être très prévenante quand il le faut.

— Tu étais plus que prévenante, l'assura-t-il. Ne le prends pas mal, mais tu m'as rappelé ma mère.

Elle grommela.

— Comment pourrais-je ne pas le prendre mal ?

— Tu n'as pas rencontré ma mère, lui rappela-t-il. Elle est vraiment sympathique. Très attentionnée et une fabuleuse cuisinière, mais elle est tout aussi forte et indépendante que toi. Je veux qu'elle te rencontre. Je veux que tu la rencontres. Et mon père. Et mes sœurs. Les vacances se terminent, n'est-ce pas ? Viens avec moi à Syracuse.

Le cœur de Mike s'arrêta une seconde, attendant qu'Anne lui sourie. Ils vivaient tous les deux près de leurs familles et prenaient le temps de se séparer pour aller leur rendre visite occasionnellement. Il leur restait, chacun de leur côté, à faire les « présentations » familiales, ce qui amènerait leur relation à encore un autre niveau.

Même s'ils étaient en Amérique du Sud après avoir expérimenté un voyage avec des hauts époustouflants et des bas à s'en tordre les boyaux, il ne pouvait penser à quelque chose de plus terrifiant que d'emmener Anne avec lui chez sa tante pour le réveillon de Noël, où toute sa famille allait avoir un premier contact avec la femme qui avait changé sa vie du tout au tout de la manière la plus spectaculaire.

— Vraiment, à Noël ? demanda-t-elle.

— Toute ta famille sera-t-elle là ?

Il sourit.

— Chaque tante, oncle, cousin, sœur, nièce, neveu et mes parents seront là, confirma-t-il. Mais tu n'as pas à t'inquiéter parce qu'ils vont tous t'aimer.

— Et comment peux-tu le savoir ? demanda-t-elle.

Il *faillit* dire « parce que je t'aime », mais les mots restèrent dans sa gorge.

— Comment ne pas t'aimer ?

Il glissa son bras autour d'elle, et, avec sa tête sur son épaule, ils regardèrent le prisme orange, or et rose du coucher de soleil strier l'horizon. Le fracas de l'océan contre les rochers résonna dans les oreilles de Mike, mais même ce son bruyant ne pouvait dissimuler ce qu'il avait presque dit à voix haute.

Il l'aimait.

Après réflexion, il se rendit compte que le fait qu'il soit tombé amoureux d'Anne ne le surprenait pas le moins du monde. Ce qui l'avait pris au dépourvu, c'était qu'il se soit empêché de le dire à voix haute.

Dans sa vie, il avait dit à une seule femme qu'il l'aimait et, à l'époque, il était si jeune et inexpérimenté que les mots n'avaient pas eu le pouvoir de changer quoi que ce soit à leur relation. Amoureux ou pas, ils avaient continué à se fréquenter, à écouter de la musique et à s'amuser avec leurs amis. Avec Anne, cependant, ce serait différent.

Il était différent.

Aimer Anne impliquait un changement dans sa vie. Aimer Anne signifiait regarder plus loin dans le futur, comme il ne l'avait jamais fait auparavant. Il aimait sa vie comme elle était. Il avait un travail formidable, un chien fabuleux, un incroyable appartement dans un environnement animé. Mais les choses ne pouvaient rester inchangées. Et il ne le voulait pas non plus. Sans changement, il n'y aurait pas eu d'Anne du tout. Exception faite du travail d'Anne, ils avaient traversé les moments difficiles avec humour et patience. Elle comprenait sa maladie, ses ambitions et ses passions. Il en était venu à lui faire confiance à un point qu'il n'aurait pas cru possible.

Et puis il y avait le sexe.

Bon sang, le sexe.

Anne chérissait l'intimité et, avec lui, elle n'avait peur de rien. Elle était hardie, aventureuse et excitante. Et confiante. Forte et indépendante, Anne Miller comptait sur lui comme il comptait sur elle.

Oui, il l'aimait, mais était-il prêt à faire cette audacieuse confession?

Et elle?

Il décida de garder le silence. Il voulait savourer son secret pendant quelque temps encore, y réfléchir, être certain que, lorsqu'il dirait les mots à voix haute, à la fois lui et Anne seraient prêts à faire progresser leur relation jusqu'à l'inévitable prochaine étape.

— Prête pour le dîner? demanda-t-il.

Elle se blottit plus près de lui.

— Je pourrais rester assise ici près de toi pour le reste de ma vie et être totalement satisfaite, dit-elle.

Elle soupirait alors que le dernier rayon du soleil embrassait le rivage.

Il rit un peu plus nerveusement que nécessaire, puis se leva, la tira pour qu'elle se mette sur pieds, et l'embrassa avec cette passion dont il ne soupçonnait même pas l'existence jusqu'à cet instant.

Cette passion l'écorcha et le laissa à vif. Cette passion ne pouvait s'éteindre en raison d'horaires de travail difficiles, de maladie ou de tout autre imprévu. Cette passion pourrait simplement durer toute la vie.

Et cela changeait tout.

Noël dans la famille de Mike était toujours une aventure folle et excitante. Et, comme c'était la première fois qu'Anne y allait, Mike ressentait à la fois de la tension, de la joie et de la peur. Il aimait sa famille. Ils étaient bruyants et turbulents, particulièrement du côté de son père italien et catholique, avec qui ils passaient toutes les veilles de Noël. Sa propre mère juive n'avait jamais eu de problème pour s'y intégrer et, sans surprise, Anne non plus.

Leur relation avait changé depuis le Pérou. Mike n'aurait pas pensé qu'ils pourraient encore se rapprocher, mais, après l'avoir vu au pire, elle semblait compter sur lui un peu plus qu'elle ne le faisait auparavant. Désormais, quand ils parlaient de l'insatisfaction qu'elle ressentait par rapport à son travail, elle ne l'obligeait pas à se taire. Quand il lui suggérait qu'elle pourrait envisager de nouvelles perspectives quant à son avenir dans le journalisme, elle écoutait. Quand elle voulait un avis sur l'éventualité de reprendre ses études ou de changer de ville, ou même de travailler pour un journal concurrent, elle le choisissait pour en parler.

Il avait encore le bon sens de ne pas lui dire ce qu'elle devait faire, principalement parce qu'il savait que personne ne pouvait trouver de meilleure réponse qu'elle. Elle suivrait sa propre voie. Elle découvrirait la meilleure solution. Et, quand elle le ferait, la première personne avec qui elle partagerait cet événement serait lui. Il n'avait aucun doute là-dessus.

Avant, pendant et après le traditionnel réveillon de Noël italien, Anne passa du temps avec la mère de Michael, partagea les histoires drôles à son sujet avec ses sœurs et survécut aux récits de son père sur l'éducation de trois enfants avec deux religions. Durant toutes ces conversations, ils mangèrent. Sa cousine Erin s'était une fois de plus surpassée en préparant des tonnes de plus d'une vingtaine de variétés de biscuits utilisant toutes les recettes de la famille que leurs tantes et grands-mères avaient déjà créées. Ils se régalèrent de pâtes maison, de boulettes de viandes et de plats de fruits de mer que sa tante, ses cousines et leurs filles avaient cuisinés pendant plus d'une semaine.

Au cours de la soirée, plus d'une cinquantaine de proches et amis entrèrent et sortirent de la maison. À chaque nouvelle présentation, Anne écarquillait les yeux avec surprise, puis avec excitation. Elle aimait rencontrer de nouvelles personnes. Elle aimait faire l'essai de toute cette merveilleuse cuisine, jouer avec les enfants, qui couraient dans tous les sens, et aider à la cuisine à chaque fois qu'elle parvenait à persuader quelqu'un de le lui permettre.

Mike était si amoureux qu'il arrivait à peine à se contenir. En outre, il n'avait pas encore prononcé les mots.

Il les avait sur le bout de la langue depuis cette nuit à Lima. Il avait dû se faire à cette idée, accepter le fait que sa période de célibat s'était depuis longtemps envolée, tout comme la clé de son cœur. Anne la possédait, peu importe qu'elle le sache ou pas.

Maintenant qu'il savait qu'elle s'était parfaitement intégrée dans sa famille, il pouvait difficilement retenir sa déclaration. Mais, d'abord, il devait la voir seule. Il ne savait pas quand ou dans quel endroit mais, avant la fin de la soirée, il l'aurait émue par sa grande révélation et espérait qu'elle partage le même sentiment.

Quand les festivités prirent fin, ils étaient tous les deux épuisés. Ils retournèrent en voiture jusqu'à la maison de son père, où Anne dormirait dans l'ancienne chambre de sa sœur. Quand il se proposa pour sortir Sirus et les deux Braques de Weimar de son père, Lucy et Morgan, pour une promenade, Anne demanda à venir. Il considéra l'idée de lui rappeler combien la température était descendue en bas de zéro et que la neige tombait depuis plus d'une heure, mais il la voulait toute à lui, même s'ils devaient être emmitouflés au point de ne pouvoir se tenir la main qu'à travers des moufles doublées.

Les chiens ne perdirent pas de temps pour faire leurs besoins, mais, après une vingtaine de minutes de promenade autour de l'immeuble, Mike les laissa courir sur le terrain couvert de neige pendant qu'Anne et lui les regardaient depuis l'allée. Elle se blottit dans ses bras, ou plutôt aussi près qu'elle le pouvait à cause de toutes les couches de vêtements entre eux. Même s'il comprenait l'exigence démodée de son père pour qu'ils ne partagent pas la même chambre, car ils n'étaient ni mariés ni fiancés, il voulait aussi se réveiller avec Anne à ses côtés. Pas seulement le matin de Noël, mais tous les autres jours également.

— Je t'avais dit que ma famille t'aimerait, dit-il, sachant que le moment était venu.

Il voulait se souvenir de cet instant. Il voulait qu'elle s'en souvienne. Il voulait que le monde entier le sache mais, d'abord, il devait le lui dire.

— Je les aime aussi, dit Anne.

— Mais, comme tu le disais, comment ne pas les aimer ? Bien sûr, je vais reprendre tous les kilos que j'avais perdus avant de partir au Pérou. Les biscuits de ta cousine sont trop délicieux pour être vrais. Et je m'y connais en biscuits.

— C'est pour ça que tu es si délicieuse ? demanda-t-il en l'embrassant.

Elle le tapa sur le bras, mais, avec toute cette épaisseur de vêtements, il ne sentit rien à part le froid glacé de ses lèvres, puis la chaleur réconfortante de sa langue.

— Ce n'est pas le compliment le plus original que tu aies trouvé, Mike Davoli.

— Parfois, les vieux clichés persistent. Comme le fait que je ne puisse m'empêcher de me demander ce que j'ai fait pour te mériter.

Cliché ou pas, il délivrait sa pensée du plus profond de son cœur. Il fixa les yeux d'Anne, essuyant les flocons duveteux qui étaient tombés sur ses cils.

— Moi non plus.

— Je suis sérieux, insista-t-il.

La puissance de son sourire s'affaiblit mais pas l'intensité. Il avait, d'une certaine manière, accroché le bonheur d'Anne au plus profond de son cœur et savait qu'il devrait remuer ciel et terre pour que ce sourire continue à briller le reste de sa vie.

— Tu l'es vraiment? demanda-t-elle. Tu es rarement aussi sérieux. Qu'est-ce qu'il y a?

— Anne, je t'aime.

Les mots explosèrent comme si un coup de canon provenait de sa poitrine. Pour la première fois en un mois, il ne les avait pas retenus, et la conséquence était à la fois terrifiante et libératrice.

— Michael? questionna-t-elle.

— Je t'aime, Anne. Je t'aime vraiment, profondément et follement.

— Oh, mon Dieu, dit-elle le souffle coupé. Je t'aime aussi.

Il crut entendre un soulagement dans sa voix, mais il n'avait pas le temps de faire autre chose que de sentir sa bouche et ses bras autour de ses épaules, et son corps se pressant contre le sien. Un long moment s'écoula avant qu'il comprenne que non seulement il flirtait avec Anne dans l'allée de la maison de son père, mais qu'en plus, il embrassait la femme qu'il aimait au même endroit où il avait joué autrefois seul à seul avec son père, où il s'était écorché les genoux en faisant de la planche à roulettes, et où il avait appris pour la première fois à garer une voiture.

Dans le berceau de son enfance, il attira Anne plus près de lui et l'embrassa encore plus intensément.

— Je n'arrive pas à croire que j'ai attendu si longtemps pour le dire, dit-il une fois qu'ils cessèrent leur étreinte.

— Moi non plus, dit-elle.

Cette fois-ci, il ne put manquer son soupçon d'impatience, comme si elle avait attendu qu'il brise cette barrière depuis longtemps.

— Depuis quand le sais-tu?

— Si je te disais que c'est depuis l'instant où tu as bien voulu garder Sirus pendant que je déménageais dans mon nouvel appartement, tu me croirais? demanda-t-il.

— Non, dit-elle.

— Que dis-tu de la soirée où tu as forcé la porte de mon appartement avec ma carte de crédit?

— Essaie encore.

— D'accord.

Il glissa ses bras autour de sa taille et l'attira vers lui si près que le bas de leurs vestes se frottèrent.

— Et quand tu m'as sorti de ton appartement parce que tu ne voulais pas t'investir dans rien de moins qu'une relation entière et engagée?

— C'est possible, dit-elle, embrassant le bout de son nez gelé. Je savais alors que je tombais amoureuse de toi, aussi. Je ne voulais tout simplement pas être la seule.

— Tu ne seras plus jamais de nouveau la seule.

Après s'être endormi au Pérou en l'écoutant respirer, songeant au fait qu'ils occuperaient chacun leur appartement dès leur retour à New York, il s'était demandé comment il survivrait en restant dans une chambre séparée chez son père. Il ne voulait plus passer une autre nuit sans elle. Plus jamais.

Il avala sa salive, la serra juste au-dessus de ses coudes rembourrés et dit :

— Viens vivre avec moi.

Vingt

Son esprit déjà retourné par sa déclaration d'amour inattendue, Anne avait du mal à comprendre ce qu'il venait de suggérer.

Emménager ensemble? Mêler sa prédilection pour un confort désordonné à son insistance pour un ordre rigoureux? Partager les rares moments de tranquillité non seulement avec son homme, mais aussi avec son chien? Était-elle prête à franchir ce pas énorme?

— Écoute, j'y ai bien réfléchi, dit-il. Avec ton horaire, on a du mal à se voir. Si on vivait dans le même appartement, on serait ensemble plus souvent. Ça nous paraît stupide de courir entre les deux appartements et de payer deux loyers. Si le seul moment où je peux dormir avec toi, c'est entre 1 h et 6 h du matin quand je me lève pour aller travailler, alors qu'il en soit ainsi. Je prendrai ce que j'aurai.

Même prise de court par cette suggestion, Anne ne pouvait en nier la logique. Être couchés l'un à côté de l'autre dans la toute petite tente, sur le flanc d'une montagne dans les Andes, avait été préférable à ce qu'ils faisaient maintenant. Vivre à un étage d'écart — ou dans une chambre différente, comme ici chez son père — était comme l'équivalent de tout le continent d'Amérique du Sud.

Mais elle aimait son appartement. Elle avait choisi avec amour chaque meuble dépareillé et elle adorait pouvoir laisser tomber ses vêtements depuis sa porte d'entrée jusqu'à sa salle de bain pour prendre sa douche, sans se soucier que cela dérange quelqu'un.

Et cela embêterait Michael. Il n'avait rien dit clairement mais, quand il avait ramassé derrière elle dans leur chambre d'hôtel à Lima la dernière nuit avant qu'ils ne partent, il avait soufflé un peu plus fort que nécessaire. Venant de découvrir que les sentiments profonds qu'elle ressentait à son égard n'étaient pas à sens unique, elle ne voulait pas gâcher cela en parlant de leurs tendances de Félix et Oscar[1].

— Je ne sais pas, Michael. Mon travail est tellement bizarre en ce moment. Pourrait-on en reparler quand j'aurai retrouvé un horaire de jour ? Je ne dis pas non...

Selon la manière habituelle de Mike, il aborda le différend en l'embrassant follement. Ce fut seulement après que Sirus se mit dans les jambes de Michael pour les aviser qu'elle en avait assez de ce truc blanc et froid qu'ils s'interrompirent.

Son père avait préparé du décaféiné avant de se coucher. Elle en versa une tasse à chacun pendant qu'il séchait les chiens avec des serviettes sorties de la buanderie. Ils burent l'un en face de l'autre, se tenant tranquillement la main au-dessus de la table, et discutèrent du réveillon de Noël,

---

1. N.d.T. : Personnages de la série américaine *The Odd Couple* sur deux colocataires mal assortis.

passant en revue la kyrielle de proches qu'elle avait rencontrés tout en leur associant leurs enfants respectifs.

Heureusement, Mike laissa tomber le sujet de la cohabitation. Elle avait besoin de temps pour réfléchir à la question à son propre rythme, et, comme d'habitude, il semblait le savoir sans qu'elle ait besoin de dire un mot. Il emplit la cuisine silencieuse avec des souvenirs de fabuleux petits déjeuners gastronomiques que sa mère et ses sœurs préparaient, après quoi ils se retirèrent à côté de l'arbre de Noël pour un échange de cadeaux. Ensuite, ils digérèrent leur repas en partant faire une longue promenade avant de se préparer à voir les uns à la suite des autres les trois films du *Parrain*.

Pendant qu'il énumérait la liste des activités, son esprit revint sur ce moment dans l'allée. Michael l'aimait. Et il n'avait pas seulement confié ses sentiments les plus profonds, mais il avait également demandé de vivre avec elle. Il voulait son perpétuel désordre dans son espace propre et ordonné. Il voulait partager son lit avec elle toutes les nuits, même si elle savait à quel point il s'inquiétait du fait que sa maladie de Gilles de la Tourette puisse la blesser quand ils dormaient. Durant les nuits qu'elle passait chez lui, ou lui chez elle, elle avait senti sa réticence à la prendre dans ses bras alors qu'ils s'endormaient.

Et maintenant, il était prêt à faire face à cette anxiété toutes les nuits ?

Pourquoi ?

Parce qu'il l'aimait, voilà pourquoi.

— Puis, vers 5 h, expliqua-t-il, lui tenant la main et la ramenant au présent, les cousines reviendront pour un autre festin de fruits de mer, cette fois offert par ma mère.

Elle est peut-être juive, mais elle a adopté toutes les habitudes italiennes.

Anne rit. Elle se soucierait plus tard de leurs modes de vie. À présent, elle voulait juste profiter du bonheur des vacances. De chaque instant. Même des calories.

— Je vais avoir sérieusement besoin d'heures d'entraînement pour éliminer les excès de cette fin de semaine, dit-elle.

Il l'attira plus près.

— Ou, on pourrait les éliminer à la maison, si tu vois ce que je veux dire.

Si elle n'avait pas prêté attention à son sous-entendu dans la cuisine, elle le comprit parfaitement quand il lui fit monter l'escalier et l'embrassa pour lui dire bonne nuit. Ses lèvres et sa langue emplies de promesses enflammèrent son corps. Il glissa ses mains dans ses cheveux, couvrant ses joues de cette manière intime qui la rendait folle de désir. Elle ne put résister à caresser le bas de son dos et à le presser si près qu'elle pouvait le sentir se durcir contre elle.

— Tu me tues, dit-il en gémissant.

— C'est un meurtre-suicide, crois-moi, répondit-elle.

— Je t'aime Michael mais, si tu ne pars pas bientôt d'ici, je pourrais t'entraîner dans la chambre de ta sœur et te forcer à me faire l'amour.

— Ne me tente pas, la taquina-t-il.

Après un dernier long et langoureux baiser dans le couloir et un autre «je t'aime», Michael disparut dans sa chambre d'enfance avec Sirus. Un peu étourdie, Anne ferma la porte de l'ancienne chambre de sa sœur. Elle se mit en pyjama, se réfugia sous le dessus de lit fleuri et éteignit la lumière. Grâce au clair de lune mêlé à la lumière d'un lampadaire au travers des rideaux de dentelle, elle pouvait voir les anciens ours en peluche et les poupées la fixer avec leurs yeux de boutons et leurs lèvres peintes, tout cela si incongru près de l'affiche de MTV d'une idole quelconque d'adolescente, qu'Anne reconnaissait seulement vaguement.

Puis, elle ne put s'empêcher de glousser comme si elle avait à nouveau 10 ans. Ce n'était certainement pas l'endroit auquel elle se serait attendue à passer la nuit après que l'homme qu'elle aimait lui eut avoué ses sentiments. Son corps tout entier se languissait de partager le lit de Michael toute la nuit et de mettre en pratique les mots qu'ils venaient d'échanger.

Au lieu de cela, l'espace qu'elle voulait occuper était pris par un chien.

Elle rit plus fort. Pendant les nuits où elle dormait chez Mike, Sirus et elle luttaient déjà pour l'endroit le plus proche de lui. Si elle emménageait avec lui, les luttes territoriales allaient rendre les choses intéressantes. Déjà, peu importe comment cela se passerait avec le chien, Anne savait que vivre avec Mike — et l'aimer — ferait d'elle une gagnante.

Six mois plus tard, Anne disait à l'agence que son appartement à Albany serait bientôt disponible à la location.

— Je ne peux pas croire que tu emménages avec lui, dit Shane.

Après près d'un an de tricot, elle était devenue assez adepte de ce travail manuel. Elle se limitait aux écharpes et aux couvertures, car des projets plus compliqués auraient été entravés par le vin qu'elles buvaient pendant leurs sorties. Alors qu'elle préférait toujours les couleurs vives, son tricot afghan de ce soir comportait des teintes orange et roses lumineuses qui évoquaient des souvenirs du soleil de plomb qui avait rendu le mois de juin plus chaud que la normale. Anne, pour sa part, travaillait avec des écheveaux de fibres d'angora d'un bleu délicat et argent, une laine douce et duveteuse qui lui rappelait les flocons de neige glacés.

Grâce à la cruche de sangria glacée préparée à partir de vin rouge et d'une généreuse dose de brandy, elles profitaient de la réunion informelle, sereine et relaxante de leur club de tricot. Adèle était sortie en ville, et Kate, qui avait commencé à les rejoindre la semaine dernière, devait participer à un récital de piano de sa fille adolescente.

— Ne penses-tu pas que je devrais emménager avec lui ? demanda Anne, surprise par la réaction de Shane.

Aucune de ses amies n'avait exprimé d'inquiétude sur ses plans de cohabitation avec Mike. Même ses parents admettaient que c'était une bonne démarche.

— Si, bien sûr, dit Shane, agitant sa main de façon dédaigneuse. Mais je pensais que tu t'accrocherais à ton indépendance jusqu'à ta mort.

— L'endroit où je vis n'a rien à voir avec qui je suis, insista Anne. De plus, Mike me laisse ma liberté. Je n'ai jamais rencontré quelqu'un qui soit si ouvert et aucunement moralisateur. Sauf pour mon désordre. Ça le rend déjà fou, et je ne vis même pas encore avec lui.

— Tu vas essayer de changer ? demanda Shane, haussant les sourcils.

Anne soupira.

— Je n'ai jamais été douée pour le rangement. Demande à ma mère. Demande à ma colocataire à l'université ! Ça n'a vraiment pas de sens. Je suis tellement organisée dans tous les autres aspects de ma vie. Je suppose que j'utilise tout mon cerveau gauche pour le travail.

— Et parlant de travail…, commença Shane.

Mais le ronchonnement d'Anne l'interrompit.

— S'il te plaît, ne commençons pas. Ce sera demain mon heure de vérité.

Elle s'était débrouillée pour éviter de travailler le soir pendant une semaine, mais seulement parce qu'elle avait couvert le procès d'un meurtre qui avait commencé comme une enquête sur un incendie criminel. À minuit, elle avait été la première journaliste sur les lieux. Elle avait écrit les premiers articles reliant le feu suspect aux problèmes familiaux du couple qui possédait la maison brûlée.

Depuis que la situation avait désormais tourné en procès, elle avait insisté pour être déplacée à l'équipe de jour afin de couvrir les procédures judiciaires.

Malheureusement, le procès se révélait fort ennuyeux avec ses documents, ses objections et ses questions procédurales. Pamela avait plus d'une fois fait allusion au fait qu'Anne revienne dans l'équipe du soir.

Or, Anne n'était pas encline à revenir.

Jamais.

Shane remplit de nouveau leurs verres, et elles les levèrent à sa confrontation avec son chef quand Mike frappa à la vitre. Le bar à vins avait des chaises à l'extérieur, mais, comme l'été était étouffant, elles étaient restées à l'intérieur. Mike avait Sirus en laisse ; donc Anne se pressa vers la porte de sortie.

— Qu'est-ce qui se passe ?

— Désolé d'interrompre ton tricot, dit-il, saluant Shane d'un geste par-dessus l'épaule d'Anne.

Sirus frétilla et gémit jusqu'à ce qu'Anne se penche et la gratte chaleureusement derrière les oreilles.

— Prends des aiguilles et joins-toi à nous.

— Je me les enfoncerais probablement dans l'œil, dit-il. Je suis seulement venu t'apporter ton téléphone portable. Tu l'as oublié à l'appartement.

L'appartement.

Pas *mon* appartement. Leur appartement. Anne chancela, mais avec excitation.

Il mit le téléphone dans sa poche arrière, sa main s'attardant sur son postérieur plus longtemps qu'il était vraiment nécessaire. Cela ne la dérangea pas du tout. Son corps entier frissonna de savoir que, peu importe l'heure à laquelle elle rentrerait ce soir, à un moment donné, elle terminerait dans le lit de Michael.

— Sûr que tu ne t'arrêtais pas juste pour une petite main aux fesses ?

— J'invoque le cinquième amendement, dit-il en portant sa main à son cœur.

— Plaider coupable dans ce cas serait beaucoup plus intéressant, le taquina-t-elle.

— Eh bien, si c'est ce que tu veux, dit-il.

Il l'attira plus près de sorte qu'aucune question ne subsiste quant à ce qu'ils allaient faire, une fois qu'elle serait enfin rentrée à la maison.

— Je plaide coupable. Tu vas écrire un article sur moi ?

— Et exposer tous tes profonds et sombres secrets au monde ? Je préfère les garder pour moi.

Deux choses mirent fin à ce moment intense de tendresse. La première, Shane tapa à la vitre pour rappeler à Anne qu'elle avait une cruche de sangria fraîche attendant à leur table. La deuxième, c'était Sirus qui frottait son nez entre eux comme elle le faisait souvent quand ils s'embrassaient.

Un des défis qu'ils allaient devoir relever dans leur nouveau mode de vie était de trouver une façon de cohabiter avec le chien. Elle aimait Sirus, mais la compétition relative à l'attention et à l'affection aller devoir cesser.

— Alors, on se voit plus tard ? demanda-t-il, libérant ses jambes de la laisse de Sirus qui entourait ses genoux.

— Pas trop tard, répondit Anne.

Elle retourna à la table, déterminée à ne pas regarder Shane dans les yeux jusqu'à ce qu'elle le doive.

— Tu te fais enchaîner, dit Shane.

— Non, je suis amoureuse. Il y a une nette différence.

— Tu fais bien d'être amoureuse. Rien d'autre ne pourra t'aider à survivre au fait d'habiter ensemble.

— Qu'est-ce que tu en sais ? Tu n'as jamais été en ménage avec quelqu'un.

— Ce n'est pas faute d'avoir eu des demandes, répliqua Shane. Mais je n'ai jamais donné suite. Je n'ai juste pas rencontré le bon gars. Peut-être que toi, oui. Je l'espère. J'aimerais penser que quelqu'un peut encore trouver le véritable amour dans ce monde.

Anne baissa les yeux vers son verre de vin, soudainement frappée par la portée de ce qui se passait. Mike et elle étaient ensemble depuis plus d'un an et, alors que les choses entre eux n'avaient pas toujours été parfaites, ils étaient assurément sur une route romantique qu'elle n'avait jamais parcourue avec quelqu'un d'autre. Sa décision d'emménager avec lui n'avait pas été facile. Lui céder sa liberté avait un prix.

Mais le bénéfice potentiel était trop tentant pour y résister. Elle l'aimait. Il l'aimait. L'idée de partager son monde avec lui tout le temps la tenaillait, même si cela l'effrayait aussi à en mourir.

Shane et elle retournèrent à leur immeuble vers 22 h. Elle allait ouvrir la porte de Mike avec ses propres clés quand son téléphone portable vibra dans sa poche arrière. Jetant un coup d'œil à l'afficheur, elle s'attendait à voir le numéro de Michael et avait des petits mots chaleureux tout prêts.

Elle s'arrêta net quand elle vit que l'appelant était le *Daily Journal*.

Ne voulant pas déranger ses voisins avec ce qui allait vraisemblablement être une conversation désagréable, elle entra chez Mike avant de dire :

— Allo ?

Sirus bondit sur elle, tournant en rond pour célébrer l'arrivée d'Anne. Elle caressait le chien quand Pamela lui dit quelque chose à l'autre bout du téléphone qu'elle ne parvint pas à entendre.

— Excusez-moi ?

— On a besoin de vous au journal, dit la rédactrice en chef, laconique. Laissez tomber ce que vous faites et venez ici au plus vite !

— Je viens juste de terminer une journée de 10 heures. N'y a-t-il pas quelqu'un d'autre ?

Pamela grommela presque.

— S'il y avait quelqu'un d'autre, je ne vous appellerais pas, n'est-ce pas ? Vous avez 15 minutes.

Mike entra dans la pièce et s'arrêta net devant ce qui devait être une expression livide sur son visage. Jamais de sa vie quelqu'un ne lui avait parlé avec autant de mépris. Pas même Pamela. Elle ne pouvait en supporter davantage.

Elle n'en supporterait pas davantage.

Fouillant profondément en elle pour faire preuve de professionnalisme, Anne s'arrangea pour assurer à son chef qu'elle serait là très rapidement, puis raccrocha.

Elle irait, parce que c'était son travail. Elle irait parce qu'en dépit qu'elle soit terriblement fatiguée, elle avait une responsabilité. Mais pendant combien de temps encore serait-elle l'employée du *Daily Journal*, c'était un tout autre sujet.

Toute sa vie adulte, elle avait voulu être journaliste. Elle avait voyagé à travers le pays pour réaliser son rêve, mais rien n'avait surpassé son but de trouver un travail dans le journalisme à New York. Elle avait presque sacrifié sa relation pour garder son travail. C'était grâce à sa relation avec Michael que leurs chamailleries à propos de son horaire ou de son insatisfaction ne les avaient pas séparés. Protéger sa relation, en même temps qu'elle préservait son travail, l'avait minée. Il ne lui restait plus d'énergie pour former une carapace à son estime personnelle.

Elle en avait assez.

— Qu'est-ce qui se passe ? demanda Mike.

Ses yeux la brûlaient, mais elle les fit cligner, réprimant ses larmes. Elle était plus que triste. Plus que furieuse. Elle était paralysée.

— Pamela veut que je retourne au journal maintenant.

— Tu viens de partir ! dit Mike.

Anne haussa les épaules et se dirigea vers le sofa où elle avait laissé son ordinateur portable.

— Tu vas y aller ? demanda-t-il, choqué.

Elle acquiesça, mais ne pouvait répondre. Si elle ne faisait pas ce dernier effort, Pamela la renverrait, ce qui ruinerait peut-être ses chances pour un autre travail ailleurs. Mais la demande déraisonnable de Pamela avait été interprétée comme une limite. Anne devait faire le choix de la franchir ou non.

— Ce soir, oui, mais ensuite, Michael, c'est fini. J'aime mon travail. Je me sens comme si je pouvais m'attaquer au monde entier quand j'ai une histoire sur laquelle enquêter. Mais j'ai travaillé trop dur pour être traitée de cette façon.

Mike se glissa à côté d'elle, ses yeux bleus lumineux s'éclairant de fierté. Il l'enveloppa dans ses bras, mais ne dit pas un mot. Il n'en n'avait pas besoin. Le corps d'Anne tremblait, mais il réfréna sa peur et sa colère jusqu'à ce qu'elle ne ressente rien d'autre que la paix.

Elle aurait dû le faire il y a des mois.

— Tu vas démissionner ?

Contre son épaule, elle acquiesça.

— J'y vais ce soir, écrire l'article qui fait qu'elle a si désespérément besoin de moi, et puis, à la première heure demain matin, je lui présenterai ma démission. Ou peut-être que je me pencherai sur cette histoire de rachat dont les gens des ressources humaines parlaient il y a quelques mois. Je ne suis sûre de rien, excepté que je ne peux plus travailler là.

Elle était incapable de lever les yeux vers lui. Elle avait eu l'intention d'adresser le lendemain à Pamela un ulti-matum concernant ses heures, et la rédactrice en chef aurait dû capituler parce qu'Anne était une employée modèle. Elle avait travaillé dans l'équipe de nuit plus longtemps que qui-conque au bureau criminel. Elle avait constamment rendu un bon travail et s'était avérée fiable et diligente.

Mais le ton de sa rédactrice en chef et sa demande exces-sive de travailler encore pendant huit heures le même jour avaient été la goutte qui faisait déborder le vase. Sa tolé-rance avait atteint sa limite.

Elle en était toute retournée.

Elle allait quitter son travail.

— Tu fais le bon choix, l'assura Mike.

Elle réussit à faire un petit signe d'approbation.

Mike prit sa main.

— Viens t'asseoir. Je vais te servir quelque chose.

— Je viens de boire un pichet entier de sangria, confessa-t-elle.

Puis son cœur s'arrêta.

— Est-ce que tu penses que c'est ça ? Je suis ivre et je prends des décisions inconsidérées.

— Non, dit-il.

Un large sourire se dessinait sur son visage, ce qui aurait pu la déranger, mais non.

— Je pense que tu as juste eu un moment d'extrême lucidité. Ils essaient de te déstabiliser ; donc, tu devrais vrai-ment te délester de tout ça. Et pour ce qui est de ce pichet de sangria, je vais faire du café et te conduirai moi-même.

Elle permit à Mike de la conduire vers le sofa. Les cous-sins lui faisaient un berceau, et, quelques secondes plus tard, Sirus était couchée sur ses genoux, léchant sa main pour qu'elle la caresse, ce qu'elle fit. Mike plaça une tasse dans sa main. L'odeur du café la repoussait autant qu'elle l'attirait. Elle but, puis secoua la tête, totalement incrédule.

— Je vais être sans travail pour la première fois en…

Sa voix s'estompa. C'était trop ardu pour son cerveau de remonter si loin. Excepté à l'université, elle avait travaillé depuis qu'elle était monitrice au Camp d'Odyssey dans sa jeune adolescence.

— C'est bien que tu emménages avec moi, alors, dit-il.

Sa poitrine se gonfla.

— Oh, mon Dieu, non. Maintenant, je ne peux pas emménager avec toi, je n'ai pas de salaire. Je ne peux pas payer la moitié du loyer. Il n'y a pas moyen…

Mike s'assit sur la table basse, le visage figé avec une expression stoïque et franche qui lui était inconnue, et, néanmoins, complètement digne de confiance.

— Tu *vas* emménager avec moi. On s'arrangera, mais si je dois te soutenir de la manière à laquelle tu t'es habituée et qui, heureusement pour moi, n'est pas si extravagante, dit-il, sa bouche adoucie par un large sourire, alors c'est ce que nous allons faire. Je t'aime, Anne. Je nous aime. Nous allons prendre soin de chacun de nous. C'est ce que font les gens amoureux.

Vingt et un

❦

— Mike, mon chou, ça va ?

Surpris, Mike leva les yeux du rapport qu'il avait tenté de lire depuis presque une demi-heure. Il cligna des yeux, essayant de fixer son regard. Ce fut seulement quand il regarda Nikki qui le surveillait, son joli visage au teint cuivré empreint d'inquiétude, qu'il se ravisa.

— Je te demande pardon ? demanda-t-il.

— Est-ce que tes allergies sont revenues ? Tu as l'air de tousser, dit-elle.

Puis elle imita le bruit.

L'estomac de Michael ne fit qu'un tour. Il n'avait pas eu conscience d'une quelconque toux et il n'avait pas d'allergie. Il luttait avec ses yeux, qui étaient agités. Les muscles de ses paupières se battaient contre les pulsations envoyées à son cerveau. Il ne se souvenait pas de la dernière fois où sa maladie s'était manifestée par des tics à la fois physiques et vocaux à ce point. En fait, il n'était pas certain que cela soit déjà arrivé auparavant.

— C'est la maladie de Gilles de la Tourette, répondit-il.

NIkki haussa les sourcils. En tant qu'amie proche, elle était au courant de sa maladie. Il n'hésitait pas à en parler aux gens qu'il rencontrait et qui pourraient être rebutés par ses symptômes s'ils ne comprenaient pas pourquoi il les avait. Mais, depuis qu'elle le connaissait, il n'avait jamais souffert de signes aussi marquants de sa maladie.

Elle s'empara de la chaise à côté du bureau et la rapprocha pour s'asseoir juste en face de lui.

— Depuis quand?

Il referma la page de son rapport, certain qu'il n'allait plus pouvoir faire quoi que ce soit de plus aujourd'hui.

— Depuis le nouveau travail, le nouveau mode de vie, toutes les nouveautés.

Même si Mike travaillait actuellement à l'Alliance pour une Éducation de Qualité, il avait donné son préavis de deux semaines il y a seulement quelques jours. Il avait reçu une offre du syndicat des enseignants à New York, une opportunité pour laquelle il avait travaillé pendant toute sa carrière. Ses collègues à l'Alliance, qui soutenaient les éducateurs, avaient salué son transfert vers un poste plus visible en tant que lobbyiste. En dépit du fait qu'il devrait faire la route vers la ville pour sa semaine de travail jusqu'à ce qu'Anne termine son diplôme, ils avaient décidé que ce changement, au final, serait une bonne chose.

Dommage que son corps ne soit pas d'accord.

En une fraction de seconde, l'expression de Nikki se changea en une énergie déterminée. Il ne put s'empêcher de rire. Rien ne pouvait arrêter cette femme. Quand un problème se présentait, même s'il n'était pas le sien, elle réfléchissait pour trouver une solution.

— D'accord, appelle Anne. Dis-lui de nous rejoindre à la taverne Lark à 19 h.

— Lark ?

— C'est de ta faute si je suis accro à leur sauce à l'artichaut, dit-elle avec une indignation feinte. Mais tu as besoin de te détendre, et je vais m'en assurer.

Se gardant bien de contrarier son amie une fois qu'elle avait pris une décision, il accepta. Il allait s'ennuyer de travailler avec elle. Il allait s'ennuyer de ce travail, tout simplement. Mais le syndicat lui donnerait l'opportunité de travailler avec les plus hauts gradés du gouvernement de l'État. Il ferait une différence dans les programmes d'éducation auxquels il croyait.

Mais à quel prix ?

Et comment allait-il faire son travail — qui consistait essentiellement à parler en public —, s'il ne pouvait formuler une phrase sans tousser, sans bafouiller ou paraître comme une momie maudite d'un mauvais film de série B ?

Il composa le numéro de téléphone portable d'Anne, la rejoignant alors qu'elle sortait de cours.

— Hé, dit-il avant de s'éclaircir la gorge. C'était comment l'école ?

Il avait pris l'habitude de poser cette question chaque jour depuis qu'elle avait commencé ses études supérieures, même si cela ressemblait à quelque chose que l'on demanderait à un enfant. Néanmoins, cela la faisait rire, de sorte qu'il continuait à lui poser la question.

— Tranquille, mais j'ai désespérément besoin d'œstrogènes, dit-elle.

Mike gloussa. Six mois après avoir quitté le *Daily Journal*, Anne était désormais étudiante à plein temps pour obtenir une maîtrise en ergonomie des interactions humain-ordinateur. Ce qui signifiait qu'elle travaillait principalement avec des hommes. Consciente des changements rapides dans la distribution des informations en passant du journal traditionnel à Internet, Anne avait décidé qu'elle occuperait sa pause inattendue, après un emploi lucratif, à poursuivre des études supérieures.

Mike avait soutenu à cent pour cent cette idée, jusqu'au moment où il avait réalisé que, si elle étudiait, elle ne pourrait plus déménager quand il accepterait le travail à New York.

— Trop d'étudiants en ingénierie dans ton espace personnel ? demanda-t-il.

— Trop d'étudiants en ingénierie dans la vie, lança-t-elle d'un air malicieux. J'allais appeler Shane et voir si ses aiguilles à tricoter sont bien affutées.

— Que penses-tu d'un détour à la taverne Lark à la place ?

— Pourquoi pas les deux ?

Ils s'organisèrent pour se retrouver dans une heure. Mike écourta la conversation. Il avait la ferme intention de parler à Anne de la nouvelle évolution de sa maladie de Gilles de la Tourette mais, comme son niveau de frustration semblait avoir atteint son maximum, il décida d'attendre qu'ils aient la possibilité de se détendre tous les deux.

Il tenta de se remettre à son rapport mais, tout comme il avait bataillé avec les textes si souvent pendant sa vie en raison de sa maladie, il ne parvint pas à concentrer ses yeux assez longtemps pour traiter le contenu. À la place, il sortit tôt, rentra chez lui, se changea et emmena Sirus pour une rapide promenade autour du bloc d'immeubles. Après leur retour, il s'assit sur le sofa, prêt à détendre son corps.

Sirus sauta à côté de lui, si bien qu'il commença à la gratter derrière les oreilles jusqu'à ce qu'elle soit pratiquement endormie de plaisir. Une partie du stress qui surchargeait son système nerveux s'atténua tandis qu'il passait ses doigts dans son poil court, mais pas suffisamment pour contrecarrer sa maladie de Gilles de la Tourette quand elle était aussi avancée. Dans deux petites semaines, il ne pourrait plus simplement se détendre avec Sirus sur le sofa après une longue journée. Elle serait ici à Albany avec Anne pendant qu'il habiterait seul dans une chambre louée dans l'appartement d'un ami.

Quand il pensait à l'idée de vivre sans ses deux compagnons de toujours, sa poitrine lui faisait mal. Mais Sirus avait besoin de plus d'espace qu'une simple chambre, et Anne devait terminer ses cours. Elle venait juste de bénéficier d'une bourse et d'un poste d'"assistante de recherche. Elle ne pouvait s'éloigner maintenant. Pas quand elle était si près de réussir le diplôme d'études supérieures qui l'aiderait à trouver un meilleur travail, en particulier, un meilleur travail à New York.

Il avait tenu compte des opportunités grandissantes d'Anne concernant un meilleur emploi quand il avait accepté l'offre du syndicat. New York avait toujours été l'endroit qui correspondait à leurs ambitions de carrière, mais il n'avait jamais prévu, surtout pas après s'être finalement installés dans une confortable routine, qu'ils vivraient leurs rêves, du moins au début, séparés.

Mais, s'ils avaient pu survivre aux derniers mois d'enfer d'Anne au *Daily Journal*, alors ils pourraient supporter une année à faire la navette. Néanmoins, de nouveau, leur bonheur était mis en danger, et il devait réussir cette épreuve. Une épreuve qu'ils avaient déjà traversée.

Ils devaient y parvenir, car il n'était pas absolument certain de pouvoir vivre sans elle.

Ils eurent un merveilleux dîner à la taverne Lark. Ils se régalèrent des délicieux légumes verts et haricots avec chicorée scarole, partagèrent un pichet de bière et écoutèrent de la musique jouée par un groupe. Shane n'avait pas pu les rejoindre ; alors Nikki et Anne s'apitoyèrent sur toutes sortes de sujets, de la mode idiote jusqu'aux hommes, pendant qu'Anne montrait à la collègue de Mike son tout dernier projet de tricot.

Mike tenta de profiter de leur compagnie pendant qu'il le pouvait. Plusieurs fois, son épaule tressauta ou sa main heurta celle d'Anne en voulant se servir de la sauce à l'artichaut. Plus il sentait combien ses symptômes s'étaient accrus, plus ils s'aggravaient. Quand ils terminèrent le dîner, il évita le café. La caféine et le sucre rendraient la situation encore pire.

Sur le chemin du retour, il plongea ses mains au fond de ses poches et marcha quelques pas devant Anne pour qu'elle ne puisse passer son bras sous le sien. Dans son état, il risquait de la heurter par inadvertance. Même quand elle avait emménagé et qu'il avait évité de la tenir dans ses bras quand ils s'endormaient, de peur qu'un spasme musculaire la blesse involontairement, il n'avait été aussi déterminé à garder ses distances. Mais, une fois qu'ils arrivèrent à l'appartement, qu'ils prirent tous les deux une douche et qu'ils mirent leur pyjama, alors il ne put l'éviter cette fois-ci.

— Est-ce que tu vas me parler? demanda-t-elle tout en plaçant un pied sous elle alors qu'elle s'assoyait à côté de lui sur le sofa.

Sirus leva la tête, comme si elle se demandait si oui ou non elle pouvait se joindre à eux, mais Mike lui fit signe de rester dans sa corbeille. Elle reposa son menton sur son coussin avec un soupir canin bien perceptible.

— Nikki m'a entendu tousser au travail, expliqua-t-il. Pas une toux maladive. Une toux de la maladie de Gilles de la Tourette. Comme lorsqu'on s'éclaircit la voix, mais plus fort. Je n'en étais même pas conscient jusqu'à ce qu'elle m'en parle. Puis, après l'avoir remarqué, ça a empiré. J'avais déjà un problème de lecture. Les rapports et les mémos n'arrivent pas en livres audio comme mes manuels scolaires. Je ne sais pas ce que je vais faire. Je ne pouvais même pas te tenir la main sur le chemin du retour. Ça n'a jamais été aussi mal. Jamais.

Anne se rapprocha davantage et passa délicatement sa main sur son épaule. Le fait qu'elle ne craigne pas de le toucher, alors qu'il n'était pas certain de se maîtriser physiquement, était énorme pour lui, même si cela accentuait son anxiété.

Il s'amputerait les membres plutôt que de la blesser. De cela, il était certain.

— Que fais-tu quand cela arrive? demanda-t-elle.

— Je ne sais pas, dit-il. Ça ne m'est jamais arrivé à ce point. J'ai toujours combattu les tics physiques, mais je n'ai jamais souffert de vocalisations. C'est ce qui surprend le plus les gens quand je leur dis que j'ai la maladie de Gilles de la Tourette.

Elle continua à caresser lentement et sensuellement son bras, acquiesçant d'un air compréhensif. Ils avaient eu un nombre incalculable de discussions sur les croyances du public en général, qui pensait que les malades du syndrome de Gilles de la Tourette étaient des fous déments qui aboyaient des mots vulgaires et faisaient des bonds dans les ruelles sombres sans pouvoir se maîtriser. En réalité, la grande majorité était comme lui, gérant leurs symptômes avec une combinaison de soins médicaux, de repos adéquat, de régime et d'exercice.

Mais ces choses n'allaient pas l'aider à présent. Il avait dépassé ses mécanismes normaux de défense pour arriver dans un territoire inconnu.

— Parlons de ce qui t'aide habituellement, lui rappela-t-elle. Tu vis beaucoup de stress. Changer de travail. Déménager. Laisser tes filles derrière toi.

Elle s'agenouilla sur le sofa à côté de lui. De ses mains adroites, elle massa ses muscles tendus. Au début, il ressentit ses douces attentions comme s'il était pris en main par une masseuse dingue nommée Sven.

Il grimaça, mais elle persista.

— Tu as besoin de te détendre.

— Ça, c'est sûr, dit-il.

Malheureusement, avec sa maladie de la Tourette, vouloir se relaxer et réussir à parvenir à un état de calme étaient deux choses différentes.

Comme elle continuait sans succès de travailler ses muscles, Anne chuchota doucement à son oreille, l'amadouant pour qu'il se concentre uniquement sur les sensations produites par ses mains sur son corps. Il n'y parvint pas, mais elle n'abandonna pas. Elle prit sa main et le conduisit dans la chambre.

— Enlève ton tee-shirt, ordonna-t-elle.

— Toi d'abord, riposta-t-il avec défi.

Cependant, il appréciait ce vers quoi conduisait cet exercice.

Sans une seconde d'hésitation, elle se débarrassa de son haut.

Il enleva son tee-shirt et, pour faire bonne mesure, ses chaussures et ses chaussettes. Il ne portait alors que ses jeans quand il s'allongea en travers du lit et saisit un oreiller pour soutenir sa poitrine. Anne lui avait déjà fait des massages, et vice-versa, mais jamais quand son corps lui faisait si mal.

Pendant qu'il se déshabillait lentement, elle alluma des bougies partout dans la chambre. Elle trouva un bâton d'encens au patchouli, l'alluma et posa des herbes aromatiques sur la table de nuit près de son visage.

Il sentit, et l'odeur le transporta immédiatement au parc où il aimait le plus se promener. L'odeur argileuse de la terre fraîchement retournée et le parfum épicé du pin titillèrent ses narines et bercèrent son esprit avec des souvenirs de plein air. Même avant qu'Anne monte sur lui, ses mains chauffant quelque chose qu'elle avait pressé dans ses paumes, il avait commencé à laisser aller un peu de son stress.

Quand ses mains glissantes rencontrèrent sa peau, il gémit de plaisir.

— Nous y voilà, dit-elle en le cajolant. Concentre-toi juste sur la sensation de mes mains.

— Qu'est-ce que c'est ? demanda-t-il, sa voix s'enrouant à chaque relâchement de tendon et de muscle.

Ils avaient de l'huile de massage dans la salle de bain, mais rien qui chauffait avec le frottement.

Elle se déplaça pour que ses cuisses maintiennent ses hanches et enfonça ses pouces un peu plus profondément dans les nœuds de son cou. Le contact sensuel de la dentelle émoustilla la peau du bas de son dos.

— Quelque chose que j'ai trouvé au magasin de lingerie.

Il tenta de se retourner pour voir si elle avait aussi de nouveaux sous-vêtements, mais elle l'obligea à rester en position couchée.

— Ne regarde pas. Ce n'est pas un exercice visuel. C'est purement tactile. Ferme tes yeux.

— Tu sais que c'est un soulagement temporaire ? dit-il, subissant au même moment un tressaillement de ses muscles.

— Ce n'est pas la bonne attitude, chanta-t-elle, optimiste comme à son habitude. Prends ce que tu peux. Profite du moment. Ensuite, tu auras quelque chose à quoi te raccrocher en pensée quand ton niveau de stress remontera. Tu pourras imaginer mes mains sur ton corps, s'enfonçant à cet endroit, juste ici.

Il en eut le souffle coupé quand ses doigts œuvrèrent sur sa peau tendue.

— Et puis, tu te détendras.

— Mais si... demanda-t-il, éclaircissant sa voix involontairement.

Elle l'embrassa sur l'épaule.

— Pas de pensée négative.

Elle se pencha vers la table de nuit pour mettre de la musique, ce qui offrit à Mike une vue particulièrement impressionnante sur ses seins nus. Il tendit son bras vers elle, mais elle réussit à l'esquiver.

— Oh non, le taquina-t-elle. Jusqu'à ce que tu te détendes, l'expérience tactile dont tu as besoin repose sur mes mains posées sur toi. Pas l'inverse.

Il avait intérêt. Mike ferma les yeux très fort. Il entendit le bruit de succion et le ruissellement quand elle se versa davantage d'huile dans les mains. Il se concentra sur le plaisir anticipé de cette sensation glissante et chaude à venir sur sa peau. Une forme de tension quitta son corps, tandis qu'une autre forme — beaucoup plus agréable — s'accroissait. Ses mains étaient empreintes de magie, pressant fortement sur les muscles serrés de son cou, de ses épaules et de son dos, puis travaillant les nœuds entre les omoplates. Puis, avec une infinie patience, elle descendit chaque vertèbre de sa colonne vertébrale jusqu'à ce qu'il se sente comme la bougie vacillante sur le rebord de la fenêtre... fusionnant lentement avec la flamme uniquement.

Et, chaque fois qu'elle se baissait sur lui et que ses seins frôlaient sa peau, son esprit s'allégeait d'un autre souci, d'un autre problème. Quand elle lui donna la permission de se retourner, il pouvait à peine se souvenir de la façon dont ils étaient arrivés d'abord dans la chambre et de ce qu'il avait fait pour mériter cet incroyable massage.

— Tu te sens mieux ? demanda-t-elle, les paupières à demi fermées et lourdes.

Essayant tant bien que mal, il ne put garder son regard fixé sur son visage qu'une fraction de seconde. Après cela, tout était permis. Il réussit à se retourner rapidement pour qu'elle se retrouve sous lui, ses mains glissantes agrippées par les siennes juste au-dessus de sa tête.

— Tu es toute une physiothérapeute, dit-il en se penchant pour goûter la délicieuse peau de son cou. Mais je veux être dans le coup à propos du pouvoir de cette huile. Où est-elle?

Elle jeta un œil sur le coin du lit, où le flacon était presque tombé de la couette. Il s'en empara, et, alors qu'il tentait d'en verser dans sa paume, elle se retourna.

— Oh non, dit-il, la maintenant à sa place. Tu feras exactement ce que je veux, mon amour. Fais-moi confiance, tu ne le regretteras pas.

Quand ils eurent fini, ils étaient tous les deux si glissants que leurs corps se touchaient sans résistance. Il bannit la pensée que les nuits comme celle-ci seraient rares, quand il vivrait à New York, en se remémorant chaque goût, chaque texture, chaque endroit de plaisir sur son corps. Ils ne vivraient pas de chaque côté du monde. Ils seraient séparés seulement par environ quatre heures de route. Savoir qu'Anne l'attendrait, s'ennuierait de lui, le désirerait, était une motivation tout à fait suffisante pour faire face à cette crise, comme à toutes celles qui avaient traversé leur chemin.

Ensemble.

Il la tira plus près de lui, juste contre son bras qui avait tressauté toute la journée.

— Je vais devenir fou sans toi, confessa-t-il.

— Je ne serai pas loin, et tu vas vivre dans ma ville préférée sur la planète. Ce ne sera pas difficile de m'inciter à te rendre visite.

— Tu viendras me voir à Manhattan ? demanda-t-il.

Elle l'embrassa, nue et glissante, et le corps de Mike était prêt à recommencer.

— Tu as seulement un mot à dire.

Vingt-deux

❧

— Je pense que je vais rentrer à la maison, dit Anne, lui tendant un bretzel à moitié mangé avec un air qui signifiait que la pâte salée cuite au four et recouverte de moutarde ne lui convenait pas.

Mais ils ne pouvaient pas quitter le stade de Camden Yards maintenant. Non pas que Mike ait un intérêt particulier à voir ses chers Yankees se faire massacrer par les Orioles — qui étaient déjà en avance au pointage et semblaient avoir des lanceurs bien plus puissants que ses Bronx Bombers —, mais parce qu'il avait une question à poser à Anne et qu'il devait le faire ici.

Pas à la minute même.

Mais bientôt.

Ou… pas.

Son cerveau flottait. Quand le père d'Anne, David, avait appelé pour annoncer qu'il s'était procuré les billets pour le match, Mike avait été saisi d'inspiration. Combien de fois les deux équipes, qu'ils avaient suivies depuis l'enfance, s'étaient-elles affrontées à Baltimore, à quelques heures seulement de Salisbury, la ville natale d'Anne, la veille des vacances juives?

Hormis leur voyage au Pérou, leur excursion à Cooperstown, peu après qu'elle eut quitté son travail au *Daily Journal*, pour visiter le Temple de la renommée du baseball qui venait d'introduire Cal Ripken, un des joueurs préférés d'Anne depuis toujours et le fils favori de Baltimore, avait été un incroyable voyage. Elle avait même accepté d'écrire un article à la pige, le « Guide pratique de Cooperstown », pour le magazine de sa ville.

Ils avaient pris beaucoup de plaisir à explorer les restaurants, parcs et musées qu'elle recommandait. C'étaient des souvenirs comme celui-là auquel il se raccrochait les soirs où leur unique moyen de communication était les messages instantanés, le téléphone ou les courriels, ou pendant les fins de semaine quand son travail pour l'université limitait leurs échanges à de rapides baisers entre ses déplacements vers le laboratoire informatique ou les grandes réunions avec ses amis, même quand il voulait absolument Anne pour lui tout seul.

Mike avait saisi l'occasion du match comme un signe. Il avait besoin qu'Anne reste avec lui jusqu'à ce qu'il soit prêt à poser la question.

Seulement, il ne voulait pas le faire devant ses parents, spécialement quand les Yankees étaient menés par un point.

La mère d'Anne, Hannah, se pencha en avant et mit sa main sur le genou de sa fille.

— Qu'est-ce qui se passe, ma chérie ?

— C'est juste que je ne me sens pas suffisamment bien pour rester assise pendant tout un match, dit Anne. Je suis désolée.

Son père, qui comptait les points et notait les statistiques dans son programme, leva les yeux.

— Qu'est-ce qui se passe?

— Anne est malade. On devrait peut-être y aller, suggéra Hannah.

Comment Mike pouvait-il dire non et ne pas passer pour un pauvre type insensible?

Tous ses plans tombaient à l'eau.

Bien qu'Anne et lui aient vécu séparés depuis presque cinq mois, ils s'étaient d'une certaine façon installés dans une routine confortable, voyageant entre le nord de l'État et la ville, partageant du temps dans leur appartement, ou traînant dans Brooklyn avec des amis. Leur séparation ne les avait donc pas touchés aussi vivement que pendant ses horaires de travail difficiles l'année passée. Bien sûr, leur relation n'était pas parfaite, mais elle s'était solidifiée pour former un lien indestructible résistant presque au temps et à la distance.

Confiant que leur séparation était juste un désagrément temporaire, Mike s'était lancé dans son nouveau travail avec détermination. Les symptômes de sa maladie de Gilles de la Tourette étaient redevenus normaux. Anne s'était investie dans ses études et était sur le point d'obtenir son diplôme.

De nouveau, ils approchaient rapidement d'un autre carrefour, et Mike voulait plus que tout rejoindre Anne sur cette autoroute. Toutefois, il ne désirait pas qu'elle soit sa petite amie, avec qui il vivrait, mais sa fiancée.

Le chemin qu'ils avaient traversé ensemble était plus difficile que d'autres, mais aussi plus doux que la plupart. De toute sa vie, il n'avait jamais pensé qu'il trouverait une femme qui partage son amour pour son chien, la bonne musique, les voyages, le baseball, et qui était Juive par surcroît.

Il allait lui faire sa demande.

Mais, pour le faire correctement, il avait besoin qu'elle reste au match.

— Peut-être que tu as juste besoin d'air frais.

À la minute où la suggestion sortit de sa bouche, il grimaça devant sa stupidité.

La soirée était légèrement fraîche, mais le ciel bleu et le soleil couchant étaient un temps parfait pour le baseball. L'air ne pouvait être plus frais que dans la tribune inférieure réservée derrière la ligne du troisième but.

Les équipes n'avaient marqué aucun point jusqu'à la quatrième manche, quand Adam Jones de Baltimore frappa dans un double jeu, mais permit à Luke Scott de croiser le marbre pour le premier point du match. En tant qu'irréductible fan des Yankees, Mike n'avait pas pris cela comme un bon présage. Le fait qu'Anne se sente soudainement mal ne le rendit pas plus confiant.

Cette fin de semaine, la Pâque juive allait se passer en famille. Il devait donc faire sa demande ici à ce match. Néanmoins, lui faire sa demande, à portée de voix de ses parents, brisait le romantisme. Si seulement il pouvait l'emmener prendre une marche avec lui. Si seulement il pouvait la persuader d'accepter de rester.

— Pourquoi ne bois-tu pas du soda, ma chérie? offrit sa mère.

Anne acquiesça, fit ce que sa mère lui disait et renonça à l'idée de partir. Silencieusement, Mike promit de ne jamais faire une seule plaisanterie sur les belles-mères pendant le reste de sa vie.

Soudainement, l'incertitude l'envahit. Cela ne lui ressemblait pas de faire une chose si importante sans un plan précis.

— Je mangerais bien des Cracker Jacks.

C'est ce qu'il dit au troisième retrait, quand les équipes changèrent de position sur le terrain, avec les Yankees au bâton au début de la cinquième manche.

Anne fit une grimace indiquant que du pop-corn sucré avec des arachides était la dernière chose qu'elle voulait manger.

— Tu viens avec moi en chercher ? demanda-t-il.

Il ne voulait pas attendre plus longtemps. Ce serait suffisamment malvenu de demander devant sa mère et son père. En plus, les fans des Orioles qui les entouraient avaient regardé son chandail blanc à rayures bleu marine d'un air soupçonneux et, dans certains cas, hostile. Sa demande n'avait pas besoin d'énergie négative.

Anne secoua la tête.

— Je n'ai pas vraiment envie de marcher. Le type va bientôt venir par ici.

Et, comme d'habitude, elle avait raison. Un vendeur avec des casse-croûtes emblématiques passa effectivement cinq minutes plus tard. Mike en acheta une boîte et prétendit vouloir les manger, alors qu'en réalité, il avait juste besoin d'une excuse pour s'éloigner de la foule. Comme il versait la gâterie dans sa main, un tatouage temporaire de forme carrée flotta sur le dessus des pop-corn caramélisés.

S'il avait eu un stylo, il aurait griffonné deux mots sur le papier lustré.

« Épouse-moi. »

Mais quel était l'intérêt si Anne ne regardait même pas la petite douceur sucrée ?

Il avait presque changé d'avis et était sur le point de lui proposer de la ramener à la maison quand le joueur de troisième but des Orioles commit une erreur sur un simple de Chad Moeller, envoyant Robinson Cano des Yankees au marbre pour le premier point de New York. Le score était à égalité. Il se risqua à applaudir son équipe, en dépit de la foule hostile, puis décida que ce devait être un signe.

Debout, il se dégourdit les jambes en tirant sur ses jeans pendant qu'il roulait son cou et ses épaules. Il regarda le reste de la manche, son cerveau partagé entre l'espoir d'un autre point et la tentative de trouver une quelconque excuse pour qu'Anne quitte son siège.

Il fut encouragé quand le père d'Anne décida d'aller faire un tour aux toilettes, espérant que sa femme y aille également, mais elle refusa, et, enfer et damnation, Mike alla à sa place avec David. Il supporta pendant quelques minutes les taquineries du fait d'être un fan des Yankees, tout en se faisant rappeler ce souvenir historique du début des années 1900, où les Yankees avaient en fait été les Orioles de Baltimore. Après s'être arrêtés à un comptoir pour une bière, regardant la progression du match (ou son manque de progression vu que personne d'autre ne marqua durant la cinquième manche), Mike se rendit compte qu'il avait oublié de faire quelque chose.

— Je vais demander à Anne de m'épouser, dit-il à brûle-pourpoint.

Sa bière à demi dans sa bouche, David haussa ses sourcils en broussaille. Il déposa la boisson et fixa Michael sans dire un mot.

Il n'avait pas besoin de parler. Quelque chose dans son expression incita Mike à répéter les mots dans sa tête, puis il fit une importante correction.

— Je veux dire, clarifia-t-il, je voudrais demander à Anne de m'épouser. Si j'ai votre bénédiction.

Il n'avait pas vraiment prévu de demander la permission. Aussi traditionnels que lui et Anne puissent l'être dans beaucoup d'aspects de leurs vies, Mike avait la nette impression qu'Anne pourrait ne pas apprécier d'être remplacée par son père. D'un autre côté, elle comprendrait que son père veuille être impliqué dans la décision qui affecterait au bout du compte le reste de sa vie.

Après une première hésitation, David leva sa bière et but une gorgée, la mousse s'accrochant à ses moustaches avant qu'il ne les lèche d'un coup rapide.

— Tu penses qu'elle va dire oui ?

Mike descendit un bon quart de sa bière. Était-ce pour cela qu'il était si nerveux ? Est-ce qu'il pensait qu'Anne, après avoir vécu avec lui, partagé son lit et lui avoir confié ses secrets, allait refuser sa demande ?

— Oui, en fait, je le pense, répondit-il.

— Alors, pourquoi es-tu si nerveux ?

Il laissa David aller droit au but. Il était un homme de chiffres, un comptable, un homme peu loquace, mais qui avait de profondes convictions. Des applaudissements s'éle-vèrent autour d'eux qui indiquaient que les Orioles avaient marqué, mais les yeux de David ne quittaient pas les siens.

— Je l'aime, répondit Michael, je déplacerais ciel et terre pour la rendre heureuse.

Il ne répondait pas spécifiquement à la question de David, mais sa réponse sembla satisfaire son futur beau-père qui leva sa bière en portant un toast et prit une copieuse gorgée.

— Tu vas le faire maintenant?

— J'ai essayé toute la soirée, dit Mike. Anne aime les Orioles. Je pensais qu'elle apprécierait une demande en mariage alors qu'ils battraient à plate couture mon équipe.

Une autre clameur explosa à l'intérieur du stade. Ils retournèrent à leurs places pour découvrir que les chances de Mike d'obtenir un oui à sa proposition s'étaient accrues de cinq points — jusqu'à maintenant —, marqués dans la sixième manche. Même si Anne ne mangeait pas encore beaucoup, son humeur s'était améliorée au point qu'elle se sentait tout à fait à l'aise pour se moquer de lui du fait que son équipe anéantissait complètement la sienne.

Mais il s'en moquait. Peut-être que les Yankees devaient perdre pour lui permettre de gagner.

Après la pause de la septième manche, Anne décida qu'elle voulait vraiment rentrer à la maison. Elle se sentait étourdie depuis le trajet en voiture et, bien qu'elle ait bu un soda sans glace pendant tout le match, elle avait grand besoin d'une sieste. Entre son emploi du temps exigeant à la faculté, l'organisation du voyage à la maison et la prépara-tion pour le congé, elle avait repoussé ses limites. Et, peu importe combien elle s'éloignerait d'Albany, elle ne pouvait oublier son projet de maîtrise qui devait se concrétiser dans moins de deux mois. L'avantage de ne pas avoir Michael à ses côtés pendant la semaine était qu'elle pouvait travailler tard. L'inconvénient était qu'elle ne dormait pas beaucoup.

Et néanmoins, bien que les Orioles aient marqué sept points, Michael ne voulait toujours pas rentrer. Il insista sur le fait que le coup de circuit de Chad Moeller au champ gauche marquait leur retour en force à la septième manche, mais elle n'était pas convaincue. Elle pensa prendre la voiture seule et le laisser rentrer avec ses parents, mais elle avait passé trop de temps loin de lui dernièrement. Elle se contenta de rester à sa place, posant parfois sa tête sur son épaule jusqu'à ce que l'enthousiasme ou la déception de Mike, en regardant le match, la ragaillardisse.

Quand les Yankees ne réussirent pas à marquer dans la neuvième manche, le jeu prit fin. Elle rassembla suffisamment de force pour se moquer de Michael à propos de son équipe qui avait battu la sienne, mais son cœur n'y était pas. L'obscurité était tombée, et elle voulait juste retourner à la maison.

— Camden Yard est renversant, dit Mike comme ils sortaient de la rangée pour monter l'escalier.

Le stade était un endroit impressionnant, particulièrement la nuit quand les lumières miroitaient dans le ciel vif de Baltimore. Les parents d'Anne s'étaient garés à une entrée différente, de sorte qu'ils partirent. Mais Michael traîna, voulant jeter un coup d'œil aux environs.

— Je ne sais pas quand j'aurai la chance de revenir. Est-ce que l'on peut juste faire un tour une fois ?

La foule diminuait. Anne n'était pas au meilleur de sa forme, mais elle comprit que si le stade n'était pas nouveau pour elle, pour Mike, qui était véritablement fan de base-ball, flâner autour du stade était exactement le genre de chose qu'il aimerait. Leur amour commun pour ce sport était encore à cocher sur la liste de leurs compatibilités. Ils aimaient tous les deux la randonnée. Ils aimaient tous les deux le yoga. Ils adoraient le basketball et avaient, en dehors de la passion de Mike pour Phish, des goûts similaires en musique. Elle ne pouvait pas plus lui refuser l'opportunité d'explorer le domicile de ses chers Orioles qu'il ne pouvait lui dire non si elle avait besoin de plus de temps dans un magasin de couture pour trouver un nouveau modèle de tricot.

Quand ils arrivèrent à la section entre le champ centre et la zone d'échauffement des lanceurs, le stade était presque vide. Mike marcha près de la balustrade et se pencha tout en regardant l'océan d'herbe verte et la terre battue orange vif. Le tableau indicateur restait figé avec le score final «Orioles 8, Yankees 2». Elle en profita pour le taquiner un peu à propos de la victoire écrasante avant de lui indiquer les deux sièges orange dans la mer vert foncé qui emplissait le stade.

— Celui-ci, dit-elle, pointant un endroit au champ centre droit vers les sièges réservés de la rue Eutaw, c'est là où Eddie Murray a frappé son 500e coup de circuit en 1996.

— Et celui-là? demanda-t-il en pointant un siège orange au champ gauche.

Elle sourit.

— C'est là où Ripken a frappé son 278e coup de circuit, le plus haut total atteint par un joueur d'arrêt-court depuis Ernie Banks.

Il se tourna et lui sourit.

— Tu connais vraiment ton baseball.

— C'est un de mes nombreux charmes, répondit-elle.

Il prit sa main. En l'espace d'un battement de cœur, son expression changea. Ses yeux d'un bleu vif semblaient s'obscurcir avec un sérieux si soudain que sa bouche devint sèche et que son sang martela dans ses oreilles.

— Michael, qu'est-ce qu…?

Mais, avant qu'il ne puisse répondre à sa question, quelqu'un cria :

— Hé, vous deux !

Ils se retournèrent et virent un vieux gardien de sécurité avancer à pas hésitants vers eux.

— Le match est fini, dit-il. Il est temps de partir.

Anne fit un pas vers la sortie, mais Mike, qui s'accrochait à sa main, la maintint sur place.

— On jetait juste un coup d'œil, expliqua-t-il.

Elle se tourna vers lui, perplexe devant son évident refus de partir. Que pouvait-il bien vouloir voir d'autre ici ?

— Nous partons à l'instant, assura-t-elle le gardien.

— Dans une minute, insista Michael, la voix basse.

Mais le gardien continua à avancer tranquillement jusqu'à ce qu'il arrive à côté d'eux.

— C'est un bel endroit, dit le gardien, regardant aux alentours. À l'ancienne, avec beaucoup de caractère. Pour le bonheur des fans, mais, après un certain temps, les fans rentrent à la maison.

Anne ne pouvait s'empêcher d'être d'accord. Elle regarda Michael dans un silence insistant pour qu'ils filent, et, après une hésitation inexplicable, il se dirigea finalement vers la sortie. Le gardien de sécurité les suivit dehors, les régalant d'histoires à propos du stade et de l'équipe qu'Anne aurait pu trouver intéressantes si elle ne s'était pas rendu compte que Mike agissait de manière vraiment étrange.

Il n'avait pas lâché sa main une seule fois pendant leur promenade et, quand ils firent le tour du stade pour trouver leur voiture, il s'arrêta devant le guichet.

— La voiture est par là, dit-elle, montrant la direction où elle était certaine qu'ils étaient garés.

— Je sais, répondit-il, tenant toujours fermement sa main.

En fait, sa prise se resserrait. Autant elle voulait partir, autant il semblait vouloir aussi intensément rester sur place.

— Mike, je ne…

— Je veux me marier avec toi.

En l'espace de six mots, ses oreilles se remplirent de coton. Ou peut-être que son cerveau se détraqua. Mais clairement, quel que soit le malaise dont elle avait souffert pendant toute la soirée, celui-ci avait fini par lui imposer le coup de grâce en détruisant sa capacité à entendre correctement.

— Je veux dire, dit-il en lui prenant l'autre main, je veux me marier avec toi, Anne, si tu es d'accord.

La répétition créa un choc, et les mots arrivèrent à son cerveau comme des boules de gomme à mâcher dans une nouvelle machine, tombant dans les bons compartiments dans un fracas de bruits et de couleurs.

Il voulait l'épouser. Il ne demandait pas, il énonçait un fait.

À ce moment, elle comprit ce que ses Orioles avaient ressenti quand l'arbitre avait appelé le troisième retrait au début de la neuvième manche. Elle se lança contre Michael et l'embrassa intensément et longuement. Il voulait se marier avec elle. Il voulait qu'ils unissent leurs vies pour toujours. Il voulait sa permission pour l'épouser, et, même quand leurs lèvres se pressèrent et que leurs langues se mêlèrent, elle rit d'un amour effréné pour un homme qui la comprenait vraiment complètement.

Quand ils s'éloignèrent, ses yeux brillèrent.

— Je prends ceci comme un oui ?

— Oui ! dit-elle à tue-tête. Oui, oui !

Il ouvrit ses bras, et elle y tomba immédiatement. C'était le plus merveilleux endroit sur la Terre. Ses muscles se pressèrent autour d'elle, l'enveloppant avec toute la force de son amour. Elle regarda son visage, prête à lui demander si c'était la raison de son comportement étrange toute la soirée, quand un fan des Orioles en orange et noir s'approcha d'eux. À son odeur, on aurait dit qu'il avait avalé une brasserie entière.

— Allez, les Orioles ! cria-t-il, les enveloppant tous les deux dans ses bras en sueur.

Le moment passa du romantique au surréel, en un instant, mais tout ce qu'elle pouvait faire, c'était de rire.

Vingt-trois

— Tu sais pourquoi je ne t'ai pas apporté la bague, n'est-ce pas ? demanda-t-il comme ils roulaient vers la maison des parents d'Anne.

Anne tendit son bras vers Mike et lui caressa la joue, toujours remplie de bonheur.

— Parce que tu savais que je voudrais avoir mon mot à dire pour la choisir.

— Je voulais juste que ce soit clair, dit-il en acquiesçant d'un air déterminé. Je ne veux pas que ta famille pense que je ne suis pas sérieux quand je dis que je veux t'épouser.

Anne fronça les sourcils. Bon sang, elle allait voir chacun de ses proches pendant toute cette fin de semaine, exactement les mêmes proches qui l'avaient criblée de questions sur son célibat pratiquement depuis sa *Bat Mitsvah*. D'accord, pas depuis si longtemps, mais presque. Elle imaginait ses tantes s'attardant sur leurs robes de mariage, ses cousines mariées la pressant d'avis indiscutables sur le fleuriste qui avait les pivoines les plus fraîches et sa mère dressant une liste des traiteurs allant du simple barbecue au restaurant chic cinq étoiles dans la région des trois États. L'assaut imminent de la folie du mariage lui noua de nouveau l'estomac, état fébrile contre lequel elle avait lutté toute la nuit.

— Michael, dit-elle, se tournant sur le siège aussi loin que sa ceinture de sécurité le lui permettait. Penses-tu qu'on devrait attendre pour l'annonce de nos fiançailles ? Jusqu'à ce que j'en aie terminé avec l'université ?

La déception traversa son visage.

— Mais tout le monde va être là. Du moins de ton côté. C'est le moment parfait.

— Le moment parfait pour moi de perdre la tête, contesta-t-elle. Il y a tellement de choses qui se passent en ce moment. Les études. Toi qui habites à New York. Mon poste d'auxiliaire de recherche et ensuite ma recherche d'emploi. Ça fait beaucoup trop à penser pour une seule personne, particulièrement si cette personne, c'est moi. Ma famille va devenir folle. Ta famille va devenir folle. Shane, Adèle... Nikki ! À la minute où nous ferons l'annonce, elles vont me tomber dessus avec les magazines de mariées et commencer à planifier des balades en ville pour trouver ma robe. Je ne peux pas gérer tout ça maintenant en plus de l'université. Ça ne pourrait pas être notre petit secret un peu plus longtemps ?

Mike considéra ses raisons, puis lui jeta un coup d'œil avec un sourire indulgent.

— Tu veux toujours te marier avec moi, n'est-ce pas ?

Elle souffla d'impatience.

— Tu sais que je le veux.

Ils arrivèrent à un feu rouge.

— Je ferai tout ce que tu veux, confessa-t-il.

— Tout ? demanda-t-elle, battant ses cils de façon suggestive.

Il rit, puis se pencha et pressa ses lèvres contre les siennes. Leur long et enivrant baiser dura jusqu'à ce que des voitures klaxonnent derrière eux quand le feu passa au vert.

Pour compenser le fait de garder pour eux leur projet de fiançailles pendant plus de 2 mois, Mike et Anne organisèrent une sortie, un dimanche après-midi de juillet, au match des Yankees contre les Mets au stade Shea avec 12 de leurs meilleurs amis. Pendant la pause de la septième manche, Michael sortit la bague qu'Anne avait choisie et la glissa à son doigt. En dépit de leur plan d'annoncer leur mariage en présence de tout le monde à la fin de l'interprétation de *Take me out to the Ballgame*, ils se rassirent, se demandant si quelqu'un remarquerait la bague avant qu'ils aient besoin de dire quoi que ce soit tout haut.

À la huitième manche, une fausse balle arriva dans leur direction. La foule se précipita vers la balle hors-jeu, mais ni Anne ni Michael ne bougèrent.

— Vous auriez pu l'attraper ! cria Ben, assis dans la rangée derrière eux.

— Franchement ! acquiesça Adèle. Vous n'avez même pas essayé !

Anne regarda Michael d'un air entendu avant de se retourner et de brandir sa bague fièrement à son doigt.

— Vraiment désolée, mais j'étais occupée à attraper quelque chose d'autre.

Ben continua à ronchonner jusqu'à ce que Nikki, qui était assise deux rangées derrière eux, pousse un cri. Toute la section et même un joueur ou deux sur le terrain se retournèrent dans leur direction.

— Je le savais! Je le savais! Je n'arrêtais pas de leur dire qu'ils devaient se marier! Oh seigneur, les filles! Regardez ce diamant!

Sur ce, la fête commença. Les quelques manches suivantes furent marquées par des félicitations, des applaudissements, des accolades et une tournée de bière. En dépit du fait que les Yankees aient battu à plate couture les Mets dans les deux matchs précédents au cours de cette série, l'équipe préférée d'Anne (en fait, toute équipe opposée aux Yankees) réussit avec difficulté à gagner trois à un sur les gars en costume rayé de Mike.

Mais Mike ne pouvait le prendre à cœur. Il avait lui-même frappé un coup de circuit.

— Qu'est-ce que tu veux dire par «le rabbin ne peut pas venir»? cria Anne au téléphone.

Elle n'avait pas eu l'intention d'élever la voix. Elle n'avait pas eu l'intention de faire détaler Sirus du sofa pour aller dans son lit, où elle mit sa tête sur ses pattes comme si elle venait juste de se faire sermonner pour avoir fouillé dans la poubelle. Anne grimaça et tapa sur sa cuisse, rappelant la chienne près d'elle pour la calmer. Sirus ne bougea pas.

Elle ne pouvait pas la blâmer. Après ce que sa mère venait de lui annoncer, elle avait sérieusement envie de ramper elle-même dans son lit et de se cacher sous les couvertures.

— Son message dit que la date correspond au jour où il doit parler lors d'une conférence en Virginie. Apparemment, il a regardé le mauvais calendrier quand il a accepté de célébrer le mariage. Je suis désolée, ma chérie. Nous trouverons un autre rabbin.

— Vraiment ? Où ? Parce que la dernière fois que j'ai vérifié, le nombre de rabbins disponibles était à zéro !

Anne posa un regard furieux sur sa plus récente liste de choses à faire. Elle prenait 13 pages à présent. Immédiatement après l'annonce de leurs fiançailles au match de baseball, sa vie avait évolué exactement comme elle l'avait prévu. Chaque seconde de chaque jour semblait complètement accaparée par l'organisation du mariage. Les amis et la famille la bombardaient de conseils, d'offres d'aide et de contacts pour divers traiteurs, lieux et groupes de musique. Leurs parents commencèrent par faire des listes de personnes qui devaient absolument être invitées à la cérémonie. Mike contacta des amis qu'il n'avait pas vus depuis son époque Phish, et Anne répertoria les noms des amis d'Albany à qui elle n'avait pas parlé très souvent depuis qu'elle avait emménagé avec Mike dans l'adorable appartement de grès brun dans Park Slope à Brooklyn, mais qu'elle voulait néanmoins autour d'elle quand Michael et elle échangeraient leurs vœux.

Anne s'effondra sur le sofa violet foncé qu'elle avait rapporté avec elle d'Albany et tira son ordinateur de la pile de revues *National Geographic Adventure* et de magazines de tricots sur la table basse, pour le poser sur ses genoux, puis, par respect pour Mike qui allait bientôt rentrer, elle empila soigneusement les revues et en élimina même quelques numéros anciens qu'elle jeta au recyclage. Après avoir soutiré à sa mère la promesse qu'elle passerait encore quelques appels de son côté, Anne raccrocha.

Elle prit une profonde inspiration et, avec une intense détermination, décida d'ignorer le fait qu'il restait six mois jusqu'à la date du mariage, qu'ils avaient indiquée sur les invitations, et qu'elle n'avait encore pas d'autorité religieuse pour célébrer leur union officiellement, que ce soit devant l'État ou l'Église. À la place, elle se concentra sur une tâche qui n'était pas aussi décourageante, comme trouver la bonne boulangerie.

Elle pensa aux souris en fromage ricotta qu'elle avait apportées à l'appartement de Michael, lors de leur premier rendez-vous, et était contente qu'ils aient décidé de faire un bar à desserts avec un large éventail de délicates sucreries. Il s'était chargé de trouver les biscuits parfaits. Elle avait décidé d'être la responsable des gâteaux.

Quand elle eut organisé les rendez-vous pour aller goûter, il était presque l'heure de dîner. Anne décida de s'affairer à cuisiner, mais l'organisation du mariage avait pris le pas sur les courses, et les placards, tout comme le réfrigérateur, étaient vides. Elle improvisa et concocta des crêpes. Quand Mike rentra à la maison après le travail, il renifla immédiatement l'air et sourit.

— Soit tu as eu une très mauvaise journée et tu veux repartir à zéro, soit je suis juste un type très chanceux, dit-il.

Elle découvrit la pâte et jeta une noix de beurre sur la plaque préchauffée.

— Les deux, figure-toi.

— Je ferai le café et me mettrai en pyjama si tu le veux bien.

— Inutile, dit-elle. Sirus a besoin de sortir. Nous mangerons ensuite.

Quand ils rentrèrent, Anne superposa ses célèbres et délicieuses crêpes maison sur l'assiette de Mike et plaça le bol sur le sol pour que Sirus le lèche. La chienne tourna autour un bref instant comme si elle était perturbée par l'heure étrange de son plaisir favori mais, en quelques secondes, elle filait autour de la cuisine avec le bol en verre pendant qu'elle léchait chaque dernière goutte du divin dessert doré. Même si Sirus adorait toujours Michael plus que tout être humain sur la planète, la tendance qu'avait Anne de lui donner le bol à lécher, chaque fois qu'elle cuisinait, lui avait fait gagner de sérieux points.

— Tu veux en parler ? demanda Mike, faisant tournoyer le sirop sur ses crêpes.

Anne coupa un triangle dans les nombreuses couches de crêpes.

— Nous n'avons pas de rabbin.

— Encore ?

— On est maudits.

— On n'est pas maudits, l'assura-t-il.

Il gémissait de plaisir tandis qu'il dévorait un quart de sa pile de crêpes en deux bouchées.

— Les mariages sont toujours comme ça.

— Et tu sais ça comment ?

Il posa sur elle un regard épuisé.

— Tu n'es pas la seule à écoper des conseils de mariage non sollicités et des histoires d'horreurs matrimoniales.

— Je ne peux pas imaginer que personne ne puisse remplacer un rabbin à un mariage traditionnel juif.

Il tendit le bras sur la table en face de lui et, bien qu'elle pensât qu'il allait caresser sa main, il saisit plutôt le sirop pour s'en verser davantage.

— On trouvera quelqu'un. Nous fouillerons dans toute la communauté juive présente dans la région des trois États.

— On va devoir ratisser plus largement que cela. On se marie au Delaware.

Ils restèrent éveillés jusqu'à minuit, mais terminèrent avec une courte, mais prometteuse liste de rabbins à contacter lundi. Après s'être écroulés ensemble sur le lit, ils discutèrent une heure dans le noir de leurs préférences pour les couleurs des thèmes et des aliments qu'ils voulaient absolument avoir sur leur menu. Quand les paupières d'Anne se rebellèrent, se fermant toute seules, elle était prête pour un rêve long et riche à propos de toute autre chose que les types de gâteaux et les plans de table.

Malheureusement, elle fut réveillée en sursaut quelques heures plus tard par le téléphone portable de Mike.

— Mike, dit-elle, le poussant dans le dos pour le réveiller. Mike.

Il ouvrit faiblement les yeux.

— Ton téléphone, lui dit-elle.

Elle était agacée qu'une personne connaissant son numéro puisse penser qu'il était acceptable de l'appeler avant 6 h du matin.

Il pesta quand, d'un mouvement aveugle, il fit tomber ses lunettes sur le plancher. Anne se força à ouvrir davantage ses propres yeux. Son cœur tambourinait dans sa poitrine. Si quelqu'un appelait à cette heure indue, quelque chose de terrible devait être arrivé.

— Allo ? dit finalement Mike.

Une fraction de seconde plus tard, Mike s'assit et se redressa d'un coup dans le lit.

— Pas possible, tu te fous de moi !

Elle n'entendait ni horreur ni tristesse dans sa voix. C'était un terrible enthousiasme.

— Mike, qu'est-ce que c'est?

— Quand? demanda-t-il à son interlocuteur.

Elle alluma la lumière, s'éblouissant momentanément. Elle mit ses lunettes, et Sirus, qui était épuisée au pied d'Anne, fit entendre un grognement qui montrait clairement qu'elle n'appréciait pas d'être réveillée avant l'aube.

— Et moi, donc, compatit Anne.

La voix de Mike se fit plus forte et enthousiaste, mais Anne était trop endormie pour trouver un sens à la fin de sa conversation.

— De quoi s'agissait-il? demanda-t-elle après qu'il eut raccroché.

— Tu ne vas pas le croire!

Il sautait et faisait les cent pas sur la moquette devant leur lit comme si le père Noël était arrivé six mois plus tôt.

— C'était Amy.

Amy. Amy. Il était trop tôt ce matin pour qu'Anne puisse mettre un nom sur un visage ou même une identité. Elle avait besoin de café. Non, en fait, ce dont elle avait besoin, c'était de plus de sommeil, de préférence sans rêves où elle marchait sur la plage jusqu'à sa *houppa*, maintenue en place par trois adeptes du bronzage et un chef avec un chapeau de boulanger.

— Amy. Tu sais... Elle est venue au match avec nous quand nous nous sommes fiancés. Elle venait souvent avec moi aux concerts de Phish, s'empressa-t-il d'ajouter.

— Oui, ça y est, dit Anne, sans honte de ne pouvoir faire le lien avant d'avoir pris son café. Elle va bien?

— Elle va mieux que ça! Ils reviennent ensemble.

Était-ce trop espérer qu'il soit en train de parler d'Amy et de son petit ami?

— Qui retourne ensemble? demanda-t-elle, même si la lumière brillante qui éclairait ses yeux lui fournissait la réponse.

— Phish!

— Le groupe Phish? demanda-t-elle, pas certaine d'avoir besoin d'éclaircissement.

Probablement à cause de son appréhension. Cette émotion avait tendance à obstruer son cerveau.

Il poussa un cri de joie, confirmant que le groupe adoré de celui qui serait bientôt son mari, le groupe dont la musique s'insinuait dans son âme et le faisait danser au point où il en oubliait complètement les mouvements convulsifs et les tics qui faisaient continuellement partie de sa vie, le groupe pour qui Mike avait voyagé des milliers de kilomètres et assisté à des centaines de spectacles, ce groupe, donc, avait décidé de revenir ensemble pour une autre tournée.

Avant leur mariage.

Elle pressa ses lèvres, empêchant la grimace provoquée par son estomac qui se nouait de paraître sur son visage.

— Ouah.

La grande joie sur le visage de Mike s'effaça doucement.

— Tu n'es pas excitée?

— Je suis excitée pour toi, dit-elle. Mais je dois être honnête, Mike, je suis fatiguée et submergée par les préparatifs du mariage. Alors, ce n'est pas exactement ce qui va faciliter ma vie, n'est-ce pas?

Mike fronça les sourcils, mais même sa réaction peu enthousiaste ne pouvait atténuer son excitation. En moins de 10 secondes, il avait retrouvé son large sourire.

— Cela ne va pas déranger notre mariage. Les premiers spectacles seront en mars, et le mariage n'est qu'en août.

Maintenant à moitié réveillée, Anne lança un regard furtif vers les étagères. Elles contenaient au moins une douzaine des albums de créacollage de Mike, la plupart garnis de souvenirs de collection des tournées de Phish, qui étaient posés à la place d'honneur près de ses livres reliés à elle, *Orgueils et préjugés* et *Les extraordinaires aventures de Kavalier et Clay*, près de la collection intégrale de DVD de *Buffy contre les vampires* et de l'album photo que Mike avait commencé à confectionner peu après leurs fiançailles, le tout complété par un talon des billets du concert de Jeff Tweedy où ils s'étaient rencontrés.

La culpabilité la tirailla légèrement. C'était important pour lui. Elle respectait sa passion, même si elle ne la comprenait pas complètement. Le moins qu'elle puisse faire était de laisser un peu de son enthousiasme exubérant la parcourir. Elle n'avait rien à perdre à être contente pour lui.

Mais, d'abord, elle devait mettre une chose au clair.

— Promets-moi Michael, dit-elle, tendant les deux mains dans une invitation pleine d'amour. Promets-moi que, peu importe quand et où Phish jouera, tu ne manqueras pas notre mariage. Ou notre lune de miel, ajouta-t-elle, voulant couvrir toutes les possibilités. Ou la naissance d'un de nos enfants.

Il prit ses mains dans les siennes, usant de sa prise pour l'attirer dans ses bras et rouler avec elle en travers du lit. Sirus, surprise, aboya et sauta du lit.

Anne pouvait sentir la joie de Mike parcourir son corps et eut la profonde impression qu'ils n'allaient pas se rendormir de sitôt.

— Je le promets, dit-il. Phish n'interférera pas dans aucun événement majeur.

Mike ne lui avait jamais fait de promesse qu'il ne pouvait pas tenir.

Pas jusqu'à maintenant.

Vingt-quatre

— Non, dit Anne.

Mike la fixa, bouche bée. D'accord, il avait fait le ser-
ment de ne pas laisser les concerts interférer avec leur
mariage. Il avait répété cette promesse à plusieurs reprises
depuis mars, juste avant qu'il fouille dans leur espace de
rangement pour trouver sa tente en vue de rejoindre Jeff,
Amy et plusieurs autres amis, fans de Phish, pour le premier des trois concerts sur la côte Est.

Anne avait utilisé la magie de son réseau de billetterie
et avait étonnamment réussi à lui obtenir une paire de
billets pour les trois concerts, en dépit du fait que les 8 000
places disponibles avaient été vendues en moins d'une
minute. Il l'avait appelée sa déesse et avait promis de la
suivre jusqu'au bout du monde.

Dans d'autres circonstances, il n'aurait jamais demandé
un codicille à leur accord initial. Mais parfois, certaines
situations demandaient de la flexibilité.

— Anne, chérie, tu dois comprendre, expliqua-t-il. C'est au Red Rocks.

Elle lui lança un regard furieux, faisant clairement comprendre que, si Phish jouait le tout premier concert sur la lune, elle s'en moquerait tout autant. Les spectacles auxquels il devait assister étaient prévus pour la semaine du mariage. Et, comme si ce n'était pas un affront suffisant, ils étaient à Morrison au Colorado, ce qui n'était pas exactement à un soubresaut, un saut, un bond de la plage Rehoboth où devait avoir lieu leur mariage.

— Je n'arrive pas à croire que tu me demandes ça, dit-elle.

Elle secoua la tête alors qu'elle allait dans la cuisine pour reprendre son couteau.

Le fait qu'elle ait utilisé l'ustensile tranchant pour émincer des oignons avant qu'il ne rentre ne le faisait pas se sentir davantage en sécurité.

Ou moins sous tension.

Il était tout à fait conscient que faire cette demande de traverser le pays la semaine de leur mariage pour assister à un concert, alors qu'il avait déjà été présent six fois aux nouveaux spectacles du groupe depuis la tournée des retrouvailles, commençait à altérer sa bonne volonté.

En juin, quand le groupe avait joué à Camden au New Jersey, il l'avait emmenée avec lui pour qu'elle puisse bien comprendre l'expérience. Et elle s'y était amusée, même si elle était loin de concéder que Phish soit le meilleur groupe dans l'histoire de la musique. Pendant ce voyage, ses amis avaient reparlé du pacte qu'ils avaient fait des années auparavant d'assister à tous les spectacles donnés dans l'incroyable amphithéâtre des Red Rocks. Elle avait su qu'il n'y renoncerait pas, mais n'avait pas semblé s'en soucier.

Il s'empara de son ordinateur et s'arrêta sur les lieux de la galerie de photos.

— Regarde ça, l'implora-t-il.

— Non, dit-elle d'un ton sec.

— Ne fais que regarder, insista-t-il.

— Quelle différence ça fait, Mike ? Je ne peux pas décaler le mariage. Je ne *veux* pas décaler le mariage. Je ne décalerai pas le mariage à moins qu'il y ait un décès dans la famille, ce qui je suppose, dans les circonstances actuelles, est fort possible !

Elle agita son couteau, et il dut faire tous les efforts pour ne pas rire. Anne était formidable, mais il était difficile pour elle d'avoir l'air menaçant avec ses joues embrasées et ses yeux ronds et doux.

— Tuer le jeune marié ne résoudra pas ton problème, dit-il.

Elle baissa les yeux le long de son torse.

— Qui a dit que je voulais te tuer ?

Il grimaça. Il était tombé dans le panneau.

— Je ne te demande pas de décaler le mariage. Si j'ai les billets pour le spectacle de jeudi soir, je serai largement de retour à temps pour le dîner de vendredi soir. Allez, regarde les photos. C'est le plus incroyable…

— Mike, l'interrompit-elle. Les Red Rocks ne sont pas à une demi-heure en voiture de la plage. C'est au Colorado. N'importe quoi pourrait arriver pour te retarder. Après tout ce que nous avons traversé pour trouver un rabbin, imaginer une demi-douzaine de gâteaux, même un avec un Sirus comestible sur le dessus, créer nos propres invitations et, bon sang, prendre les photos de la chienne avec des balles de tennis en forme de nombres à mettre sur les tables pour qu'elle « soit présente », dit-elle en insistant sur ces mots en traçant de menaçants guillemets, tu veux mettre en danger toute notre organisation pour entendre un groupe que tu as déjà vu six fois cette année ? Tu es dingue.

Il était dingue. Dingue d'elle et de ce groupe. Depuis leur tout premier rendez-vous, il avait essayé de lui faire comprendre sa grande passion pour Phish, mais elle n'avait pas saisi.

— Mes amis y vont tous, Ann. Jeff, qui est mon témoin. Amy. Ben, qui était là le soir où nous nous sommes rencontrés. Ils respectent le pacte. Ils ont tous promis d'être de retour à temps, mais, si j'y vais aussi, je vais pouvoir m'assurer qu'ils ne manquent pas une minute de ce qui va être le plus spectaculaire mariage du siècle.

Elle plissa les yeux.

— C'est le plus lamentable des arguments que j'aie jamais entendus.

— Peut-être, dit-il, sincèrement. Mais c'est le Red Rocks, chérie. Je te jure, je m'occuperai de chaque détail avant de partir. Si quelque chose se passe avec la compagnie aérienne, je vendrai un organe et noliserai un avion pour me ramener à la maison. Je te fais la promesse de ne pas manquer le mariage. Je ne la romprai pas, je le jure.

Anne baissa son couteau, ce que Mike interpréta comme un très bon signe. Puis, après une pénible et longue minute, elle soupira en signe d'abandon. Quand ses yeux marron expressifs rencontrèrent les siens, il y vit une myriade d'émotions nager dans leur riche profondeur. De la peur. Du doute. De la confusion. Mais celle qui émergea à la surface, quand elle tendit son bras au-dessus du comptoir pour prendre sa main, était la confiance.

— Ne me laisse pas tomber, Mike.

— Je ne le ferai pas, promit-il, avant de citer une de leurs chansons favorites. « Tu peux compter sur moi, chérie[2]. »

Anne lança un regard à la porte de sa chambre d'hôtel. Ses meilleures amies au monde, Shane, Adèle et Becky, qu'elle avait revues quand ils vivaient à Albany et qui avaient participé à coudre la *houppa* qu'ils utiliseraient pour la cérémonie du lendemain, étaient assises sur le lit, levant leur verre aux noces à venir avec du vin blanc dans des coupes en plastique. Entre deux gorgées, elles finirent de peaufiner le programme et versèrent les réserves de friandises, ayant pour signification soit le mariage, soit sa relation avec Mike, dans de grands bocaux et bols pour la réception.

Elle avait acheté des boules de chocolat enveloppées pour ressembler à des balles de baseball, des Jelly Bellies à la noix de coco et bleu myrtille pour aller avec le blanc et le bleu de sa robe, du costume et de la cravate de Mike.

Et puis il y avait le bleu et le blanc des bonbons en forme de poissons.

Sur l'armoire se trouvait la *kippa* bleu royal qu'elle lui avait donnée deux ans auparavant pour la fête des lumières, Hanouka. Elle avait fait imprimer le logo de Phish à l'arrière en doré. Elle avait même accepté, peu après leurs fiançailles, qu'il la porte pour le mariage.

---

2. N.d.T. : Traduction de « You can rely on me, honey ».

Maintenant, si seulement il se montrait, ils pourraient dire tous les deux qu'ils n'avaient pas rompu leurs promesses.

Becky attrapa la manche de la veste de pyjama d'Anne et ramena son attention au groupe.

— Il sera là.

— Son avion aurait dû atterrir il y a une heure, dit Anne.

Elle jetait un œil à son téléphone cellulaire qu'elle avait gardé à côté d'elle toute la journée.

— Il n'a pas répondu au message que je lui ai laissé.

Shane balaya son inquiétude.

— Il a probablement oublié de l'ouvrir. Ma chérie, il ne t'a jamais laissée tomber. Pas comme ça. Même pour Phish.

Anne n'en n'était pas si certaine mais, quand on frappa à la porte 20 minutes plus tard, elle sauta de son lit si rapidement que tout un contenant de caramels durs vola sur le matelas et qu'Adèle renversa le reste de son verre de vin.

Anne se précipita pour ouvrir la porte, trouvant là Mike debout, épuisé par le voyage, mais aux anges. Il la prit dans ses bras et la fit tourner. Puis, non seulement il la renversa au-dessus du sol, mais il l'embrassa jusqu'à ce qu'elle crût s'évanouir.

— Tu es de retour, murmura-t-elle une fois qu'il la remit finalement debout.

Il remua ses sourcils.

— Bien sûr que je suis de retour. Tu pensais vraiment que je manquerais d'épouser la femme de mes rêves ?

— Pas volontairement, dit-elle.

— Pas même accidentellement. Maintenant, faisons en sorte que cette fête commence.

Ce soir-là, ils firent une rapide répétition, puis rencontrèrent certains de leurs invités au pub Dogfish Brew. Le samedi matin, Anne et Mike s'esquivèrent de leurs amis et famille et se cachèrent sur la plage bondée, tendant une serviette sous le soleil brûlant avec seulement le bruit des vagues et les rires des enfants à proximité pour gêner leur conversation privée.

Éviter tout le monde s'était avéré une astuce pratique, mais Anne avait insisté pour qu'ils passent du bon temps ensemble avant que la vraie folie ne commence. Mike n'avait pas discuté. Il semblait tout aussi déterminé qu'elle à ce qu'ils se donnent quelques moments ensemble avant que les obligations n'éparpillent leur attention d'un millier de façons différentes.

Maintenant qu'il était de retour sain et sauf, Anne demanda des détails sur le voyage de Mike. Pour elle, rien n'avait jamais été plus apaisant que Michael quand il était plein d'enthousiasme à propos de quelque chose, que ce soit la musique, la politique ou elle, en particulier.

Le dimanche, ils ne passèrent pas de temps ensemble du tout. Anne n'était même pas certaine de ce que Mike et ses garçons d'honneur faisaient pendant qu'elle et ses amies allaient se faire faire une beauté. Elles se firent coiffer, manucurer, badigeonner de maquillage sur leur visage. Elles s'assurèrent que le turquoise des robes des demoiselles d'honneur et le blanc pâle de sa robe de mariée contemporaine avec ses volants azur soient parfaits. Ce ne fut pas avant qu'elle essaie de rectifier son rouge à lèvres dans le miroir qu'elle se rendit compte que l'éclairage dans la chambre d'hôtel était soudainement inadéquat pour ce faire.

Elle regarda par la fenêtre, et son estomac descendit dans ses talons.

Des nuages.

Gris et menaçants, ils affluaient à l'horizon.

— Non, cria-t-elle. Pas la pluie !

Presque une heure plus tôt, Michael avait remarqué le changement de température. Comme la journée avançait, le ciel bleu qui avait rendu le samedi si magique était devenu maussade et gris foncé. Son témoin, Jeff, un ami depuis les premiers jours où il avait commencé à suivre Phish, s'était approché de la fenêtre à côté de lui et lui avait mis la main sur l'épaule.

— Tu crois qu'Anne a remarqué le changement de température ?

— Je n'entends pas crier dans sa chambre, avait-il répondu.

Ses oreilles avaient été habituées au bruit ou, au moins, à la sonnerie de son téléphone cellulaire. Soit elle était restée silencieuse parce qu'elle n'avait pas fait attention, soit elle était trop submergée par d'autres détails du mariage pour se soucier du ciel qui allait se déchirer et déverser sur leurs invités une pluie torrentielle.

— Cela ne présage rien de bon, avait dit Jeff.

Mike avait allumé la télévision. Comment une journée, qui avait commencé de manière si merveilleuse qu'il avait convaincu à la fois Jeff et son père de le rejoindre pour faire une pause et nager, pouvait-elle finir en catastrophe?

De toutes les choses qu'Anne voulait le plus pour son mariage, c'était une cérémonie sur la plage, son rêve. Malheureusement, le bulletin météorologique confirmait que l'orage, qui fonçait droit sur eux, ne passerait pas avant la cérémonie.

— Merde, dit-il.

Le père de Mike avait fait claquer sa langue en signe de découragement.

— C'est le moment pour un plan B?

— Ça passera peut-être en coup de vent, proposa Mike

Cependant, même ses talents bien affinés d'orateur n'allaient pas les sortir de cette situation embarrassante.

Il voulait qu'Anne ait le mariage de ses rêves, mais, tandis qu'ils avaient réussi à gérer en détail ce mariage, aucun d'entre eux ne pouvait influencer l'atmosphère.

— Tu peux demander un report à cause de la pluie, avait proposé Jeff.

Mike secoua la tête.

— Non, la chose importante est que nous soyons mariés, pas le lieu. Je suis prêt à y aller.

— Il est 16h45, annonça son père. Le mariage est censé commencer à 18h. Si tu dois tout transférer à l'intérieur, l'hôtel doit le savoir maintenant. Tu pourrais appeler Anne…

Mike avait sorti son téléphone et composé le numéro. Bien qu'il se soit acquitté de toutes ses responsabilités avant de décoller pour le concert au Colorado, Anne s'était chargée du gros de l'organisation jusqu'à maintenant. Il était content que ce soit son tour de faire en sorte d'améliorer au mieux cette situation inattendue, mais il ne pouvait pas prendre de décision si importante sans consulter la femme qu'il aimait.

— Je vais la préparer à l'éventualité. Puis, nous attendrons encore 15 minutes. Si l'orage ne semble pas passer, alors nous remballerons et déménagerons tout à l'intérieur. D'accord?

Quand le père d'Anne vint la chercher, elle était déjà dans tous ses états, éprouvant un frénétique mélange d'anticipation, de soulagement et de paix. Elle essaya d'être contrariée par l'annulation du mariage à l'extérieur, mais elle ne pouvait ressentir assez d'indignation. Elle aimait Mike. Il l'aimait. Ils avaient fait des sacrifices, des compromis et avaient réussi à unir leurs âmes d'une manière qu'elle n'aurait pu imaginer, même pas à cette époque où Anne avait acheté une table de nuit supplémentaire pour sa chambre.

Au moment où elle pensait ne pas pouvoir prendre une autre décision à propos de quelque chose, il prenait le relais. Avec sa caractéristique *joie de vivre*, Mike avait fait tous les arrangements pour transférer le mariage à l'intérieur.

Le résultat était parfait.

Dans la pièce à côté de l'endroit où les invités attendaient le commencement de la cérémonie, Anne, ses parents et son frère étaient rassemblés avec la famille proche de Mike et leurs témoins pour la signature de la *kétouba*. Après que le rabbin eut expliqué la signification de ce document aux témoins, insistant sur la tradition du contrat de mariage, ils signèrent tous les deux.

Une fois que le rabbin et les témoins apposèrent leur signature, l'ami d'enfance de Mike, Matt et, son frère, Aaron, préparèrent les verres à liqueur et une bouteille de Schnaps. Ils levèrent leur verre à leur avenir devant les témoins, et le rabbin partit avec la *houppa*, le traditionnel dais aux quatre piliers que Becky avait cousu.

Anne tenait ses parents serrés contre elle alors que Mike partait avec sa mère et son père à chaque bras. Il lui lança un dernier regard par-dessus son épaule. Avec son costume blanc pâle et sa cravate bleu vif, ses yeux semblaient encore plus turquoises, et même plus intenses, même plus envoûtants et remplis d'un amour pur.

Dans quelques instants, ils seraient mari et femme.

L'expression de Mike ne dissimulait pas son attente. Elle lui souffla un baiser pour sceller cet instant.

La cérémonie fut un tourbillon d'émotions, de traditions et de rires. Quand Michael se tourna vers elle pour réciter ses vœux, son corps entier irradiait de chaleur. Il prit ses mains, et elle ne put s'empêcher de remarquer, en dépit du stress fou en lien avec le mariage, la température et la foule, que les mains de Mike étaient complètement sereines dans les siennes.

Selon la coutume, elle prononça ses vœux la première. À cause d'un ordinateur défectueux, les mots qu'elle avait répétés comme une damnée pendant des semaines étaient court-circuités, de telle sorte qu'elle dut entièrement improviser. Avec tout le monde qui la fixait, elle aurait pu être nerveuse. Mais, avec Mike devant elle, son amour inconditionnel se dégageant de son corps, elle n'eut pas de difficulté à rassembler ce qu'elle avait à dire.

— Tu ne vas peut-être pas le croire, mais la première chose qui me vient à l'esprit quand je te regarde ce soir, c'est le moment où nous sommes allés ensemble chez Target et où tu as commencé à jouer au basket dans l'allée.

Le rire entendu de la salle lui confirma ce qu'elle savait être vrai : ils étaient arrivés à ce jour parce qu'ils se complétaient l'un et l'autre. Sa méticulosité allait avec son désordre. Son espièglerie avec son pragmatisme. Ses superbes qualités d'organisation avec sa créativité sans borne. Avec ces combinaisons contrastées, elle savait qu'elle pourrait faire face à toutes les surprises que la vie leur réserverait, du temps pluvieux aux troubles neurologiques en passant par la décision à savoir si oui ou non Sirus dormirait de son côté du lit ou du sien.

— Alors, à ce propos… dit-elle, prenant ses mains dans les siennes. Je veux faire la promesse que j'essaierai toujours de te trouver divertissant, et je promets de toujours essayer de garder mon goût pour le jeu, parce que c'est ce que tu fais ressortir de moi et que c'est une des principales raisons pour lesquelles je t'aime.

En dépit de sa gorge serrée, elle parvint du plus profond de son cœur à se souvenir des moments où elle s'était le plus appuyée sur lui.

— Nous sommes passés par tant de choses ensemble. J'avais un travail que j'aimais et qui s'est avéré ne plus me convenir. Alors j'ai démissionné pour obtenir un diplôme universitaire. Tu as été là pour moi d'une manière que je n'aurais jamais crue possible. Je promets donc que je ferai toujours de même pour toi.

Elle avala sa salive, luttant pour contenir son émotion. Elle avait besoin de détendre l'atmosphère, si bien qu'elle décida de faire une promesse que Mike aurait de la difficulté à croire, même si cela venait tout droit de son cœur.

— Un des plus grands défis auxquels nous avons eu à faire face a été d'emménager ensemble. Nos styles sont, dit-elle, consciente des gloussements accrus dans la foule, différents. Alors, chacun ici en étant témoin, je veux que tu saches que je ferai de mon mieux pour tenir la maison aussi nette et propre que je le peux, même au-delà de mes capacités.

Comme la foule riait, probablement incrédule, spécialement de son côté, elle pensa au poème qu'elle avait choisi de réciter mais, malgré tous ses efforts, elle ne pouvait même pas se souvenir du titre. Elle se concentra sur Michael, sur son sourire tranquille et calme, et exprima la partie la plus importante de ses vœux.

— Je veux juste te dire merci de m'aimer de la façon dont tu le fais et je promets de toujours, toujours t'aimer.

Elle était au bord des larmes, mais, par chance, Mike se lança dans ses vœux, et elle n'eut pas le temps de pleurer.

— Anne, en plus des traditionnels vœux que j'ai prononcés aujourd'hui, j'ai trois promesses à te faire. Premièrement, si tu promets de préparer les crêpes, je promets de toujours préparer le café.

Anne rit, mais ne put couvrir sa bouche parce que Mike lui tenait très fortement les doigts.

— Deuxièmement, je promets de toujours te placer avant tout le monde et toute chose dans ce monde.

Ses yeux larmoyèrent, et, à ce moment-là, elle sut que, si elle avait insisté, il aurait manqué le concert au Colorado.

Mais elle était très contente de ne pas l'avoir privé de sa joie en raison de ses nerfs à vif, de ses peurs ou de son égoïsme. Elle avait plutôt gagné une autre petit morceau de son amour. Elle ne pouvait en demander davantage. Néanmoins, il continua.

— Pas même les yeux mélancoliques d'un Braque de Weimar de 1 mètre 20 de haut ne pourront me faire dévier dans la mauvaise direction, Dieu m'en soit témoin.

Les yeux d'Anne se brouillèrent. Tout cela parce qu'il lui avait dit qu'elle était plus importante que son chien.

Les mariages étaient vraiment terribles. De beaux moments mais pénibles à la fois.

— Et, finalement, dit-il, en lui serrant timidement les mains, quand toi et moi avons emménagé ensemble, je savais que c'était une grande décision. Je savais aussi, à ce moment précis, que je ne voulais jamais plus me retrouver seul. Alors, pour paraphraser le grand philosophe Homer J. Simpson : je vais te serrer dans mes bras, et t'embrasser, et puis je ne serai plus jamais capable de te laisser partir. Mais j'avais peur alors que tu ne me laisses pas faire, et non seulement tu l'as fait, mais tu m'as retourné ce sentiment tous les jours. Alors, si tu devais me laisser, je te retiendrais, t'enlacerais, t'embrasserais et ne te laisserais jamais partir pour le reste de ma vie. Tu es mon âme sœur.

Le reste de la cérémonie fut flou. Un tourbillon. Le verre brisé. Les *mazel tov*. Avant qu'elle le sache, le DJ se mit à faire jouer la chanson de Wilco, que Mike et elle avaient choisie pour leur sortie et qui s'intitulait : « C'est moi l'homme qui t'aime[3]. »

---

3. N.d.T. : Titre anglais : *I'm the Man Who Loves You.*

Et maintenant, tout le monde savait qu'il l'était et qu'elle l'aimait aussi profondément en retour.

Ils étaient mariés. Mari et femme. À chaque pas qu'ils franchissaient vers la salle *yichud* où ils devaient, selon la tradition juive, passer les premiers moments de leur vie de mariés seuls, Anne se rendit compte que sa vie entière avait changé... pour le meilleur.

Ils entrèrent dans la même pièce qu'ils avaient utilisée pour signer la *kétouba*, mais maintenant elle était vide à l'exception d'une table, d'un petit plateau de nourriture, de deux verres de vin et d'une bouteille de leur rouge préféré. Après avoir promis de retourner les voir dans 10 minutes, le rabbin partit.

Anne ne put s'empêcher de penser à une réplique de l'un des films préférés de Mike, *Votez McKay*.

— Alors, qu'est-ce qu'on fait maintenant? demanda-t-elle en souriant.

Le souffle de Mike sortit tranquillement de ses poumons tel un soupir longtemps retenu.

— Eh bien, je ne suis pas Robert Redford, mais nous venons juste de passer à travers la campagne de notre vie. Embrasse-moi.

Sans hésitation, elle fit exactement ce qu'il demandait.

Épilogue

— Sirus, assis! ordonna Mike.

Le chien se tortillait, réalisant sa meilleure imitation d'obéissance, la gueule ouverte et haletante. Il tenait sa gâterie préférée entre toutes qui, par chance, était facile à trouver dans leur quartier de Brooklyn.

— Mike, arrête de torturer le chien et donne-lui la glace, dit Anne, léchant sa propre crème glacée.

Il posa la coupe, et le chien y plongea immédiatement son museau jusqu'à ce qu'il fut couvert de cette divine crème. Il rejoignit Anne sur le pas de la porte de l'immeuble en grès brun du XIXᵉ siècle et se délecta du chocolat froid sur sa langue et de la sensation de sa femme se faufilant plus près de lui. La rue bordée d'arbres grouillait d'activité, pas à cause des voitures, mais en raison des enfants qui couraient sur le trottoir devant les poussettes de leurs mères, en route vers le parc ou la rue principale à seulement quelques bâtiments de l'endroit où il avait acheté leurs glaces.

— Ce sera à notre tour un de ces jours, dit Mike.

Il regardait alors un père qui traversait la rue avec son fils perché sur ses épaules.

— Je ne pense pas que je puisse te porter sur mes épaules, le taquina Anne.

Il donna un petit coup à sa glace pour qu'une goutte blanche tombe sur son nez. Elle protesta, mais l'enleva et essuya sa main sur le tee-shirt de Mike. Ce n'était que justice, supposa-t-il.

— Je parlais des enfants, dit-il.

— Je sais, répondit-elle, accrochant son bras au sien. J'espère qu'ils auront tes yeux.

— J'espère qu'ils auront mon sens du rangement.

— Moi aussi, acquiesça Anne.

— Comme ça, ils pourront faire ma part de ménage.

Il gloussa, se tournant pour pouvoir mettre ses bras complètement autour d'elle, tandis qu'ils terminaient leurs plaisirs glacés. Sirus avait déjà liquidé sa glace et reniflait autour de celle de Mike pour y goûter, ce qu'il refusa. Par chance, une petite fille surgit du pâté de maisons, et Sirus décida que se laisser caresser la tête était plus intéressant que de réclamer plus de glace.

Mike salua la mère de l'enfant d'un geste, puis il reprit Anne dans ses bras. Il se souvint du temps où il pensait qu'un moment comme celui-là serait impossible, quand sa maladie de Gilles de la Tourette faisait de lui un homme difficile d'approche.

Apparemment, tout ce qu'il avait eu à faire était de trouver la femme qui lui convenait, parce qu'en ce moment,